我知道

I KNOW
THAT NIGHT 那晚

你干了什么

何许人 著

世纪文景 Century Literature

世纪出版集团 上海人民出版社

上海世纪文睿文化传播公司 出品

1 凶者说

我是个杀手。

我杀过很多人。

我要给你讲的，就是关于我杀的人，和我怎么杀人的那些事。

楔　子

这个周末有些无聊，我打算去小区对面的大学城书店租两本刺激点的小说。

我住的小区在大学城对面，大学城里小吃多网吧多，价钱还便宜，书店里也能随便找到大把市区内大书店里看不到的书。我最常去的一家叫清风书局，店门不大，外面卖报纸杂志，里面却有整整三间屋的二手书，可租可买，其中不乏各种廉价的盗版书。

今天运气不错，我淘到一本封面看起来很不错的小说《脑髓地狱》，作者是个日本人，看起来还很新，封面也够惊悚。我决定租下这本书的最主要原因是，万圣节快到了，看点恐怖的应个景。

　　卷头歌
　　胎儿呀，胎儿。
　　你为何跳动？
　　是因为了解母亲的心
　　而，害怕吗？

　　……嗡嗡——嗡——嗡嗡嗡……
　　我朦胧中苏醒，这种有如蜜蜂振翅的声音，仍在我耳里留下极深的振动余韵。
　　凝神静听，直觉……现在……应该是子夜了吧！附近某个地方好像有振动型的时钟响着。但……继续打盹之后，那似蜜蜂振翅的余韵忽然逐渐轻微、消失了，周遭恢复一片死寂。

我猛然睁开眼。

一颗披覆着灰白色尘埃的灯泡，垂挂在挑高的白色天花板上，红黄色的发光玻璃球侧面，停着一只大苍蝇，像已经死亡一般，动也不动。灯泡正下方坚硬、冰冷的人造石地板上，我呈现大字形躺着。

……

等一下，你确定真的想看一个上世纪三十年代的日本男人足足四十八万字梦话？

我得提醒你，这至少要耗费两三天时间，还是在你有足够耐心，并且阅读速度快的情况下。

说你呢，没错，就是你，正在瞪大眼睛发愣的家伙，我没别的意思，就是想给你一个惊喜。一个肯定要比这个日本人的梦话更刺激的故事，如果你愿意，请继续往下翻。

那本旧书上是五号的楷体字，被我翻过一页后，忽然冒出一页白色的打印纸，纸张很新，跟发黄的书籍内页截然不同，显然是才放进去不久的。以上内容是清清楚楚的宋体四号字，字体加粗。

我一下子懵了，看过那么多本书，从没出现过这种情况。我把那本书翻来覆去地看了一下，原来除了那颇具视觉冲击力的诡异封面和另类书名外，里面真正属于这本书的内容只有两页。一页是卷头歌，一页是少许正文，后面的，全都是那种白色打印纸所打印的内容和大量空白。

真是怪事年年有，今年特别多，这不算盗版算山寨版？复印纸本钱也不低。本来我想拿着这本书去书店换掉，可无意地翻到第二页后，只看了一眼，就被奇怪的话给深深吸引了。

我知道
那晚你干了什么

A

事情要从三年前讲起，那时候的我不过是个普通留学生，在日本一所没有名气的大学里混日子。我的成绩一般，没机会拿奖学金，为了出国已经花光了家人的积蓄，平时还得靠打零工帮家里还债。如果继续下去，我应该能在毕业时拿到毕业证，然后回国，成为千百万待业失业人员中的一员，靠家里人接济混日子。我不是特别聪明，特别会赚钱的人，家里也没有任何可以依靠的背景。我学的专业，据说是全国就业率倒数十位之内，总的来说，我没什么发达的希望。留在日本也不太可能，毕业后签证到期，如果赖着不走会被移民局抓走。回国的话，现在经济低迷，房价又高，即便幸运地找到一份可以糊口的工作，我也可能辛苦一辈子买不起房。

我很清楚未来，这让我很颓废，对一切都打不起精神来。有段时间，我特别喜欢去学校附近的垮江大桥，站在栏杆边缘，看着桥下的滚滚江水，看着身后人车如织，幻想着如果自己跳下去，风会怎样穿过我的头发，冰冷的江水，又会怎样一点点地淹没我的肺。也许，我会变成水鬼，从此在这异国的江水里存在千百年。会变成河童吗？想起那个秃顶小鬼的丑样我就想笑，不过有一点可以肯定，我死后，地球照样转，其他人日子照样过，不会有任何影响。

有天晚上，我在大桥上碰到一个人，一个打算自杀的男人。

生意失败，老婆跑路，男人对生活心灰意冷，打算结束自己的生命。他翻过了栏杆，面对江水犹豫良久，却迟迟没有跳下去。

"我是不是很失败，连死都不够勇气。"那男人翻回栏杆，软趴趴地坐在地上，他的眼神让我想起街头的流浪狗。

我问他，是不是还有什么心愿没了。他说，不甘心就这样灰尘般消失，从此世上所有与他有关的人都会把他忘记。

"也许我可以帮个忙，让你成功地死。"我冷冷地打量着那个衣冠不整头发凌乱的倒霉鬼，忽然有了灵感。

我告诉他，中国人讲究做饱死鬼，这顿饭是他的最后一顿饭。那家伙用身上仅剩的钱，请我吃了顿不错的河豚料理，那鲜美的鱼肉和上好的清酒让我记忆犹新。作为答谢，我答应帮他自杀，并保证他不会死得默默无闻。

　　我没骗人。第二天他就登上了报纸头版。他成功地吊死在大桥和江水之间，穿着他最体面的衣服，面朝幽幽江水，头顶一片清空。所有在江边晨运的人都看到了他，他生平第一次受人瞩目。在他的西装内口袋，揣着封文笔优美极其抒情的遗书。这封遗书是我帮他打的草稿，又参考了若干煽情小说，这家伙认认真真地抄了一遍，最后签上了自己的名字。在他犹豫着要不要真的把头放进那个绳套时，我毫不犹豫地助他一臂之力，他重重地坠下去，我听到了咔嚓一声响，很清楚。那一定是颈椎断裂的声音，也许这家伙没等到窒息就因颈椎断裂而死了。

　　我成功了，这家伙没白死，那封遗书被全文刊登在报纸上，据说他的家人和朋友看后哭得泣不成声，都觉得自己有所愧疚。

　　第三天，报纸上再次出现了这位死者的照片，报纸上为他作出了中年危机该如何应对的专题报道。

B

　　这件事带给我莫大的成就感，对我来说，这也是默默无闻的人生中第一次将自己跟人命关天的大事扯上关系，原来我的存在这么有价值。

　　走在繁华的西门町，我感觉一切都变了，脚步坚实目光炯炯，每条血管里流淌的都是蠢蠢欲动，体内充满了前所未有的力量和激情。我也可以参与关乎生死的事，在此之前，我一直以为这种事只有冥冥中的神和人间的大号人物才能涉及。

　　从那之后，我更加频繁地出没在大桥上和各大高楼的天台楼顶，就连上网，也更热衷搜索关于自杀的关键字。

　　世上无难事，只怕有心人。这句话说得太对了，在那之前，我从没发现身边有这么多想要自杀的人，我一下子忙了起来。当然，我没告诉他们那个在大桥上

10

吊死的家伙是我的第一单杰作，我只是说，如果有人需要帮忙，可以随时找我。

　　日本人的自杀指数世界第一，这个民族对自杀有种偏执的迷恋，不成功的武士要切腹自杀，以此证明自己是个男人。日本人可不信天主教，他们不认为自杀死的人不能进天堂，甚至还有《完全自杀手册》这样的书可以在正规渠道购买。我把这变成了一单生意，不仅仅是助人为乐，我也可以赚到钱，而且比打工赚得更多。价码从最初的一顿饭或者几千日币，逐渐升高，到后来，我的日程满到需要预约才能安排。

　　死，是一件可以充分发挥想象力的事。以前我从没想过自杀也可以玩出那么多花样，醉死，淹死，憋死，胀死，睡死……哈哈，日本是自杀者的天堂，你可能不知道，富士山脚下，有一片叫做青木源的大森林，每年都有好几百人走到森林里，要么饿死自己，要么吊死自己。对于意志不够坚定的人来说，去那里是不错的选择，就算最后不想死了，也可能因为找不到出路，在森林里困死。不过对我来说，这些死法统统没创意。我的任务，就是帮助自杀者以完美而隆重的方式告别人生，让他们充满遗憾的生命最后不留遗憾。

　　我为无儿无女的孤寡老人充当一日孝子贤孙，让他们得到安慰后心满意足地微笑死；我为单亲母亲当一天的好老公，好父亲，陪她一起把孩子送到寄养的人家后，让心灰意冷的母亲带着对人间的希望坦然死；我还陪消沉的上班族在居酒屋聊通宵，听他们把那些没人愿意听的牢骚倒个彻底。这么做还是很值得的，所有人都把自己自己认为最贵重的东西留给了我，除了一些首饰和几块名表外，还有大量漫画书和正版游戏。

　　我觉得我可能天生不是好人。因为干了这么多好事，除了收钱的时候我觉得很开心外，更多时候我都有种莫名的失落感。不，说是失落感不确切，那是种很微妙的感觉，就像吃到了不合胃口的大餐，虽然饱了，但嘴里的回味还欠着点。

　　有时候，我会梦到这些死鬼朋友们，我们会在梦里聊聊天。这种感觉挺好，我就像真的有朋友，我们可以敞开心扉无所不谈，完全不会影响私生活。也不会耽误太多时间。

　　在赚到足够花上两三年的钱后，我不再满足以往的方式，对这份工作开始了新的探索。我把目光放宽，范围放广，被我关注的对象从想要死的人，增加到该死的人。

谁该死，谁又不该死，以前我一直以为是上帝才能裁决的问题。人有人要做的事，神有神要做的事，神可以干涉人的，人却不能干涉神。

可是随着我的死鬼朋友越来越多，我发现，神好像有点玩忽职守。这个世界上，好人未必有好报，坏人也未必有现世报。

比如有位善良的老人，穷其一生，所有精力和心血都花费在养子身上，可那个不孝的家伙把老人的钱全都骗光，连养老金都一分不留。老人露宿街头好几年，靠捡破烂维生，可即便这样，他也等到那个不孝子吸毒过量致死后，才舍得自杀。那单生意我没收什么钱，但我印象最深。再比如那个漂亮的单亲妈妈，在居酒屋辛苦地工作，好不容易买了套小房子，却被男朋友拿去抵押套现，然后就人间蒸发再也不露面了。还有，那些可怜的上班族，努力地工作却永远没机会升职。

如果真有上帝的话，他一定在打瞌睡或者开小差。所以我想，如果能帮上点忙的话，我会不会变成神的助手。就算我最终不会跟神扯上关系，这件事本身，应该也很有乐趣。

C

我是个想到就立刻去做的人。

你已经知道了，这个时候我已经有了相当的资源，我掌握不少想要自杀的人的联络方式，他们给我的信箱留言，告诉我为什么想死，我可以从中挑选出比较有意思的。

A君，是个让我很关注的人，女朋友被他的好朋友抢了，即便如此，他也没跟好友翻脸。可那家伙并不珍惜抢来的女友，没过多久就甩掉了她。据说真的甩掉了，那家伙换女友比换衣服还勤。A君一直联系不上女友，他怀疑，女友被那家伙给杀了。懦弱的A君，因为不敢当面质问好友，打算自杀去另一个世界寻找女友的踪迹。

　　该有多傻才会做出这种决定，看完他给我的留言我笑了半天，但是笑完后我深深地记住了 A 君，要有多痴情才会做出这种决定呢？至少我做不到，我打算帮这个又傻又痴的笨蛋一把。

　　A 君的好友其实是中学同学，姑且称之为 B 君吧，我找到了他的住址，并成功地进入这家伙的家，听 A 君说这小子是个大人物的私生子，混黑道的，一米九的个子，染了头狮子般的黄色长发，一看就是不良青年，难怪只是普通打工族的 A 君不敢来找他。

　　我当然不会笨到跟 B 君当面交锋，我在他冰箱里的每一种饮料里都加入了速效安眠药，然后蜷着身子躲在储藏室里，等到他睡着后，我才溜出来。在安眠药的作用下，这家伙睡得死沉死沉，我费了不少劲才把他捆起来。

　　B 君醒来时，正好看见我在厨房里做吃的东西。我带来了一大块带骨头的肉，用刀从上面剔下一条瘦肉，然后使用带钉的松肉锤，用力地敲。一边敲着，我自言自语："听说所有料理中，人肉料理才是最好吃的。而所有人肉料理中，朋友的肉吃起来最放心，没有不干净的传染病。你可能不知道，A 君可是一直都惦记着你。"

　　那家伙的确见过些世面，听到我这么说，他也只是瞪大了眼睛，并没有扭来扭去地试图挣脱。不过很快他就不安起来，因为我亮出了 A 君写给他的遗书，因为失去女友，难以承受，他决定离开这个世界。听说 B 君跟女友在一起，所以他的遗愿是把自己的肉留给 A 君吃，让自己和他的身体融为一体，以这种特殊的方式跟女友在一起。

　　我逐字逐句地念给 B 君听，然后又把遗书凑到他眼前，让他确定那是 A 君的字迹。

　　"我是个遗愿代理人，专门帮人处理生前想做却没有做到的事情，现在，请您配合我的工作，实现 A 君的遗愿。"我说得彬彬有礼，说完后，开始往那块已经足够柔软的肉上倒腌渍酱油，我做得很认真。

　　B 君起先不以为然，可他看完那封遗书后脸却变了颜色，不住地发出语焉不详的声音。忘了说了，他的嘴被我用胶纸封了起来。不能说出想说的话，不能呼救，会让他的恐惧感加倍。

等到我慢条斯理地把那块肉煎好，又把剩下的骨头做成汤，浓郁的汤汁滚开后，在屋里散发出奇异的香，我可是添了不少佐料的。这两道菜像模像样地摆上桌，我把 B 君嘴上的胶纸给撕了，喂他喝骨头汤的时候，我说了句祝你们友谊地久天长。

那个看起来强悍无比的 B 君，那个让 A 君想起来都害怕的男人，居然不敢喝那碗汤，他的脑袋差点把我撞倒，不过勺子掉在了地上。他哭了，他说了许多 A 君想听却从没机会听到的话，有忏悔，有道歉，也有属于他们两人的秘密。这家伙做过不少坏事，虽然表面上是同学，可暗地里却对 A 君做出过很多不利的事情，就连勾引 A 君的女友，也不是第一次了。A 君的女友，并不是被他甩了或杀了，而是被他作为抵债物资送给了黑道大哥。

我把这家伙的话，都用摄像机录了下来。那块肉排看起来很不错，我用上了黑胡椒肉汁，骨头汤里，我也放进了上好的豆腐，绝对色美味浓。可惜，B 君没有吃完，他哭诉完自己的罪孽后，趁我不注意撞翻了桌子。

真的很可惜，那些羊肉很贵，选择大小合适的羊排，看起来跟人的肋骨差不多粗细。费了不少心血才做出来，我并不是很有耐心的人。

如果 B 君不撞翻桌子，不毁掉那两道好菜，我不会杀了他。对我来说，浪费任何食物都是罪孽，最后我只好把他倒吊起来，切断了他的脖子。我没浪费他的血，全都用干净的桶装起来了，撒些盐，过不了多久就会凝固。我把这些血作为纪念品带回给 A 君，请他尝尝血豆腐。

D

A 君有没有真的吃掉那些血豆腐我不知道，我知道的是，他不必自杀了，真正该死的人已经替他下了地狱。

我觉得自己做了件大好事，这让我心情愉快。人和神之间是否真有距离，我第一次开始质疑。如果神要惩罚我，他会让我知道。我给了自己半个月的时间，不仅神没有任何表示，也没有警察来找我麻烦。当然，这不排除 B 君的黑道身份，他那种人社交超乱，仇家又多，警察调查起来怎么也不会扯到八竿子打不着的我。

总之，此事之后我更没丝毫顾忌，反而更加自信了。不好意思地说，我应该也算得上是日本小说里所谓人间裁决者之类的大人物了吧。

我很快又找到了下手的对象，一对感情已经破裂，却为了财产不离婚的夫妻。委托人奈奈美小姐本来是名身份不太光明的小三，那对夫妻中的丈夫跟她在一起好几年了，迟迟不肯离婚。这种寄生在他人婚姻上的感情注定没有结果，奈奈美等不到希望，打算带着无望的爱告别人世。临死前，她希望看到两口子的真正感情究竟怎样。

这需要一次涉及两个当事人，这对我来说是个不小的挑战。不过挑战越大，越有成就感，更何况委托人出价也很高，我欣然接受了任务。

有点出乎我意料的是，那对夫妻是当地比较有名望的人，他们名下的连锁店遍布日本各地。下手前我有点胆怯，这还是第一次面对如此分量的上流人士，我真的能搞定吗？

我冒充了酒店派去机场接他们的司机，开着租来的豪华汽车，穿着黑色的制服，带着精心练习过的职业微笑，接过他们的行李。

那真是很极品的两夫妻，他们拥有让人在第一时间就讨厌的超能力。一身名牌的太太对我戾气指使，根本不把我当人，先生则冷眉冷眼，当我透明。真不知那位漂亮的委托人奈奈美小姐爱上他的哪一点，这种没心没肺的男人根本就不值得为之去死嘛。我没上车，我只是朝着他们喷了喷含有麻醉成分的喷雾。他们还来不及反应，就双双晕倒。

等他们醒来时，在一间不知方位的和室里，这两口子被我面对面地绑在椅子上，正好是看得到却触不到对方的位置。

"说吧，说出对方的缺点，谁说得好，我就给对方一刀。不说的人，也会得到一刀。"这就是我的游戏规则，他们不是不离婚嘛，让我看看他们是否还真的爱着对方。

听完我的话，这两个狡猾的人对望了两眼，很有城府地不闻不问。我不会让他们看扁，我手里的可不是道具，是货真价实的利刃，我也不是小打小闹的蟊贼，而是索命的无常。

起先，他们两人都不把我当回事，冷笑一下，不言不语。我当然不会让形势被他们控制，在我的地盘就得听我的。

"我说过：不说的人，会得到一刀。"第一刀我就切断了他们腕上的脉，滚烫的鲜血冒着热气奔流而出，这回两口子给吓坏了。

"请问先生，你是……你到底是谁？你要多少钱？你要多少钱我都可以给你。"那位太太怕得浑身哆嗦，如果不是绳子绑住了她，我相信她会马上跪下。

他们这样的人，平时会把谁放在眼里，哈哈，现在也对我这么客气，看来这份工作除了能赚钱之外，社会认可度也很不错。

"别管我是谁，总之照我说的做，否则的话……"我没再继续往下说，而是把手里的刀子再次亮出来，拿一块白色的毛巾擦了擦上面的鲜血。

"我先说，我先说，先生，我丈夫不是好人，他克扣员工工资，还想尽办法偷税漏税，给议员行贿。"那位太太要么就不说，一开口马上竹筒倒豆子般地说开了，"我可是好人，我跟他不一样，他是靠我父亲的公司起的家，却把我父亲给活活气死了。你放了我吧，我不会把你的事说出去，只要你杀了他，我可以继承公司，我分你一半，真的，我分你一半。"

"八嘎（笨蛋）！你真的以为他会放了你吗，你什么时候看见猫玩完老鼠还放它走的？"还是男人比较聪明，一下子就看穿了我的心思，他用带有大阪口音的土话大声指责太太。

"我是不会放你们走，不过你们可以选择谁先死谁后死，谁吃的苦头又更多一点罢了。"我拎着刀在先生胸前比划着，冰凉的刀刃让他的皮肤鸡皮竖起，我冷笑道"别忘了，如果他说了你的缺点，我就要捅你一刀。吃亏的至少不是她。"

这一刀扎在下腹部，这部位不致命，最多流血和疼痛，我并不想让这么好玩的游戏太快结束，我需要的只是强调一下游戏规则。

16

趋利避害是人的本性，在痛苦面前，他们没有选择。那位太太看到丈夫受苦，居然忘了自己还在流血，开心得笑了起来，"看你，现在的样子多么可怜，就跟当年跪在我父亲面前苦苦哀求的样子一个样。你忘了你有多少罪孽了吗？你其实早就该死了，为了赚钱，可以让我被人欺负。赚到了钱，又说要赚更多的钱，每天不回家。早知道你会变成这样，我真不该嫁给你，杀了他吧，先生，我会告诉你关于他的更多罪孽。"

"蠢货，你以为你就是好人吗？你跟多少人纠缠不清我就不说了，你还瞒着我转移财产，搞走我多少钱我也不怪你。但是我们的儿子，你说，他的亲生父亲究竟是谁？"沉默多时的先生再也忍不住爆发了，开始说起关于太太的隐私。

看着他们狗咬狗般地互相指责，我忍不住提出了那个让委托人困惑的问题："既然你们早就不爱对方了，为什么不离婚呢？"

我的话让剑拔弩张的二人一下子缄口。我面前的两位大人物，现在已经因为失血过多而脸色苍白面目全非，看起来，他们和街上任何一个普通人也没什么两样。

"为了钱，我们必须在一起。"精疲力竭的太太轻声说。

"离婚是最大的破财，我们就像寄生在一棵树上的两只虫，即便再厌倦对方，也不能离开。"先生比太太精神些，他冷眼看着对面和自己相伴几十年的女人，却没有半点爱意。

他们让我恶心。把这一切全都拍下来，最后我并没有再继续使用刀子，他们身上的失血伤口足以带走他们的生命。

E

这个案子我自认做得相当漂亮，可奈奈美收到录影带后，居然没有付钱给我就消失了。刚开始我还以为她大概是经济拮据，这种事并不是第一次发生，其实如果对方真的可怜，我也不太计较那几个钱。可几天后，电视台上忽然出现了我录影带的内容，那是作为指控一位政界要员的证据被曝光的。

这时候我才意识到，自己被那个漂亮女人给利用了。她很可能根本不是什么受害人，甚至奈奈美这个名字也是假的，她的真实身份是被政界人物雇佣的小角色，在他们幕后，还有太多我想不到也碰不到的狠角色。他们会不会杀人灭口，或者警察会根据那盒录影带找到我？

我只是想替上帝干点什么，并不想让自己这么快就玩完。为了保命，我在第一时间跑路了，学校那边请了长假。

日本虽小，但除了大城市外，很多农村也是信息不发达的。我去了一个地处偏远的温泉村，这种地方经常有游客，而且现在的季节正是温泉游的旺季，我的到来显得很自然。我找了家很小的旅馆住下，定下了一个月的租期。白天在附近的山里游玩，晚上在旅馆里泡温泉，天气不好的时候也可以缩在房间里玩游戏，看看书，日子过得倒也惬意。

那段日子里，我开始反思自己做过的事。我做的究竟是对是错，我帮人忙，难道也有问题吗？可最后那两口子给我带来的麻烦，让我意识到这可能是上帝他老人家给我的暗示，至于那暗示究竟是什么意思，我必须思考清楚。

旅馆是由一家三口经营的，一位白发老人，还有老人年逾不惑的儿子和儿媳妇。我住进来的那天，老人为了迎接我，在门口滑了一跤，从此一病不起。

想起远在国内的爷爷，跟老人也差不多年纪，没事的时候，我也常去老人的房间跟他聊聊天。老人年纪大了，牙也掉得差不多了，身子骨不利索，这么一病，不知道什么时候才能起来。发现老人的木屐烂得厉害，底板上用来防滑的小格纹早就磨得平了。老人摔的那一跤，伤到了骨头，可家人并没送他去医院，也没请任何医生来家里看诊，只是买了些镇痛药，让老人自己吃。

老人的儿子平时忙着招呼客人，很少到老人的房间里看望，就连儿媳妇也只每天过来送点吃的，马上就走。所谓吃的，不过是些清淡至极的粥，偶尔会有一块豆腐，除此之外，就什么也没有了。我看得很恼火，这简直太不孝了。跟老人聊得多了，我也知道了一些事情。

老人有四个儿子，留在这个小地方照看旅馆生意的是最小的儿子，其他的几位大哥都去了东京。看着哥哥们发展得不错，小儿子也很向往，可为了照顾老父亲，他不得不留在这里。许多年来，他对此一直抱怨不已。现在，终于等到了老人快要死的年纪，又正好老人病了，如果不去医院，就这么在家里拖着，用不了多久，老人油尽灯枯就会去世。

"其实这是我的意思，我不肯去医院。我已经活够了，不想再给家里人添麻烦了，如果可以就这么安安静静地去世，村里人也不会说什么。所以，请不要责备我的儿子，我生他养他十几年，他却照顾了我三四十年，能做到今天这程度，已经很不错了，我应该感谢他。"老人说这话时，看着窗外的皑皑白雪，眼中坦然。

老人的做法，其实是慢性自杀。

看着他消瘦的双颊，看着他深深凹陷的两眼，忽然间，我像是领悟到了什么，人活着，不该只为了自己。

那天下午，我冒着大雪离开了小旅馆，踏上了归途。我的心被一种难以归类却强大的感情激励着，感觉不到寒冷，只有莫名的感动。

F

回到东京后，我打算重新开始事业。可让我奇怪的是，不该死的人一个个都自杀了。

A君，奈奈美小姐，还有其他的一些人。

让我气愤的是，他们自杀居然没有告诉我。

我可是他们的死亡代理人啊，他们怎么可以不联系我就擅自死去呢？我做错了什么吗？我做的不都是他们需要看到的和想要看到的吗？那些录像，那些视频，他们看的时候全都是泪流满面激动万分。

不可思议的是，我的论坛很快遭到了黑客的攻击。我花了不少钱请人恢复数据，可最后我登陆时发现，论坛里写满了骂我的话，相当难听。A君，说我是自私的疯子，所有注册会员都注销了账号。

我快疯了，这意味着我之前所做的一切都前功尽弃，好像我并不是个好人，我做的也都是坏事。我只是，想帮帮那些窝囊的人，难道这样也有错吗？

时间过得很快，我还没来得及去寻找这个答案，就已经毕业了，随之而来的就是签证到期。不仅是签证到期，警视厅好像也有人开始调查那个论坛，幸亏我当时用的是海外服务器，不过这也不能影响他们，用不了多久，他们就会查到我身上。我的头很疼，前几天我去看了次医生，他们给我做了个精神分析，然后我偷听到他们说我是危险人物，打算把我关起来。我当然不会笨到让他们关起来，我找了个机会逃跑了，并且以最快的速度回国。

现在你一定很奇怪，为什么要把这个故事写出来，而且是弄在这本书里吧。

Joseph Conrad 说过，信仰超自然的罪恶没有必要，人类本身就能胜任任何邪恶。我并不邪恶，到现在为止我也认为我干的都是好事。我虽然回国来了，但并不打算放弃自己的事业，寻找死亡与生存真谛的事业，我会像从前那样继续干下去。

如果你想自杀，或者你想杀某个人，可以直接联系我，我会给出你最专业也最让人满意的服务。

相信我，真的不是坏人，也不是疯子，我只是比较敏感，善于发现每个人心里都有那么一小块阴暗地带而已。我能服务的范围很广，比方说，你，是否恨过一个人，恨到希望他死的程度？

好了，相信我的意思你应该理解了，既然你选择读这本经典小说，而不是那些庸俗的言情小说和无聊的官场小说，相信你一定是受过高等教育并具备理解能力的人。如果你不想自杀，咱们也可以先交个朋友。

我的电话是：151*********

二十四小时恭候。

本文内容，纯属虚构。
如有雷同，实属存心。

尾　声

最后的一页上，写着四行奇怪的字。依然用的是加粗的字体，和开始部分的加粗字体遥相呼应。

捧着这本奇怪的书，我的脑子里乱极了。那些匪夷所思的恐怖事情变成了画面，一幅幅地在眼前闪现。

血豆腐，卑鄙的两夫妻，温泉之旅，全都是真的吗？我裹紧了衣服，觉得背心里透着冷。

你，是否恨过一个人，恨到希望他死的程度？

但那句话在我脑子里久久不能散去。坐在快餐店里，透过玻璃窗朝外面看去，那些行色匆匆冷漠无情的家伙，没人在乎我。每个人都恨过人吧，这世上除了耶稣，谁都恨过人。如果只需要付钱就可以解决问题，为什么不呢？

我哆哆嗦嗦地拿出电话，按照书上留下的电话号码拨了出去，电话接通了，但是电子合成音告诉我，您拨打的电话正在转移，请不要挂机。

几秒钟后，在我身后传来一个奇怪的铃音，那是一群唱诗班的孩子用天籁般的声音唱着圣歌。

2 我知道那晚你干了什么

我第一次感觉到滚烫的泪也可以让脸上有刺痛的感觉，那是绝望的泪，一串串挂满我的脸。

手机的开启照亮了漆黑的屋子，我颤抖着按下按键，屏幕上爬满了又黑又大的字。

我知道你那天晚上干了什么。

我知道你那天晚上干了什么。

我知道你那天晚上干了什么。

我知道你那天晚上干了什么。

A

午夜的天台空旷而清冷，我披着外套站在角落里，看着睡眠中的城。漫无边际的黑色中，一栋栋死寂的楼房像潜伏的兽，远处闪烁着的霓虹光芒让人联想起狂欢的妖魔。我的心有些酸，此时此刻的范离，一定和玛吉在那些霓虹下快乐地笑吧。

两个小时前，我在这个天台上，看到范离来宿舍楼下接玛吉出去，就像当初他来接我时一样，送一大把百合和费列罗巧克力。范离会把那些给我讲过的老笑话给她听吗？那些笑话对玛吉来说应该是新的。不难想象，玛吉一定会夸张的笑，抹着蜜色唇彩的嘴裂开来，露出里面洁白整齐的牙齿，然后像孩子似的撒娇，要范离把巧克力喂给她吃……我的双手揪着头发，发根因为用力太大被扯紧，这些事情，越想越头疼。

一阵风吹来弄乱了我的头发，烦！我不耐烦地撩起头发，指缝中扯断了几根，应该有痛楚通过神经传达到了大脑皮层，可我却感觉不到疼。难道还会有什么比此刻的心痛更痛的吗？范离真的和我分手了，我该怎么办？我无力地依偎在墙角，虚弱得像片随时会被风卷走的枯叶。

玛吉有什么好，一看就是个虚伪的女生，大大的双眼皮是用胶布贴出来的，说话的时候喜欢做作地捂着嘴，在男生面前装作清纯可爱的样子，其实，一回到宿舍最爱八卦的就是她。真不知道，如果范离看到了她在宿舍里用蜜蜡拔腿毛的样子会怎么想，还会把她当成可爱的小卷心菜吗？

这么想了好一阵子，我才觉得解恨。可只能想想而已，我怎么都改变不了范离已经和我分手的事实。我们从大一刚进校时就在一起了，整整两年，连辅导员都觉得我们好般配。我们曾经在那年的平安夜里双手紧握许下诺言，这一生都要永远都在一起。

昨天晚上，小米捧着我的手说，我和范离分手后吃不好也睡不好，人瘦了一大圈，她看了都心疼。

小米会心疼我，可我出现在范离眼前，他明明看到了我的憔悴却只礼貌地点头算做打了招呼，好像我们只是普通同班同学，他脸上淡到不能再淡的一丝微笑甚至比普通朋友还客套得多，但只一转身，他就对着玛吉绽放笑颜，那种曾经在我们相识最初才出现过的迷人的笑。

每次一想到那幅画面我的心就比针扎还疼。

这一切，全都怪玛吉！

如果不是玛吉的出现，如果不是范离生日那天我得了急性阑尾炎，如果我出现在了那个派对上，范离一定还会和我在一起的。

我捏着华丽的蕾丝饰边裙摆，手心里的潮湿在上面留下斑斑的汗渍，这条裙子是我省了一个月的零花钱买的，就为了那个晚上穿给范离看，可是现在，他再也不会注意到了，我的美丽还是丑陋都与他无关，我开心还是痛苦都与他无关，每个人都看到他只在乎玛吉一个。

夜色浓得像化不开的墨，我已经在天台上待了整整一个晚上了。我，范离，玛吉是一个班的，现在全班的同学都知道范离把我甩了后第二天就和玛吉同进同出了，好几次我都看见辅导员对我欲言又止，我知道，她想安慰我。

不想回寝室，不想看见同学们怜悯的目光。从小到大，我的成绩，不论是数理化还是音体美，全部都名列前茅，学校的奖学金我也是拿最高等的，就连勤工俭学，我赚的钱也比其他同学更多。作为一个没有父母的孤儿，我的一切成绩都是自己争取来的，我渴望成功，渴望获得一切其他有父母的孩子所拥有的东西，我讨厌被当成弱者的感觉。

我在黑暗中把牙齿咬得咯咯响，失去原本属于自己的幸福，任何一个女人都不会甘心。

B

一双手落在我的肩膀上，温暖的感觉传来，我抬头看一眼，是小米。她来天台找我，她说，如果你还爱着范离，还想要他回到你的身边，坐在这里是什么都改变不了的，回去吧，好好休息，有了精力，才能想出办法来的。

小米和我都是福利院长大的孩子，她比我还小一岁，说话做事却像我的姐姐，我们就像真正的亲姐妹一样，她凡事都会真正地为我着想。

是啊，我也感觉有些冷了，再在这里坐下去明天肯定要感冒的，我听她的话，乖乖地下了天台。回到宿舍，同学们早就睡了，小米爬上床后，不久也传来了规律的呼吸声。

可我的脑海中，玛吉和范离的影子像走马灯一样片刻不停地晃动着，僵硬了一天的身体虽然很累了，脑子里的神经却还在疯狂地超速运转着，那种感觉真的让人濒临崩溃。如果再不找点其他事情做好让我停止想范离和玛吉，我怕我真的要疯了，我轻手轻脚地爬下床来，打开电脑上网。

BBS里，还有不少在线用户，看来，这样深的夜里和我一样睡不着的人不在少数。我一边漫无目的地点开帖子，一边和一个刚认识的网友聊天。对方的名字我并不熟悉，我甚至从来不聊QQ，我只喜欢和不熟悉的人聊天，而且下次绝不会再找同一个人，这样的感觉让人放松。我担心被熟悉我的人了解，他们会知道我的弱点，然后伺机超越我。除了小米，只有陌生人，才让我有安全感。

网友叫"剖开的心"，听上去像是和我一样有着关于感情的烦恼，我们聊得很投机。虽然不能确定对方是男是女是老是少，抑或根本是一条会打字的狗，这些都不重要，重要的是，她给我讲了一个让我很感兴趣的小游戏，一个恶作剧性质的小游戏。

她说，她男朋友和其他女孩子好了，和她分手后，为了报复那个女孩，她曾经发送过一条短信给对方，短信只有一句话：我知道你那天晚上干了些什么。这是个纯属恶作剧的短信，因为她并不知道对方都干了些什么，只是凭着感觉认为对方不是什么好人。结果，对方很快就回了短信过来，问她究竟是谁，想要什么。她回短信过去，让她和现在的男朋友分手。不知道那个女孩究竟做过些什么见不得人的事，对方竟然真的照办了，三天后和男朋友分手。她的男朋友后来想起了她曾经的好，重新追求她，结果被她冰冷地拒绝了。她说，拒绝他的那一刻她感觉心口上那处疤痕竟然完全愈合了，她再也不会为他心疼了。

看"剖开的心"给我讲这些关于她的故事，我开始幻想着自己也能和她一样，让玛吉离开范离，然后，我要范离重新来追我，我再当着所有人的面拒绝他，这样，我的心一定也不会再疼了吧。越想越觉得兴奋，一直到天边最后一颗晨星失去光芒我才恋恋不舍地关上电脑，上床睡觉。

这次，我睡得很快，而且睡得很踏实，梦里我看见范离被玛吉甩了后哭着跪在我的面前，求我原谅他，跟他和好……

C

再次睁开眼睛，天快要黑了，我脸上已经恢复了往日的光彩，在镜子前顾盼生辉，那是自信的颜色，我已经知道该怎么要回我失去的东西了。

我穿上一条黑色的裙子出门，小米在走廊上看见我，有些为我良好的精神状态吃惊，她问我去干什么。我笑着拍了拍她的肩膀，放心，我已经没事了，只是去散散心。我不会让小米知道我究竟要去干什么，和范离分手后她没少为我操心，我不想她再为我担心。

出了寝室大门，我去买了点吃的东西，然后就拐回了寝室楼下，在一棵大树后面，像只黑色的猫一样躲了起来。天已经黑了，我的视线集中在玛吉住的寝室门前，我目不转睛。

人不可能永远不出纰漏，如果有人专心致志地寻找的话，一定会很快被发现。

我不相信自己会有"剖开的心"一样的好运气，随便发一条短信过去人家就会相信你真的有她的把柄。我是个脚踏实地的人，一切讲究真凭实据，决不容许自己的成功仅仅可能因为侥幸，如果真的要对玛吉出手，我不会打没有准备的战役。

一个晚上过去了，我远远看着玛吉走出寝室出去吃了东西，又去了图书馆看书，直到她回去，一切都很正常。不过没关系，我有的是信心和精力。一个人，不做错事很正常，一辈子从不做错事那是绝对不可能的，只要我继续跟踪，我相信，我会有所收获。

也许是天助我也，一个星期之后，我终于等到了我需要的。

那天，玛吉特别开心，因为她的家里人给她买了一辆新车，那辆车太新了，以至于还没有来得及上金属牌照。我们全年级还没有一个学生拥有属于自己的汽车，她脸上的得意在招摇着，恨不能立刻用大喇叭告诉全校同学。那辆车是热烈的红色，虽然是跑车的款式，在我看来却像极满街跑的的士，十足的暴发户风格。玛吉的家里是暴发户，这几年在股市上斩获颇丰，买别墅，买车，生怕别人不知道他们家有钱。我说不准范离和玛吉交往，和她家里的钱有没有关系。虽然范离的零花钱也不少，也有个有钱的老爸，不过，关于他的身份……

那是在周末的晚上，范离大概不在学校，我看见玛吉兴冲冲地打了好几次电话，却一脸失望的表情，玛吉于是决定，自己一个人出去试车，兜风。我打了的士跟在她的后面，她的驾照是才拿到的，看样子还很不娴熟，红色的小车时快时慢，只敢在学校附近人少的路上兜着圈子。

她兜到第三圈的时候可能是操作熟练了些，于是加快了速度。可就在街口的拐角处，玛吉的车忽然一个急刹车停了下来……她下车朝地上看了看，双手紧紧地捂着嘴不让自己发出尖叫，慌乱的她看上去吓傻了，都没有注意到周围有没人就迅速回到车上，飞快地逃离。

如果我没看错刚才似乎从路边上蹿出一位农村老大妈，高一脚低一脚地走着，面对着刺眼的车前灯，老大妈显然愣住了。

莫非玛吉撞人了？

我的心怦怦直跳，真是千载难逢的机会，刚才整个事情从发生到结束，不超过一分钟，而我，手心里正攥着拍照手机。机会就是留给有准备的人，我把刚才玛吉下车俯身察看，惊慌失措的表情，还有最后匆匆上车飞速逃走的画面全部拍成了视频。

"哪家公司的，到底会不会开车。"的士司机大叔一边说着一边停车，然后下车察看，听他的口气是在夜色里把玛吉的红色小车当成了的士同行。他大概是个热心肠，估计准备上前给那位新手同行上一课。我也随着他下了车，并一起过去看。

一阵风吹来，带来浓烈的血腥味，果然出事了！

地面上，那位老大妈仰面朝天地躺在地上，身上穿着的是款式很土气的大襟棉布衣服，脚上是一双黑色的布鞋，身下有一大摊殷红的血，正一点点朝着我和的士司机的脚边扩散开来。我赶紧往后退了一步，生怕被那血沾上。老大妈的脸色苍白，她的眼睛大大地睁着，嘴角微张，像有什么话要说，却说不出来。老大妈的脸，我竟然觉得有些熟悉，是谁呢？我是孤儿院里长大的人，从来没有过也不可能会有什么亲戚。暂且也顾不了那么多了，我因为激动腿都有些发抖。

司机被眼前的惨况惊得愣了，不过他很快就反应了过来，拨打了报警电话。可惜玛吉的车没有车牌，不然，一定会很快就找到她。

她死了吗？我不知道，她的嘴似乎还在微微抽搐。我忽然意识到不该在这里停留太久，于是跟司机说还有急事，把路费塞在他手上就离开了，他的注意力都集中在地上的大妈身上，没有注意到我刚才用手机拍过东西。

两天后，那位老大妈的大头照片被刊登在报纸上，她在送往医院的途中就已经去世。头顶还有个大大的黑色标题：红色跑车撞人肇始逃逸。报上说，肇始逃逸的司机如果以后被抓到要重判。在这个提倡和谐的时代里，撞死了乡下来的老大妈，然后逃逸，影响很恶劣，事情被媒体宣扬得很大。

D

我像一只胜券在握的黑猫玩弄即将成为猎物的老鼠一样，在玛吉看不见的地方看她。看着她把车送走，然后只字不提，看她忧心忡忡地每天关注新闻，看她和范离在一起时脸上的笑容一点点淡下去，我的心里说不出的高兴，她不会知道，后果会很严重，而这些焦虑仅仅是开始。

我买了张不要身份证的神州行卡后并没有立刻和玛吉联系，五天后，我用新号码给玛吉发送了第一条短信：我知道那天晚上你干了什么。

发完短信后，我就把手机关了。我胸有成竹，我在角落里欣赏着玛吉惊诧的表情，看她焦急地走来走去，看她盲目地按照短信来电显示的号码往回拨，看她听见那个号码已经关机后脸上的复杂表情。她的确只是个暴发户的女儿，太沉不住气。

当我半个小时后重新开机后，收到了玛吉回复的短信：你都知道些什么？

我把那段视频用彩信发到了玛吉的手机上，然后再次关机。这一次，玛吉的表情更惊恐了，她甚至赶紧朝四周看了看，生怕被人看到这段视频。

你想要什么？我再次开机的时候玛吉这样问我。

呵，我喜欢这句话，这让我感觉自己是个可以掌管她生死的命运之神，一丝得意像蛇一样蜿蜒进我的心里。也许她会以为我想要的是钱，勒索这件事自古以来最经常的主题就是钱。如果玛吉真这样想的话，她就错了。不论我要求的是现金还是银行转账，都会留下一个账户在那里，那可是一颗地雷，说不准什么时候就会爆炸，我没那么傻，等着人家顺藤摸瓜。

"准备一个最大的旅行箱，明晚，午夜三点，到建设村五栋404，箱子里装什么我会再通知你。"

发完这条短信，我再次关上手机，换了卡，哼着歌轻松地离去。不难想象，玛吉会是一副怎样难看的脸色。

建设村五栋404，前年有一家三口在冬天里因为煤气中毒而死，去年变成出租屋后，又有一个年轻的大学老师心脏病发作死在那里，今年上半年，更是有个年轻女生在那里遭遇入室抢劫，女生反抗时被歹徒刺死。从此那个地方成了学校附近著名的鬼屋邪地，尽管租金一降再降，都没人够胆去住，骇人听闻的传言甚至影响了那一整栋楼，有人传说，即便是三伏天进去，那栋楼都是阴森森的。整个建设村里只有五栋的住户最少，正好成为我计划中的首选之地。

我再看了一遍手机中的视频，玛吉，等着我，送你一个午夜盛宴。

E

午夜三点，传说中阳气最弱阴气最盛的时刻，人的意志力和精神力在生物钟的运转周期上也是最薄弱的时刻。我白天睡了整整一天，此刻神采奕奕地守在一个漆黑的角落里，这个位置是我精心选择的，可以看到整套房子里的动静。

空气有些闷热，不知道是不是要下雨了，今夜的风有些大，吹得外面的树叶摩擦着沙沙地响，月光惨白地投射进来，在地面上铺上难看的树影，远处不知道什么地方传来一声尖利的猫叫，让人感觉毛骨悚然。

时间正好到了三点，"嘎吱～"一声，门被推开了。一个脑袋慢慢地探了进来，朝四周张望着。那个影子我一看就知道，是玛吉。她蹑手蹑脚的，身后还拖着一个大大的行李箱。

午夜就是安静，我甚至能听见玛吉紧张的心跳和呼吸的声音，她一定觉得有些奇怪，空气里有奇怪味道，那是久不住人的房屋的霉味，浓郁的血腥味，还有淡淡的香味，不是檀香，而是那种烧给死人的香。当然，这些都是我事前准备好了的。

玛吉一定是有些害怕，一个人这么晚到这样闹鬼的房子里来，谁都不知道会遇上什么，她迟疑着久久不肯进门，我在角落里用已经设置成静音的手机发了一条短信给她：进屋，不要关紧门，留一条缝。

也许是不要关紧门这点，让玛吉稍微感觉放松了些。她按照我说的，真的进了屋，并且把门留了一条缝。她的眼睛四处张望着，手捏成紧紧的拳头，我看见，她手上有个闪着寒光的东西。

哼！想暗算我。我从鼻子里喷出一口冷气，又发了个短信给她：扔掉你手里的东西。

玛吉收到短信后，显然惊慌失措，她当然不会想到我是怎么知道她的。她顺从地扔下了手里的东西，那东西落到地上发出清脆的声音，我看见，那是把刀。

失去防御武器的玛吉全身缩成一团，看着她抖得像秋天里最后一片挂在树梢上的叶子，我简直要笑得出声，真是太解恨了。

"走进卧室，然后把带来的东西一张一张全部烧完，烧的时候心要诚，要不停地说对不起。"我又发出了一条短信。

玛吉拖着旅行箱进了房间，借着微弱的亮光，她看见了两件简单破败的家具，还有一张落满灰尘的写字台，写字台上，摆着两个白色瓷盘，盘子里有些水果和馒头，盘子前有一个香缸，里面有三支正在燃烧的香，烧给死人的那种香。盘子的后面是一幅大大的黑白照片，相框上还挂着黑纱，照片中一脸凄苦表情的赫然是那个被玛吉撞死的老大妈。这样的摆设，显然是灵堂。

相信玛吉此刻更加想不到匿名发信人究竟是什么身份了，不要钱，不要物，要她来死人灵前烧纸钱。我看见她狐疑的目光，她一定是在猜测，究竟对方是不是老大妈的亲人。她迟疑了片刻，动手从旅行箱里拿东西出来，厚厚的一垛垛，上面印着数目巨大的面额，没错，那是烧给死人的冥币，我让她准备了整整一箱子。写字台上有打火机，玛吉把纸钱点燃，一张点燃另一张，扭着腰肢的火光照亮了她的脸，在她身后的墙上留下巨大的黑影，火光跳动，她的影子就变了形。我听见她很小声地说着：对不起，对不起……

我皱了皱眉头很不满意，又发了条短信过去：大声点。

玛吉朝四周看了看，手中不敢停下来烧纸，她不敢确定这个地方安装了监视器还是有鬼，她战战兢兢如针芒在背，我看见她的脸上有泪，呵呵，她被吓哭了，我必须用手捂着嘴才能不笑出声来，等着吧，你要哭的还在后面。哆哆嗦嗦的声音渐渐大了起来：对不起，对不起，对不起……

F

玛吉太害怕了，她全神贯注地烧着纸，没有发现她留的那条门缝一寸一寸地推开了，一个黑色的人影闪了进来。

　　一只手重重地落在玛吉的肩膀上，把她惊了一下，她回过头，惊喜万分："是你！范离，你怎么找来了，你不放心我是吗？我怕极了，可我不敢告诉任何人，你来陪我就好了。"玛吉的话说得语无伦次，完全没有注意到此刻的范离脸上全是阴森冰冷的表情。

　　"我没想到，真的会是你！"范离的声音阴沉中透着彻骨的冰冷，他揪着玛吉的脖子，像拎一只小鸡一样把她拎了起来。

　　"怎么了？范离你怎么了？"玛吉没有料到情势会是这样，还来不及多想，两记响亮的耳光就落在她的脸上，零散的纸钱烧完了，整个屋子又回归黑暗，他们就这样僵持着，我有些紧张。

　　范离会怎样对玛吉？呵，玛吉撞死了他的亲生妈妈。

　　是的，那位老大妈是范离的亲生妈妈。在我和范离感情最深的时候，他曾经告诉过我，他是在四岁那年被范家收养的，范家的主人没有能力要孩子，但他一直没忘记自己的亲生母亲，读大学后范离离开了家，每年可以找机会和亲妈见上两次，给她些钱，跟她聊聊天。

　　如果我没猜错，出事那天范离是去见他妈妈了，而他妈妈却正好来学校找他，所以经过了学校附近的小路。没想到，错过的母子竟然从此生死永隔。

　　范离和玛吉交往并不太久，我想范离可能不会把自己真正的身世告诉玛吉，因为那涉及继承权问题，而玛吉又是出名的势利。我看见过一次范离生母的照片，后来在报纸上认清大妈的遗像后肯定了她的身份，所以，我布置下了这里，然后把视频发给了范离，让他来这个闹鬼的房子看到真相。我要的，就是让玛吉和范离从此一刀两断，而我，也可以回到范离身边去。

　　"我们俩完了，以后你别再来找我。"范离从牙缝里挤出这句话来，忽然松开手，转身走了。失去重心的玛吉重重跌落在地，发出一声闷闷的空心烂木头的声音。

　　范离决绝地走了，门被很大力地关上，巨大的回响震动了整栋楼房，也把我藏身的柜子门震开了一条更大的缝隙。不过已经没有关系了，玛吉蒙着脸在哭，她不会看到我的，她也不会明白为什么范离会这样对她，虽然她也有很多男生追求，不过，范离无疑是最好的，人也帅，成绩又超好，我和范离好的时候她就一直在觊觎。

一条透明的鱼线缓缓落到了玛吉的脖子前，她还在蒙着脸哭，没有发现我正在她背后。哭吧，将死之人当然该哭。我一咬牙收紧了鱼线，毕竟是第一次杀人，手法并不熟练，我只是用尽全身的力气拉，使劲地拉。玛吉在我手下像一只被人抓住的蚂蚱，两条腿拼命蹬着，两只手扯着绳子，企图呼吸。我不会给她机会的，我用膝盖抵住她的背，用起力来就更顺手了。两分钟后，我松开鱼线，玛吉像一根煮熟的面条一样瘫软在地。

离开之前，我把那张神州行的卡藏在破砖缝里，既然这个游戏已经结束，这张卡也就没有了意义。我把玛吉装进她带来的大旅行箱里，拖到散发着臭气的护城河边，乌黑的天空没有一丝星光，周围一个人也没有，其实这一带不仅午夜没有人，就是大白天人们经过这条臭水河也是捂着鼻子敬而远之的。混沌的河水一口就吞下了箱子，然后吐出两串泡泡，像打了两个馊了的饱嗝。

玛吉从此在这个世界上消失了，我松了口气，心头的大石头终于卸下了。

我扔了鱼线，没有回宿舍，而是去了网吧，那里我早就开了包夜的卡座。

我说过，我是个脚踏实地的人，稳妥的人，不会有人知道我去过那个闹鬼的房子，并且做了些什么，我租那间房子的时候都是用假的身份证，我甚至在每个手指头上都抹了一层透明指甲油，这样不会留下指纹。我小心翼翼，我运筹帷幄，我终于成功了！我高兴得一连几天都睡不着，我又要和范离在一起了。

G

玛吉的失踪并没在学校里造成多大影响，她以前就经常这样玩消失，然后每次回来告诉大家其实她去旅游了或者去了外地购物。

可是，范离的表现显然不像我估计的那样，没了玛吉在身边，他看见我时还是有些冷漠。虽然我一次次地出现在他的面前，为了买他爱吃的早餐，我可以在小店前排半个小时的队，为了等他一起去图书馆，我可以不顾别人的眼光站在男生宿舍楼下等好几个小时。

一天，两天，一个星期，我有些沮丧，他看见我，再也热不起来了。

终于，小米很为难地告诉我，她看见范离和另外一个女孩子在一起了，那个女孩是其他系的，据说是个高干子女。

不，我不相信这会是真的，范离是爱我的，我们都是彼此的初恋，我们是全年级成绩最好的学生，我们走在一起最般配，他甚至可以告诉我他隐藏最深的秘密。我一遍又一遍地告诉自己他爱我，只是，他暂时还没走出玛吉撞死他亲生妈妈的阴影而已。可是，就是这样也不能再欺骗自己了，那天，范离当着所有同学的面，拒绝了我。他说：别耽误时间了，我们不适合，你会找到比我更爱你的人。

小米是搀着我走回去的，我的双腿几乎没了行走的力气。怎么会这样？我为了能和他在一起甚至杀了人！可他，却一句我们不适合就打发了我！原来范离现在需要的是那种对他未来有帮助的人，没有了一个玛吉他还会去找另外的玛吉，而我，什么都帮不了他。我几乎要绝望了，这感觉比当初范离跟玛吉好了还更痛苦。我躲在蚊帐里，不吃不喝也不和任何人说话，把自己关得像条作茧自缚的虫子。

"滴滴——滴滴——"就在我最痛苦，最低潮的时候，我的手机收到了一条短信：我知道你那天晚上干了什么。这句话后面是一串陌生的神州行号码。

我回过去：你都知道些什么？

我此刻多么希望对方就是"剖开的心"那样只是恶作剧的人，一个没有真凭实据没有我把柄的人，但是，我想错了。对方发来一个视频彩信，那是我在那个晚上，勒死玛吉把她装箱扔进河里的情景，画面有些泛红，而且距离也不很近，看得出是用红外夜景摄像模式拍下来的。

该死！我竟然被人偷拍了！

我哆嗦着手删除了这条彩信，然后环顾四周，还好，宿舍里的同学都不在。

"你想要什么？"

我发了一句回去，我是孤儿，我没有钱，也没有家人可供别人勒索，所以，绑架和敲诈要钱的话对方应该事先调查清楚。

"你现在立刻去那个晚上你杀人的那屋子里，我会告诉你怎么做。"对方很快就发回来了。

我稍稍有些迟疑，不过还是按照那人说的赶紧去了那间屋子，虽然很好奇，也很不甘心，不过我没有别的选择，我是个成绩和纪录都很好的大学生，即便没有了范离将来还是有美好的前途在等着我，万一对方视频传了出去，我辛苦挣扎奋斗了二十年的人生就完蛋了。

我步行的速度有些慢，几天来没吃什么东西，有些头晕眼花的。我的口袋里揣了把水果刀，万一有什么不测，也不至于完全被动。

我上楼前，仔细地看了看身后，似乎没发现跟踪的人，可还是感觉背后一片冰凉，分明有人在我看不见的地方注视着我，就像当初我注视玛吉一样。我慢慢地上了楼，然后进了那间闹鬼的屋子，一切都还是那天的样子，有些破败，凌乱不堪，只是桌上的水果和馒头都发了霉，散发着更加难闻的气味。但窗户却被厚木板全部封了起来，没有了光线，屋里暗淡得像防空洞。

"把大门反锁，你的手机卡从门缝下面塞出去。"短信在我踏入屋子后准时发来。

搞什么鬼，如果我把手机卡扔掉了，那怎么和对方再联系？虽然犹豫，我还是照着做了，把大门反锁，然后，取出手机卡，塞出门缝去。

我没有马上走开，门外有窸窸窣窣的声响，像是在用锁锁着什么。一定是那个人来了！我趴在地面上，我要看看，究竟是谁在跟我做这个黑色游戏。门缝下面出现了一双脚，一双熟悉的脚，怎么会是她？

"小米！怎么会是你？"我拍着门，大声喊道。

"别怪我，我这样做也是迫不得已，既然你要死了，就让你做个明白鬼，也算对得起我们姐妹一场的感情。"小米的声音有种冰冷的陌生。

听了她的话，我才知道，原来，我和小米是同父异母的姐妹，当年父亲落魄和我们的母亲分手后，我们被送到了福利院，也许是我们长得并不像，所以没人知道我们是亲生姐妹。但是三个月前，我们的父亲找到福利院去了，他现在过得好些了，来找我们了，想把我们认回去。

"爸爸家并不是很富裕，所以，我想，他只需要一个女儿，所以，我一直没告诉你，不过你放心吧，我会替你好好照顾他的，让他感受到两个女儿的幸福。"小米漠然地说："我不忍心亲手杀了你，所以，你在这里等待自然死亡吧，我算过了，你饿了三天了，明天的这时候你大概就喊不出声了，屋子里的水闸和电闸都被我关了，现在是你把自己反锁在里面，一个星期后我会来把外面的锁带走，到时候我再把你的杀人视频放到网上，就算没有遗书你也算畏罪自杀了，正好你现在还失恋了。别浪费力气呼救了，你早就知道，这栋楼都没什么人租。"

声音越来越小，我听出小米已经走得远了。

尾　声

我第一次感觉到滚烫的泪也可以让脸上有刺痛的感觉，那是绝望的泪，一串串挂满我的脸。

我知道你那天晚上干了什么。我不该轻易尝试用这个危险的游戏，害了别人也害了自己。我无力地坐在地上，没有力气呼喊救命了。但是，我不该就这样结束自己的生命吧，是的，不该！

我忽然想到，我还藏了一张神州行的手机卡在这里。我在黑暗中摸索着一条又一条砖缝，指甲被粗粝的砖磨破了，鲜血淋漓，但我已经顾不上了，我必须救自己。

我想到了一个办法，近乎疯狂的办法。我把卡插进手机槽里，因为怕警察会在这里查出不利我的证据，所以不敢报警。我开始给每一个我认识的人发短信，我想，总有一个心虚的人会被我撞上吧，不论谁回了短信，我只要对方来帮我撬开门外的锁，然后……

手机的开启照亮了漆黑的屋子，我颤抖着按下按键，屏幕上爬满了又黑又大的字。

我知道你那天晚上干了什么。

我知道你那天晚上干了什么。

我知道你那天晚上干了什么。

我知道你那天晚上干了什么。

3 夜半轻私语

　　难道那三个鬼魂三个故事全都是做梦吗？我睁大眼睛看了看周围，还好，没看见他们中的任何一个，也许他们真的全都到另一个世界去了。不管那是梦还是真的，我都获益匪浅，至少，从今往后我再也不会冲动，好奇，自私，过分痴情了。

楔　子

　　窗外刮着阴冷的风，虽然还是夏天，我却已经提前感觉到寒意。寝室里一个人也没有，她们全都参加白维的化装舞会去了。辗转难眠，心里想着那些本该属于我的精彩，恹恹地坐起身，难道离开了白维，我真的就不能活吗？我一个人也可以好好的，比跟他在一起时更好。

　　身体轻飘飘的，像是感冒了，可桌上杯子里空空的，酒瓶和药瓶东歪西倒全都是空的，还有一张白维和那个女生合影的照片和几张被揉成一团的草稿纸，空气里弥漫着难闻的酒精气息，乱七八糟让人心烦，穿上鞋，我赶紧走出了宿舍楼。

　　路上没人，我像个孤魂野鬼般游荡，风真冷，似乎能穿过皮肤钻进骨头里，我不自觉地打了个冷战，怎么搞的，越看越像小说中阴气最重最邪门的那个时辰，可惜刚才走得急，忘了带手机。

　　远处走来一对情侣，女生小鸟依人地偎依在男生身边说着什么。刚刚失恋的我自然最见不得这样的画面，冷冷地盯着那个女生，恨不能从眼中飞出一把小刀子，把这两个甜蜜的人儿分开。

　　太可恶了，她根本当我透明。嘟囔着说：都怪你，看什么恐怖片，我肯定要睡不着了，今晚是七月半，鬼门关大开……

　　男生坏笑着低声回了句什么，惹来女生一阵粉拳，肉麻透顶。两个人渐渐走得远了，他们始终没有多看我一眼。

　　以前和白维去看恐怖片，每次都吓得钻进他怀里，今晚是七月半，我一个人要躲又能躲到哪里去，世界上那个我最在乎的人不再在乎我了，躲什么，还有什么要紧。我心酸地低着头，漫无目的地走着。

我就这样迷路了，前面是一栋黑色的小楼，一楼的窗户里亮着微弱的光，整个天地间似乎只剩下这一点光亮了，我忽然鬼迷心窍地很想过去看看。

从窗户上望下去，里面有两个男生一个女生，围坐着三支白色的蜡烛，像怪谈社的同学在开鬼故事会。反正也没有目的地，要不进去看看？我的好奇心一向很强，胆子也大。

敲了敲门，没反应。

我轻轻地推开门，里面的三个人不约而同地看过来，虽然是陌生的面孔脸上却都带着善意的微笑，其中一个穿着靴子的女生神秘兮兮地把中指竖在嘴边，轻声说：“我们正在讲恐怖故事，你要参加吗？”她的声音很温柔，身上穿着已经洗得发白的校服裙，腿上那双漂亮的靴子却格外惹眼。

我点了点头，心想如果他们的故事足够恐怖，也许可以以毒攻毒，至少今晚我会少些思念白维的痛苦。

我在女生旁坐下，摇曳的烛光散发出微弱的光芒，我看见对面的男生胸前有块看不清底色的污渍，另外一个男生手里拿着把口琴。

“好了，现在我讲第一个故事，不要插嘴，不准提问，一切等我讲完了再说。”穿靴子的女生轻轻地说：“故事的女主角叫姗姗，她有个男朋友叫陈卓，她很爱陈卓……”

不脱手套的男人

星期六的晚上，本来和男朋友陈卓约好先去唱K然后去江边放烟花的，姗姗却坐在麦当劳里喝奶昔，她和陈卓又吵架了，为了一点芝麻大的事，可陈卓就是不肯迁就她。快要打烊了，餐厅里的人越来越少，姗姗对面坐下了一个中年男子，她知道这个男人已经尾随她很久了。

“小姐，请你喝杯咖啡好吗？”对面的男人主动和姗姗说话了。

姗姗有点吃惊，看他年纪应该是有家室的人了，莫非想……

"是我冒昧了，我只是想和你做个朋友。"男人的直爽散发出难言的说服力，他的手随意地搁在桌上，手套的皮质柔软细腻，手里的车钥匙上有枚闪亮的宝马LOGO。姗姗紧张地垂下眼帘，觉得心跳加速，学校里不少女同学都结交了这样有钱的男友，一到周末会被豪华的汽车接出去玩，还能经常收到各种价值不菲的礼物，如果不让陈卓知道，他应该……

"我想送你双靴子，如果你愿意的话，我们可以换个地方试试鞋吗？我保证你不会对我失望。"男人很诚恳，姗姗动了心，稍微犹豫了一下就跟着男人上了他的车。

车窗外的风景飞快地倒退着，车里的空调很足，姗姗心里充满了好奇和顾虑，命运是否真的会给人意外的惊喜，反正手机里有设定为快捷键的陈卓号码，万一有事就打给他好了，应该不会有什么危险。

车驶出城外进了别墅区。

一进门，迎面而来的是巨大的水晶吊灯和华美的真丝地毯，空气中有些淡淡的草药味若隐若现，姗姗皱了皱眉。

男人给姗姗倒了杯花茶，粉红的玫瑰在沸水中翻滚，渐渐变了颜色，芬芳四溢，他做这些的时候还是不脱下手套。接过茶杯时姗姗碰到那手套，如同皮肤一般柔软细腻。

男人没有和姗姗聊天，而是拿出一双靴子让姗姗试穿。看到姗姗穿着很合适的样子，他脸上露出满意的微笑，"我还有更多漂亮的，你来跟我看看。"

男人领着她往楼上走。

上楼后，那股草药气味越来越浓，不知道为什么，姗姗有种不祥的预感，但从来没有来过这么豪华的别墅，她忍不住想多看看，她把手机紧紧攥在手上。

男人带着姗姗来到卧室，卧室里有个面积不小的衣帽间。琳琅满目的衣服和鞋把姗姗的眼睛都看直了。男人脸上露出诡异的微笑，"喜欢就随便试，我送给你。"

"真的？"姗姗惊喜万分，也许自己真的遇到了好人，真奇怪，这里的鞋都非常轻盈，特别合脚，穿在脚上感觉和皮肤都要融为一体了，就算及膝的长靴也感觉不到多少重量。莫非都是在国外的高级鞋行定做的？要是陈卓能送自己一双多好，今天的争吵就是因为她想买双新靴子，陈卓觉得价钱太贵……姗姗发现男人不见了。

姗姗深深吸了口气。突然，她感觉到草药味就是从卫生间里传出来的。她轻手轻脚地走到卫生间门口，把耳朵贴在门上，想听里面的动静。

门没锁，一碰就开了，里面坐着一个女人。女人坐在轮椅上，正瞪着姗姗，眼神有点空洞，一双脚泡在木桶里。

"不好意思，我只是试试鞋子。"姗姗心虚地解释着，这女人可能是女主人。半晌，女人一动不动，姗姗觉得奇怪，继续唤道："太太，太太。"还是没反应。

姗姗大着胆子走得更近了，女人依然不动，而且目不转睛。姗姗用手试探鼻息，一不小心碰到了她，天啊，她全身冰凉还没有呼吸。

"啊——！"姗姗忍不住叫出了声。就在这时，一只粗壮的手从她身后伸出来捂住了她的嘴，另外一只手像钳子般紧紧把她箍得死死的。姗姗很快被利落地绑在一张椅子上，嘴也被塞住，动弹不得。

绑住姗姗的正是带她来的男人。

"我的手套很漂亮吧，想不想看看我的手不戴手套是什么样子？"男人微笑着一边说，一边轻柔地把手套脱了下来，那是双触目惊心的手，到处都是溃烂的皮肤，不少地方能看到变了色的血管，指尖和关节处更是深可见骨。手套被他捏在手中，人皮一般薄。

"她是我太太。以前在鞋厂工作却连双好鞋都没穿过，劣质鞋磨得她满脚血泡，我心疼……"男人在喃喃自语，姗姗的嘴却被透明胶封住了，她仓皇地四下回顾，可手机已经被男人扔到了很远的角落里，怎么都够不着。

"后来我赚到钱了她却得了癌，是鞋厂的胶水有毒。我不甘心，我要为她亲手做出最合脚的鞋。虽然那些药水让我的手过敏，可我不怕痛，哈哈，我不怕，再痛也不怕。"

男人像疯子一样语无伦次。

姗姗想逃，可身上的绳子太紧，越挣扎勒得越痛。

"你的脚尺码正好和她一样。知道吗，只有真皮的最合脚啊，哈哈。"男人已经笑得丧心病狂，他掏出细钢丝用力箍在了姗姗的腿上。钻心的疼痛让姗姗几乎晕厥，眼看着小腿以下部分渐渐变成了黑紫，男人举起了雪亮的刀，他笑着说：

"别怕，一下就好。"

远处的手机忽然响了起来，那是她设定的生日提醒，现在是周六晚上的十一点半，她如果没跟这个男人走，现在，应该和陈卓在江边放烟花了。

……

"后来呢？后来怎么样了？"虽然心里满是恐惧，我却忍不住好奇，如果这故事是真的，那姗姗也太不走运了，都怪她太好奇。

"两个月后，陈卓用做家教赚的钱给姗姗买了双漂亮的皮靴，他每天都拨打姗姗的手机号码，可电话那端始终冰冷地回应：您拨的用户已关机。"穿靴子的女孩冰冷地说着，脸上已经没了之前的温柔，黑气盘踞，"陈卓毕业时，把那双靴子烧掉了。"

我被她的样子吓坏了，真不知那故事是真还是假，难道她就是姗姗？可我又不敢看她的腿，正想着要不要走，拿口琴的男生似乎看出了我的窘迫："下一个故事，我来讲吧。"

我感激地看了他一眼，不敢啰嗦。

男生正襟危坐，把口琴攥得更紧了，"我这个故事比较复杂，为了让大家更容易听懂用了两个人称，有没弄明白的地方，请大家随便问我。"

对面的女孩

林　枫

轻轻关上 3009 的门，我不想惊动任何人。午夜两点，除了睡不着的我，不会有谁想要站在天台上看星星。上个月我转学来到 D 大，据说这里雅思教育很好。

我考研失败，米娜已经先去了美国。昨天网上和美国的同学聊天的时候，同学告诉我米娜和一位开敞篷宝马的蓝眼睛帅哥来往密切。我拿着手机上了天台，银色的月光淡淡地在背后投下一个混沌的背影，没有了米娜的我形单影只。突然，一阵风撩起我遮住眼睛的头发，抬头望去，对面好像有什么东西。

对面是女生宿舍 9 号楼，和我们男生宿舍 9 号楼仅仅相隔三十米距离。揉了揉眼睛，再望过去，我看见一个纤瘦女孩正站在对面楼上的天台，穿着一条红色的睡裙，披着长长的头发。

"我刚才看见了一个女孩，就在你们宿舍的天台上。"半夜两点，正是大洋彼岸的白天，我每天准时给米娜打越洋电话。

电话里米娜说，9 号楼里曾经有个女孩穿着红色睡裙在半夜从天台跳下，后来才知道那个女孩怀孕了，她男朋友却要和她分手。米娜的声音依然有种让人保护的冲动，她娇嗔地说："你要小心哦，那个死去的女孩怨气重。"

米娜出国前就住 9 号楼，后半夜的风阴凉，手臂上起了层鸡皮疙瘩，不知道为什么，我觉得今晚会发生点什么。

刚挂断电话，有一阵急促的上楼声传来，一个和我年纪相仿的男生也上了天台。他从口袋里掏出一把口琴，对着对面的女孩吹了起来。风把他的调子弄得有些凌乱，音符虽然很简单，但能听出这个男生吹得很用心。

对面的女孩望着这边，月光下能隐约看见她娟秀的面容。方才我有些绷紧的神经现在逐渐放松了。一曲完毕，男生坐在围栏上，遥望着女生。我递给他一支烟，在夜色中，两只烟头的火光让我们亲近不少，我觉得我跟他长得有点像，个子也一般高。如果我的皮肤再白点，头发再短点，我们肯定会被看作兄弟。

"你真幸福，女朋友半夜还听你吹口琴。"有时候陌生人才是最适合的交流对象，我指着对面的女孩对他说。

他腼腆地笑笑，"不，她不是我女朋友，我只是失恋了。"

"我同学告诉我，对面楼上闹鬼哦，说不定这个女孩就是鬼。"直觉告诉我，他一定认识对面的女孩。

"鬼，真的很可怕吗？"他笑笑。

我们聊得很开心，后来，我午夜上天台，却没再遇到他。

我是希望遇到他的，跟他有种莫名的亲切感，对面的女孩依然每晚都来，不知是在等谁。

往往最好的东西和最坏的东西都让人迷恋，米娜的美丽和坏脾气就让我折服。但我却没有什么能让她迷恋的，所以，我能很明显感觉到她电话中日益淡漠的语气，午夜通话的时间越来越短。

那晚参加系里组织的联谊活动，我意外地遇到了对面楼上的女孩。她穿红色水玉娃娃裙，如同一颗静静散发着清香的草莓。我主动和她打了招呼，她也认出了我。不知为什么有那么多话想要和她说，就像我们原本是老朋友。直到活动结束，我们都没提起那个吹口琴的男孩，她跟我在一起似乎也很开心，我们就这样开始了交往。

女孩叫苏醒，学服装设计的，看完她的作品我才意识到这几年自己是蹉跎了。我现在很少给米娜打电话了，反正她也没话对我说。

我打消了出国的念头，决定和苏醒一起充实地生活。

对面的女孩

钟一死后，我依然习惯在午夜上天台看看对面的男生宿舍。那场意外前我们经常这样，我喜欢听他用口琴吹《俩俩相望》，那些美丽的音符曾装饰过我许多夜晚。

那晚，我在天台看见一个长得很像钟一的男生，他好像也看见了我。我要感谢这里的晚风，它的呜咽让我以为再次听到钟一的口琴声音。那男生起初在打电话，后来电话打完了竟坐在对面看我，看了足足一支烟的功夫。他的姿势和钟一很像。我忍不住挥了挥手，就像以前和钟一见面时那样。

我打听到了他的名字，林枫。现在每晚我都在天台等他，不，应该说是等着看他。思念是件折磨人的事情，看到他会让我有种服下止痛药的放松。

那天本来想去自习室看书的，竟然走错了教室，参加联谊的人群中有林枫的身影，索性找了个角落坐下，想近距离看看他。他很大方地主动和我打招呼，我们聊得很开心。

参加游戏背人踩气球，我们得了第一，他说：你还可以再胖一点。

我差点就要当着他的面哭了。以前下雨时遇到有水的地方总是钟一背我过去，他经常说你可以再胖一点。

他神态和语气都和钟一那么像，和他在一起简直上瘾，我忍不住一次次接受他的邀请。他很神奇地知道我会胃痛，不准我吃冰淇淋，每次吃饭，他点的也都是最合我口味的菜式。被他关怀着很幸福，就像钟一并没离去。这样不好，对不起钟一也对不起林枫，我想退出这场并非爱情的游戏。

就在准备向林枫说这件事的那个下午，我出了点意外。一个喷嚏后鼻血失控的涌出，怎么都不能止住，望着衣服上逐渐扩大的殷红，我眩晕，恍惚中，仿佛又回到了钟一的车祸现场。

宿舍里只有我，窗外艳阳高照，同学们各自寻觅自己的幸福。我在床上躺了半小时，强撑着弄了湿毛巾敷在额头上，把纸巾卷成小筒塞在鼻子里都没效果。出事的血管就像锈蚀得不能维修的水管，怎样都不能让它停止渗漏。

手指变得冰冷，镜子里的我脸色惨白，空气中弥漫着淡淡的血腥味，应该高兴吧，也许继续下去就真和钟一相见了。拿出手机，快捷键是钟一的号码，我情不自禁按了下去。熟悉的彩铃，正是我们喜欢的那首歌。是幻觉吗？他的手机还能接通？莫非我真的要死了？

"喂。"电话那边传来林枫的声音。莫非我把林枫的号码存在钟一名下？不可能的，我没有印象。

"是苏醒吗？"耳边响着林枫的声音，我已经说不出一句话了，就这样沉沉地晕了过去。

再次清醒已身在医院，消毒水气味让我皱起眉头，倒吊着的药水瓶边还有一袋鲜红的血浆。医生说我的血液出了问题，只有移植骨髓才能治好我的病。看过那么多媒体报道，我知道骨髓配型的成功几率很小。可医生告诉我，幸好我男朋友的血型和我一样，他已经抽了骨髓样本准备检查能不能为我配型。

林枫带着漂亮的粉色鸢尾出现在病房，他说，希望能给他一个机会照顾我。

那些早就准备好要对他说的话现在说不出口。我突然明白，死，不是一件可以急于求成的事，反正既然它迟早会来，不如在等待时充实地过好每一天。

钟 一

站在病房门外，我看见苏醒脸上露出了久违的笑容。

林枫能看见我，是我们有缘。那天在天台上我认定他就是能接替我给苏醒幸福的人。那夜的口琴，是我吹给他们两人的，虽然苏醒看不见我，但我知道她一定能感应。真爱过，已足够。只要能让她开心，我是否在她身边并不重要。

我是没有经验的灵，只能安排他们见面，电话号码之类的小事，真正能救她命的，还是林枫。也许是命中注定，他的骨髓和她相配。

我的故事讲完了，和林枫相遇的那晚，是我头七。

……

男生始终默默地看着手中的口琴，仿佛看着曾经最不舍最眷恋的爱人。我被他的故事打动了，他一定就是故事中的钟一。我曾以为白维是全世界最爱我的人，他那份廉价的爱和眼前拿着口琴的男生比起来，根本不值一提。

也许，我现在的处境很危险，直觉告诉我两个故事都是真的，入校的第一个学期，就曾听怪谈社的同学们说过这两件事，全都真实发生在这所学校里。

如果我的预感是正确的话，那现在我身边的这三个就都不是人！我不能轻举妄动，随机应变吧，只要拖到天亮，他们就不能把我怎样。看了看窗外我有些忐忑，这个夜未免太长，长到不知如何处才是终点。

最后一个男生我不太喜欢，他眼中透着股精明，这样的人总会让女生吃亏。不过我没让这样的情绪立刻流露出来，毕竟对方身份不明，万一对我不利，连怎么逃命都不知道。

好在他没在意我，自顾自地清了清嗓子："我这个故事的女主人公叫小萌，萌芽的萌。"

一枚胸针

A

小萌坐在拉面馆里等着吴健。桌上油腻腻的，没擦干净的地方还残留着斑斑油星，她把包放在膝盖上搂着，包里是她为吴健织的毛衣，他要去北方实习。

都两点了，他还没来。店里的伙计远远地看着她，她那碗面没怎么吃，他没来她就没有胃口。

两点半，吴健匆匆来了。小萌为他叫了碗双码牛肉面。

"你能不能再帮我凑点钱。"吴健一边大口吃着牛肉一边对小萌说。

"她生日还没到吧。"小萌面有难色，"我的奖学金早就都给你了，上次给她买衣服已经向同学借了不少，都没有还的。"分明是有理的，声音却越来越弱。

"她要做中秋晚会主持人，看上了一枚水晶玫瑰胸针。"吴健风卷残云般把面干掉，擦着油油的嘴。

小萌不做声，又搂了搂胸前包里的毛衣，仿佛需要点什么来填补虚弱。

"等她爸帮我安排了工作，我在这个城市站稳了脚，就跟她分手。"吴健搂住小萌的肩膀，似乎要给她更多勇气。

"好吧，我再去想点办法。那个胸针，多少钱？"小萌清亮的眼望着吴健，希望肩上的手能多停留一会。

"八百。"吴健刚说完，小萌就皱起了眉头，"够我一个月生活费了。"

"不算多了，我又送不了真金白银。"吴健已经起身，抬手看了看表："我要走了，她不舒服，要送她去看病。"

小萌已经积蓄了自己体温的毛衣递上：这个给你，去了北方可以用得着。

吴健随便看了看，给了小萌一个响亮的吻：辛苦你了。

望着吴健高大的身影离去，小萌觉得脸上被吻过的地方慢慢变冷。

B

回宿舍的路上，小萌思考着怎么才能再弄到钱。

吴健和她都是小镇出来的，也算青梅竹马。没进大学之前的日子多好啊，每天简单的生活快乐却那么多。小萌觉得有那样的快乐就够了，可吴健不满足，他说不回去了，一定要让小萌在这个城市过上真正幸福的生活。后来吴健当上了爱情卧底，和姜薇交往。

"能不能不这样？"小萌曾哭着求他。

绝对不行。和姜薇在一起能让我少奋斗十年。小萌，这都是为了你，为了我们的将来，你知道现在房子要多少钱一平方吗？你不想让我成为你的骄傲吗？吴健总是那么振振有辞，眼泪不是说服他的武器。

他甚至不跟小萌用手机通电话，怕姜薇查。自从有了姜薇，小萌的一切都被抹杀掉了，他们曾经的合影，小萌送的卡片，每次见面都不超过十分钟，甚至连在老乡面前，也保持着距离，大家都以为他们分手了。吴健说，我们的幸福一定会比别人精彩。

望着宿舍里空荡荡的箱子和衣柜，小萌没有可以换钱的东西，她除了无望的爱和年轻的身体，一无所有。

对，身体！小萌想到了什么，在抽屉里找起来。一分钟后，那张红色的广告小卡片被她捏在了手里。

那是家小诊所的名片，上面清楚地写着经营范围除了开药输液还收购血液。

第二天上午，去小诊所之前小萌喝了两大杯水，电影上说这样能稀释血液。义务献血车上的广告还说年轻人献血有利身体健康呢，反正人家义务的都还献呢，自己还能赚钱，多好。

想着想着，小萌脸上露出了微笑。吴健离成功更近一步，她也离那比一般人都精彩的幸福更近了一步。

小诊所其实不小，看着它的规模，小萌觉得底气更足了些。护士把她领到一个房间，里面还有三个人在抽血。小萌默默地念着吴健的名字，感觉针扎进血管里也不那么疼了。从财务室领到钱，小萌用棉签使劲压着针眼，路过诊室时听到了里面有个熟悉的声音，"医生，能不能只用药流，她怕疼。"

是吴健！小萌的神经立刻绷紧，她凑到虚掩着的门缝后面往里看，吴健身边是姜薇。她只觉得脑袋里嗡的一声就炸了：姜薇怀了吴健的孩子。

她失魂落魄地往外面走去，每一步都像走在刀尖上，流血般生疼。

"姜薇怀了吴健的孩子。"这句话在脑海中反复咆哮着，她什么都听不见了，连身后的急刹车声都没察觉。

人鱼公主经过支离破碎的痛后得到了王子的爱情，可小萌呢？她觉得自己轻飘飘地，像被抽掉脊梁般软弱无力。

C

吴健打完球回去，小萌已经在宿舍门口等他了。

"不是说了不要直接见面的吗？"吴健很不耐烦地环顾四周。

"这个，已经帮你买了。"小萌递上漂亮的蓝色礼盒。吴健打开来，深色丝绒上正是那枚水晶玫瑰胸针，夕阳的映照下，栩栩如生的玫瑰在墙上折射出一道炫目的袖珍彩虹。吴健被那光芒吸引，忍不住用手指轻轻触了一下花蕊，竟然质地温润。他有些疑惑："水晶不是冰凉的吗？"

"是我的体温，我在怀里揣了很久。"小萌看着他，小鹿般的眼里有着比水晶更璀璨的泪水。可吴健看不见，他满意地笑笑掏出手机，准备打电话给姜薇。

"你快走吧，给我同学看见了不合适。"吴健用眼色示意小萌离开。

"你还欠我一个吻呢。"

每次分手时他总会吻她一下。吴健按下手中的电话号码，心不在焉地用嘴唇碰了碰小萌的额头。这个吻，小萌终于感觉到了敷衍，其实之前的那些吻都是同样潦草，只是她不肯承认。小萌突然把自己的唇覆盖在了吴健唇上，她的唇那么凉，吴健全身的汗毛都竖了起来。

"怎么不说话？"姜薇在电话那端质问。

"没什么，我不小心碰到了头。"吴健赶紧解释。

小萌的嘴唇嗫嚅了一下，没发出声音，唇型好像在说：最后一次。吴健揉了揉眼睛，她的背影已经远了。

晚会前吴健亲手帮姜薇把胸针带上，姜薇很高兴，说晚会上一定会给他个惊喜。

大礼堂里人声鼎沸，晚会是跟电视台合办的，现场转播。姜薇笑颜如花，闪亮的水晶玫瑰映衬得她更气质高雅。吴健的前面坐着两个女生，其中一个是小萌同学，她们头挨头在讲什么事情，因为周围鼓掌声太大不得不提高了声音。

"我们班的沈小萌今天上午死了，是车祸。"

"听说她死前还卖过血，哎……"

吴健懵了，小萌上午死了？可下午还……

台上的姜薇宣布开始寻找幸运观众，追光灯在场内四处扫射，掀起一个不小的高潮，灯光定住，大屏幕上是吴健木讷的脸，他被请上了台，大屏幕上显示出他和姜薇的身影。突然，他发现姜薇的面容竟然变成了小萌，回过头看大屏幕，上面分明是姜薇。此时，眼前这个不知道是姜薇还是小萌的人伸手拉住了他，那手凉得刺骨。

礼堂里的声音戛然而止，台下有人在喊：胸针，她的胸针！

吴健望向姜薇胸前的胸针，花蕊中出现了如血般浓郁的红，那血红慢慢扩大渐渐渗出，竟然流在姜薇白色的长裙上面。

"啊——！"姜薇尖叫了起来。

吴健哆嗦着把胸针摘下用袖子去擦，可那血却像会钻的虫子，渗进皮肤渗到骨头里。吴健瘫坐在地，沾血的皮肉连着骨头全都有种硫酸腐蚀般的痛，那些血还在不停不止地往外涌。

姜薇晕倒，现场乱作一团。

慌乱中，那枚胸针跌落进他的衬衣里，大屏幕上显现着吴健极度恐惧到扭曲的脸，那胸针竟然附着在了他胸口的皮肉中，牢如跗骨，任他怎么用力都抠不下来。

尾　声

故事开头说得慢悠悠，到了后来那个男生语速越来越快，只因窗外的天空已经换了个明亮的底色，三个鬼都面露焦虑。看来我猜对了，他们怕天亮。

"好了，我们的罪都坦白了，该你了，别耽误我们回去。"姗姗厉声道。

"我？坦白？你们回哪里去关我什么事，我只是个路过的。"我慢慢地说着，恨不得太阳加速飞升。

"那就等着被魂飞魄散吧，死也是个糊涂鬼！"姗姗恨铁不成钢地说。

"糊涂鬼，呵呵，没错，所以她男朋友跟教授的女儿好了一个月她才知道。"

吴健斜着眼睛，不怀好意地说。

"我跟你很熟吗？你凭什么管我的事！"我的火爆脾气上来了，真想抓起凳子扔过去砸他个劈头盖脸。

"本来就糊涂嘛，竟然不知道自己已经死了，我是鬼当然知道你的事。"吴健瞪着一双鬼眼，距离近些我才看清他的眼眶里全是乌黑的血。

我没被他的样子吓住，却被他的话吓住了，我死了？怎么可能，不过是睡不着出来走走，怎么可能死，我还要好好活着，我要活出精彩给白维看呢，我要他后悔，我要他再回来求我跟他和好，我要……

我的念头被钟一打断了："赶紧把你做过的错事说出来吧，不然是不可以跟我们一起走的。"

听到这句话，心口剩下的最后一丝热气也散了，我开始回忆昨天究竟做了些什么，"昨天我和白维分手，他当着所有人的面挽着那女孩的手，而我就像个十足的傻瓜，最后一个才知道。寝室里的同学安慰我，我不听，还骂她们早知真相为什么不告诉我，难道她们都想巴结那个教授的女儿吗？走狗！"越想越气，昨晚的一切似乎清晰了些，"我记得自己冲动地喝了酒，又跑到学校外面的药铺里买了瓶安定，我说要让白维后悔，我写遗书，可写来写去都觉得不妥，无非是为了他而自杀，那些草稿全被我揉成了纸团，这样写太没面子。思绪混乱的我决定自杀，我觉得白维还是爱我的，我要他为我后悔一辈子，所以，我喝光了一大杯水，把那瓶安定给吞了下去。然后……然后就睡了过去。我以为同学们会在舞会结束时回来发现我，可是直到我从床上爬起来，也没看到她们的影子。难道我真的死了吗？路上是有两个人看见我像是没看见一样，难道我已经是鬼了？"

姗姗笑了："总算说到了重点，你的罪孽就是自杀，自杀的人是不能上天堂的，跟我们走吧，下去服罪，然后重新投胎做人。"

"来，我们一起走。"钟一也笑了，像是终于放下了那些牵挂的往事。

天空越来越明亮，可我还不想走，我真的不想走，但是我们的身体全都开始变得透明，先是脚然后是膝盖，一点也不痛，就像是在做梦。

"我想回去见他最后一面。"我终于说出了这句让自己都脸红的话，真丢人，分明是放不下。

"好，我们帮你，牵住我们的手不要松，千万别开口，看一眼就走。否则，否则我也不知道会怎样，反正你自己小心。"姗姗牵起了我的手，钟一也牵起了我的手，吴健虽然不太情愿，但被迫牵起了手。

四个半透明的魂魄轻轻地飘了起来，没过多久，就飞到了我住的那栋寝室楼上，昨晚彻夜未归的女生们全都回来了，我看见自己躺在担架上正被人抬了出来，苍白的脸上还残留着泪痕，死得很不洒脱，医生们开始摸脉搏，翻眼皮。

白维和那个女生也来了，他们的手亲密地牵在一起，好像在旁观路人的死，没有半点痛苦，只有彻夜欢娱的疲惫。

我心里憋得慌，为什么他要这样对我，难道不能在我的尸体前庄重些？毕竟昨天才分手，他就丝毫不伤心吗？

一口恶气在胸口憋得就要爆炸，我忍不住要问个为什么。嘴一张，还没说出话来太阳就跳出了云层，金色的光芒像利剑刺穿了我的身体，旁边的三个鬼魂瞬间消失，我失去平衡重重跌落……

……

不知过了多久，我发现竟然还能睁开眼睛，周围是难闻的消毒水味，我的鼻子里插着让人难受的管子。

"医生，她醒了！"一名护士在身边惊喜地叫道，看我的眼皮动了动，赶紧冲出去向医生报喜。

原来我没死，或者说没死透，又活过来了。真是万分庆幸，有生之年再也不会傻到自杀了。难道那三个鬼魂三个故事全都是做梦吗？我睁大眼睛看了看周围，还好，没看见他们中的任何一个，也许他们真的全都到另一个世界去了。不管那是梦还是真的，我都获益匪浅，至少，从今往后我再也不会冲动、好奇、自私、过分痴情了。

我试着活动了一下双手，在胸前画了个十字：感谢上帝真主阿拉，今后我会好好活着，爱惜生命，阿弥陀佛。

4　419

　　就在刚才，熟女在MSN上问我，对419怎么看？
　　怎么看，我光是看到这三个字阿拉伯数字都觉得恐惧，
直到现在，也没答出这个问题。

御女高手

据权威机构统计，目前中国男多女少，相差八位数，这意味着大量兄弟讨不到老婆。

我杜松，可不怕这种事。相比赖以生存的工作广告策划来说，我更擅长应付女人，到底跟多少女人419过呢？反正两只手早就数不过来了。

419是什么？

兄弟，不懂419你就奥特了。

419的英文谐音：4——four（谐for）；1——one；9——nine（谐night）。翻译成中文就是一夜情。别说我好色，好色的男人跟天上的星星一样多，数也数不清。我工作认真负责，对待亲友像春天般温暖，遇到乞丐每次都给零钱，绝对好人。

我们老杜家人丁兴旺，传宗接代轮不上我，结婚也麻烦，买房、装修、摆酒、应付岳父岳母、钱全花在老婆孩子身上、没完没了的衣服化妆品、逢年过节的大餐和礼物……付出那么多，老婆一样会人老珠黄胸部下垂，孩子长大也会自立门户，还不能排除老婆跟别人跑掉、病死、出意外的各种可能。依我看，这买卖包赔不赚，所以我打算一辈子单身。

没女友，不等于缺少SEX生活，我的频率和质量比本城大部分男人还丰富。别误会，本人从不光顾那些按次数论价的女人，一来她们脏，不安全，二来只有没本事的男人才会花钱买欢。

同事中有位御女无数的高手，得手迅速，且从不惹麻烦，连老板都对他佩服得五体投地。我下血本请他喝了次大酒，诚心讨教，最后他被路易十三感动，面授机宜。高人神通，此法既不用送花请吃饭，也不必写情书压马路，有时连开房钱都不用付。

绝招就是——装婚。

装就一个字，绝不是戴个婚戒那么简单。最好扮失意，坐在吧台，一杯威士忌独酌，千万别像色狼到处乱瞄，专盯人家胸部。另外还有些细节要注意，要穿得体面，看起来像个成功人士，还要知情识趣，掌握大量内涵段子心灵鸡汤，不时抛出一个，最后，还得有点演技。不要号啕大哭，也不要假哭，要在酒过三巡后憋红眼，再扭过头去，抹一把男儿泪。

别以为那些看起来很高端的女人难上手，其实越高端越少人问津，也越憋得慌。女人大多心软，感情丰富的好奇心更强。面对失意成功男士的敞开心扉，十有八九会不设防，很容易成全好事。对好男人不动心的女人可以跳过，她们大多爱钱，不适合419。

分手前再说几句情话，别忘了对女人的付出报以诚挚感谢，照规矩，不必互留姓名和联系方式，省得日后麻烦。我个人感觉，最好车也别开，车震没有想象中舒服，反而车牌号容易暴露真实身份，总之，小心驶得万年船。

俗话说，一个萝卜一个坑。男女间也一样，偶尔会碰到天造地设的，我就遇过一个非常合拍的。通常出来玩都不会说真名，但一起喝酒，总得有个称呼，当时我以为她也用的是假名。

第一次见到她，穿豹纹短裙，梨花头，烟熏妆，蓝色美瞳，袅袅娜娜顾盼生辉，狂野与柔媚并存。这种独自来泡吧的女人，九成九是寂寞得快疯了，淫棍们盯着她，恨不能连皮带骨生吞。

一招鲜，吃遍天。我假装不看她，成功吸引到她的注意，不用我开口，她在我身边坐下，再循序渐进搭话，施展演技，扮老婆怀了别人孩子的失意男，还挤出两滴货真价实的泪。

她问我叫什么，我忧伤地说我叫杜子腾。她跟以往的姑娘一样，笑弯了腰。这当然是我的伎俩，广告心理学上说，能让人又哭又笑的无论是小说还是电影，都能使其产生好感。

我问她怎么称呼，她说她姓包，叫包爽。我说你不必为了逗我开心牺牲这么大。她却说是真名，这下，我也忍不住笑了。

后来我们去开了房，她很放得开，具体细节我就不说了，省得你羡慕。总之，那晚我第一次体会到登峰造极，爽到害怕，怕乐极生悲，甚至有了死而无憾的想法。我激动地从她身上滚下来，说了许多蠢话，跟方才的快感相比，以往所有体验统统浮云了。

"如果有机会再给你选择一次，会选我吗？"小骚货像蛇一样缠在身上。

"当然。相见恨晚啊。"我当然点头。

"骗我吧。"小骚货箍紧了我的脖子。

"骗你我一辈子 ED。"这是我能想到最可怕的诅咒，说过无数遍了。

"我爱你。"小骚货深情凝望着我，翻身骑在我身上。

"我也爱你。"我能不骗她吗？她已经打响了新的战役。从躺着的角度看过去，她饱满的胸跌宕起伏，紧闭的双眼有点脱妆，其中右眼的假睫毛已经松脱了半边，有些滑稽。

我不会傻到去提醒她，打击她的积极性，也不去想卸妆后，是否她丑得惊人这类倒胃口的问题。我只是关掉了灯，说万一记住她倾城倾国的脸，会更有负罪感。我自私，既然能遇上这么合拍的她，肯定有更极品的等着我，人生的乐趣在于不断尝试和挑战，我甘当永远掰玉米的猴子。

人生何处不相逢

那晚的事，我只说了一半。

包小姐艰苦卓绝帮我第二次释放后，抱着我酣然入睡。她打鼾，震得床都在发颤。我爬起来拧开灯，被身边的女人吓了一跳。汗水把妆彻底弄花，恐怖的黑眼圈，褪色的双眼皮胶带，脱落的假睫毛，小色斑和鱼尾纹，她到底多大？之前的性感印象，只是酒吧的渲染和酒精的错觉，她半张着嘴，不断呼出带着酒味的臭气。

操，我觉得自己睡了个男人，穿上衣服开溜了，连房钱都没付。

第二天接了个难搞的大客户，我和同事们每天加班，足足忙了半个月，终于得到认可，老板一高兴，决定年底带我们欧洲豪华十国游。

那天正好周末，心情好得没话说，我和同事们直奔酒吧，和从前一样，最后泡到妞的人买单。哥几个在吧台一字排开，搜寻各自目标。

那晚我运气一般，等了一个多小时都没找到下手对象，失望之余，考虑要不要换个场子，正准备结账，一个妞就坐到了我身边。

心头一喜，欲擒故纵，我扮矜持不看她，她却先开口了："还记得我吗？"

难道碰上熟人了？回头一看，无镜片的黑框眼镜，单眼皮小眼睛，完全陌生的女人。

"认错人了吧。"我摇摇头，对她没兴趣，只喜欢成熟性感的。

"我包爽啊。"她摘下眼镜说，"你杜子腾，我包爽，咱们天生一对，那晚你亲口说的。"

"佳人有约啊。"身边的男同事听到声音，转过头看了她一眼。

"别瞎说，我不舒服，先撤啊。"我不想在同事面前交涉，把她带出了酒吧。

外面却刮着清冷的北风，我把她带到人少些的地方。她激动地说每晚要把全城的酒吧跑个遍，就为再见我一面，她极度矛盾，既想见我，又怕在夜店里见到我，怕我是骗女人的坏男人，半个月没见到我，这才放了心。

我抽两口烟，把早就准备好应付这种情形的话说了出来：一夜之情，留下回忆即可，没必要破坏完美的感觉。

"你不想见我吗？"她显然很失望。

"上次的事很抱歉，太太跟我道过歉，也把孩子拿掉了，我们已经重新开始。所以……"意思不言自明，我是有家的人，不想跟她有瓜葛。

"你不是说爱我吗？你还说，如果结婚前遇到我，肯定会选我呀。"她居然瞪大眼扮无辜，还搂着我的胳膊使劲贴她的胸。

女人既单纯又复杂，偶尔玩 419 的也会想把一夜情变成多夜情，个别脑残还会想结婚，但也不排除她想敲一笔的可能。可能她看我不像穷人，会舍得出钱了结孽缘。我了解，好多小模特专干这个，潜规则嘛，不知道谁潜谁。

我挣脱她的手，做好了认栽的思想准备："说吧。要多少？"

"你什么意思？"她居然装包子。靠，女人可以不美，但不能虚伪。

"别装了，你不就是想要钱吗？"我开诚布公地说。

"我又不是卖的，不要钱。"她一冷下脸来，就显出老态。

"那你要什么？"我对她已无半点兴趣。

"我要你。"她急切地抱住我。

"不可能，你就别在我身上耽误时间了。"我推开她，心里在骂她琼瑶剧看多了。

"我知道，你是好男人，不奢望嫁给你，我们做秘密情人，好吗？"她把头埋在我胸口，开始撒娇，可泛酸的头皮味令我的胃翻涌。

"我错了一次，不能一错再错，我要对我太太负责。"为了不吐出来，我赶紧把她推开。

"你真有责任心。"她眼里亮晶晶的，可这不能打动我，全是我玩剩下的。

"我的责任只针对我太太，请你忘了我，如果有一天再见面，装做不认识，好吗？"我耐着性子诚恳地求她，给她面子。大师说过，女人都爱面子，太强硬只会把事情恶化。

"我答应你，但是请相信，我是真的爱你。真爱跟时间无关，就像泰坦尼克号，杰克和露丝也只有一夜……"

后来她还说了些什么，我不记得了，正好有辆的士在附近下客，我头也不回地上了车。直到这女人从后视镜里消失，我耳边还是嗡嗡的声音，就像脑子里飞着一百只蚊子。这正是我讨厌长久恋情的原因，女人一旦认真就会变成烦人精。

包爽败了我的兴，那晚我没心思再找其他女人，早早回家睡觉。当时我真没想到，那是我最后一次，安安稳稳地睡觉。

阴魂不散

周末有长辈大寿，我回了父母家，陪长辈打麻将，跟兄弟姐妹胡吃海喝，喝了两次大酒，唱歌，醉得不省人事。

周一例行开会，大家研究新客户，新方案，忙得晕头转向，下班时我正想着要去哪找个女人，松弛一下紧张的神经。刚出电梯，姓包的就出现在写字楼大堂。她披散着头发，扮清纯地穿着长裙和棉布衬衣，看起来巨肥。

要是被同事看到，会丢光我的脸。距离她还有十多米，我开始冲她打眼色，让她赶紧出去，可她却假装不懂。我只能假装蹲下来系鞋带，等同事们走远，一把揪住她的手，把她往人少的地方拖。

"你什么意思？"我很不客气地质问。

"就是想看看你。"她恬不知耻地说。

"不是说好结束了吗？"我的潜台词是，做女人不能太不自重。

"我听话了，假装不认识你，就只看看，这也不行？"她笑眯眯地说着，那扮出来的乖巧让我恶心。

"不行，我不能再对不起太太。"我搬出虚拟挡箭牌。

"放心，她不知道。"这女人得意洋洋故意顿了顿，吊我的胃口："这两天我一直在跟踪你，保安说，你家里根本就没有女人进出，你太太不是出差，就是回娘家了吧。"

"你！"我气坏了，她竟然找到我家了："太过分了。"

"别担心，她回来我马上消失，保证不给你添麻烦。人家就是想给你一个惊喜嘛。放心，我这就走，亲爱的。"贱人居然还笑，在我忍住不挥出拳之前，走掉。

我还真没遇到这么不要脸的女人，居然敢跟踪我回家。怎么办？我有超级秘密武器，偶尔遇到难缠的女人，都靠她摆平。

我堂妹，杜樱，二十岁靓模，早熟品种，八岁拍广告，十三岁初恋，裙下之臣数不胜数，心狠手辣段位高，外号情场鬼见愁。

我打电话给杜樱，让她到我的公寓来住几天，让那个不要脸的知难而退，万一她还不知趣，杜樱会出手帮我解决。这已经不是她第一次帮我这种忙了，当然不会让她白帮，我答应之前借的一万块不用还了。

美女排场大，杜樱光衣服就带了两大箱，还有一小箱化妆品，五六个鞋盒，把后备箱塞得满当当。堂妹身经百战，随口问起包爽的事，这个名字把她肚子都笑痛了。看到杜樱的笑脸，我并没掉以轻心，没准身后的的士大军中，某一扇车窗里，就藏着一双嫉妒的眼睛。

当晚，杜樱还叫来三四个姐妹，我也叫来几个同事，叫了海底捞外卖搞火锅派对。东西好吃，姑娘很美，气氛超好，很快就有人装醉，倒在姑娘怀里，大家打闹起来。看着热闹，我暂时忘记了那个讨厌的女人。

闹到十二点才散，杜樱睡卧室，我睡客厅沙发。

凌晨三点半，我正睡得迷迷糊糊，家里的座机忽然响了起来，在这寂静的午夜，声音格外刺耳。座机在卧室的床头柜上，杜樱迷迷糊糊地接听，可对方一句话也不说。半分钟后电话又响，杜樱又接，又没声音。如此这般搞了三次，杜樱怒了，骂了句神经病，挂断。几秒钟后，铃声再响，我再也忍不住冲进卧室，抢着接下电话。

"是我，睡不着。"是包爽。

"你睡不着关我屁事。"我一听就气不打一处来。

"你当着太太的面呢，不怕她疑心？"她还挺为我着想，一点也不生气。不过让我更生气的是，她真的在跟踪我，已经知道"太太"回家了，还搞到我家电话。

"今晚我已经把所有事都告诉她了，我们扯平，互相原谅了，请不要再骚扰我。"我干脆把话说透，让她再无回转余地。

"我爱你，不会害你，如果你们的感情经得起考验，根本不用担心我。"包爽不急不躁，相当冷静。

我还想说点什么，可她居然抢在我前头挂断了电话，听筒里传来忙音。我点了支烟，在客厅里踱来踱去，杜樱忙着睡美容觉，并不为我紧张，可我却担心，包爽的话是什么意思？

这个女人不简单，不但跟踪过我，知道我公司和住址，还知道我家座机号码，天知道她是从哪搞到这一切的。而我对她，除了胸围和可能有假的名字，一无所知。

麻烦多多

第二天上班前，我叮嘱杜樱，凡事小心，这回的女人有点神经，我怕她做出不堪设想的事。杜樱不以为然地笑笑，让我把心放到肚子里。她身边最不缺保镖，大把男人招之即来挥之即去。

看到堂妹自信满满，我隐约担心，她太大意了。出门的时候我特意四下观察了一下，看起来都还正常。提心吊胆地上了两天班，办公室电话响个不停。我让助手把电话都给截下来，只要对方不是客户，就说我不在。

即便如此，那铃声还是让我神经紧张，万一被老板知道，这事可大可小，可我又不知道上哪儿找她，要是能用钱终结一切，我宁可马上写支票。我忽然意识到，我很被动，我讨厌这种状况，讨厌被女人胁迫。可又有什么办法呢？

下班前，煎熬一天的我，硬着头皮接了该死的电话，约了地方，请她吃饭。

"要多少钱，你才肯收手。"我开门见山。

"你把我当什么人了。"贱人笑得我鸡皮疙瘩都起来了。

"你这么干是毁我。知道吗，我今天都没法工作。"既然她坚持不要钱，我就按照她的逻辑往下说。

"谁让你不接我电话。"贱人居然理直气壮，好像理所当然。

"我说过，请你忘记那一夜，你明明答应，怎能出尔反尔。"我再次提起当初她的承诺。

"我也不想这样，可我忍不住，做梦都想见你。"贱人做作地笑，我头皮发麻。"只要你同意做秘密情人，定期见面，我保证乖。"

"不可能的。"事到如今，我只能摆事实讲道理了："我配不上你，我没你想的那么好，我根本就是个专门玩419还抽屉不认人的坏男人，还特不负责任，你看上次，我连房钱都没付半夜就跑了。"

"不许你为了骗我胡说。我知道，你这么说是因为你老婆。哼，我可以拿性命担保，她绝对没有我这么爱你。"贱人激动起来，脸孔变红。

"你凭什么这么说，我连你叫什么，在哪儿工作都不知道。"我气得语无伦次。

"就知道你迟早会问我的。我真叫包爽，是护士，最会照顾人，我保证咱们相处越久，你会发现我优点越多。"贱人兴奋不已，想要越过桌子扑到我怀里，被我用力推开。

"够了！这是一万块，密码是419419，对不起，我真不想再见到你。"我大喝一声，从口袋里掏出一张银行卡，扔在桌上，那是我为了最坏的打算准备的，我认栽。

"嘻嘻，这是你给我的第一笔钱，我要存起来当爱情基金。只要我们努力，总有一天会存够一百万，到那时，我们环游世界好不好？"包爽把银行卡按在胸口，眉飞色舞。

我没料到她会来这招，想把银行卡抢回去，却被她敏捷地揣进包里。好吧，就让你先赢一局，反正是我开的户，回头就打电话挂失。

虽然不会损失一万块，但我没能打发掉贱人，交涉以失败告终。尽管以前我也因为女人搞出过麻烦，但从没这么麻烦的，我开始为那晚的冲动后悔。

堂妹要应付演出和追求者，很晚才回家。我在家里伺候养了五年的辐射龟杜比先生，弄最新鲜的果蔬给它当晚餐。不泡妞时，我其实很宅，只喜欢不吵不闹的宠物。

半夜两点，杜樱带着满身酒气回来，她谈过的恋爱比全家人还多，我并不担心，只帮她端茶递水递毛巾。堂妹头沾到枕头就睡着了，我却在沙发上翻来覆去，难以入眠。

早上出门，我发现门口干干净净，昨晚扔的垃圾不见了。往常保洁大婶下午才来，从没上午收过，急着上班，我也就没太在意。

一连三天，骚扰电话没再打来，包爽也没出现，我稍微松了口气。杜樱有了新男友，每天玩到很晚才回家，看她谈起新男友眉飞色舞的样子，我居然有丝丝羡慕。

大概三年前，我就发现自己可能不会真心爱人了，据说是种叫做爱无能的病。这年头，谁爱得多就伤得多，爱无能哪是病，是神功护体，只有谁也不爱的人，才能叱咤情场战无不胜。我没当回事，不是性无能就行。

又过了两天，堂妹打电话来说，那女人再不出现她就要搬回去。我愿意让她走，不过出于安全考虑我说再观察两天。

眼看又是周末，我去发廊做了头发，打算去夜店碰碰运气。回家换衣服时，碰到保洁大婶来收垃圾。我问她是不是改早上收垃圾了。大婶却说没这回事，早上她忙着给花园浇水，清扫通道。

步步紧逼

吧台前的我不是装忧郁，是真忧郁，我在考虑，这大半个星期垃圾都被谁拿走了。脑子里只有一个答案，包爽，除了这个吃饱了撑的，谁会拿我的垃圾。

酒喝了一杯又一杯，胃里有团火在烧，许多穿着暴露的女人疯狂扭动腰肢。我也想动一动，可一点力气也没有。一股浓郁的香水味朝我袭来，我能感觉到，她的胸离我的背只有不到两寸的距离，血脉又开始贲张，随着热度扩散到全身，我的力量又回来了，还活着的感觉真好。

"可以请我喝一杯吗？"女人开腔了，酒吧太吵，我听不太清声音。

回头一看，我差点从椅子上滚下去："怎么是你？"

"我美吗？"包爽把头发卷成大波，浓妆，酒红色紧身裙。

"你到底懂不懂规矩，我们只是一夜情，这段关系的寿命就只有一夜，我们之间早就完了，请别再来烦我。"这女人败了我的兴，我扔下酒钱转身就走。

"我有话对你说。"包爽拉住我的手，好些人看过来。色狼们都盯着她的胸，女人们都盯着我。

我讨厌被人盯着，公共场合不想丢脸，只能甩掉她的手，加快脚步。

酒吧门口，包爽跟过来，再次拖住我的手，我再次甩开。

"就几张照片，你看完我就走。"包爽眼中隐约有泪。

一哭二闹三上吊，我可不怕，要死赶紧，丫死了我就安生了。

"看，你老婆干的好事！"包爽却忍住泪，从包里掏出一个信封递给我。

一听是杜樱，我忙接过信封，打开来看。照片上的确是杜樱，她跟一金发帅哥手拉手进了我家。我知道她恋爱，却不知对象是个老外，脸色有点不自然，"这一定是误会。"

"绝不是误会，你看，我还有证据。"包爽从包里掏出一个透明密封袋，袋子里装着的居然是……一个用过的安全套。

"你，你从哪弄的？"我讶异地张大嘴，马上想到答案——失踪的垃圾。

"这里面有两人的ＤＮＡ，另外两个，被我保存在很安全的地方，可以作为你们离婚时的呈堂证供。"包爽义愤填膺振振有词。

"离婚？"我脑子有种缺氧短路的感觉。

"当然，偷人都偷到家里去了，她是过错方，可以扫地出门，一分钱不给。"包爽像是完全为我考虑。

"我……"我能说什么？告诉她那根本不是我老婆？不行，要是她知道我单身，肯定逼得更紧。

"咱俩谁跟谁。"包爽把东西收好，换上甜滋滋的声音："我早说过，你老婆的爱不能跟我比。虽然是一夜夫妻，可你知道吗，十年修得同船渡，百年才修得共枕眠……"

我甩开包爽的手，拔腿就跑，不知道她还要胡说些什么，我只知道再听下去我都要疯了，这女人怎么就不明白我的心呢？她是真不明白，还是装不明白？

背后远远传来她的呼唤："别伤心，我会帮你。"

殉　情

回家后，我做的第一件事就是收拾杜樱的东西，打电话告诉她尽早离开我家，不用再演下去。眼下这种情况，天知道那个神经病会做出什么匪夷所思的事来。怕她疑心，我只说度过危险期了，她可以跟男朋友双宿双飞。

"你是我哥不，居然催亲妹子跟人同居。"杜樱盯着我，笑出声来。

我当然不能说是为了她的安全着想，虽然堂妹厉害，毕竟我们在明，包爽在暗，我们对那女人毫不了解，也无从防御。让她跟男朋友一起住，至少比单身安全些。

送走堂妹第二天，包爽就打来电话，她显然没有放弃跟踪，对我的生活了如指掌。她约我在上次的酒店，同个房间见面。

一路上，我脑子乱极了，无论如何都不能让她知道我现在是单身，为了把这个谎继续下去，也许我要扯出十个甚至更多的谎。靠，我是好人，为什么要为这个贱人撒谎，实在不行，就让她见鬼去。

我曾看过一个日本电影，名字不记得了，男女主人公自杀殉情，最终女人死透了，男人却活过来了。她不是口口声声说爱我嘛，不如顺水推舟把这出戏演下去。还没开到酒店，我在半路上拐去一条小巷，那里有个老头总在巷口卖老鼠药。

进房间时，包爽刚补完妆，屋里有脂粉味。包爽见我赴约很激动，问我是不是考虑好了，只要我愿意，她永远都会站在我这边。

这个喋喋不休的女人，令我联想起蚂蟥，一旦沾上就死不松口，我的未来和快乐统统被她吸走。

我忍住憎恶，让自己冷静，开始说路上构思好的话。大致的意思是：我很爱太太，不想离婚，但她做出这种事，叫我无法忍受，能遇到包姑娘这样的红颜知己是三生有幸，但今生有缘无分，我只盼来生了，不如我们殉情，去另一个世界天长地久。

话很肉麻，完全不是我的风格，好在我演技不错，包爽哭得一塌糊涂。我看在眼中喜在心头，对付精神病就得用非常规手段。

"择日不如撞日，如果你真爱我，就陪我去另一个世界。"我盯牢她的眼，拿出毒鼠强。这种学名四亚甲基二砜四氨的粉状物，无臭无味，见效奇快。她要是真疯，我就比她更疯，如果是居心叵测的女人，是时候退出了。

"我觉得……"包爽犹豫片刻，郑重其事地说："做错事的不是你，凭什么你死，你死了，你老婆该乐坏了，不仅不用离婚，还能扮弱者博同情，花你的钱住你的房开你的车。"

"那你说怎么办？我是天主教徒，结了就不能离的。"我只能继续编。

"放心，你都愿意跟我殉情了，我绝不辜负你的信任，给我点时间，一定彻底解决。"包爽嘴里说着，手里已经夺过了毒鼠强，扔进厕所。

"你不会想杀她吧！"我这才意识到，演过头了。

"别瞎想。"包爽一个媚笑，在我的大腿上拍了拍，"等着，我去洗个澡，可把我给想死了。"

恶魔般的女人

包爽前脚进浴室，我后脚就开溜。临走前，我翻了她的包，结果连张名片都没有，手机也被带进了浴室。她显然防着我，我该怎么办？

杜樱怎么办？我想给她打电话，刚拿起手机，却有个陌生电话打进来。一定是包爽，洗完澡发现我不在，失望了吧。

我不接，还关了机。回家第一件事，就是联系堂妹，让她尽快出国。我知道，依着她的性子，肯定不会因为一个女疯子就躲到外国，所以我说是作为答谢，请她去玩，客户送了我两张往返美国的机票。

杜樱一听果然高兴，立马答应了。

其实哪有客户送机票的好事，当然是我自费在网上订购的，只要能救堂妹一命，这点钱值。当晚我就把电子兑换码发到杜樱邮箱，出国就安全了，我不信包爽能追到国外去。

除了订机票，我还得找新住处。

现在的公寓住了三年，跟房东相处一直不错，虽然还有半年才到期，但再不挪窝，失踪的可能不止垃圾了。我也不能回家，不能连累父母。在网上找了半天，我看中附近小区一套小户型，给中介留了言，尽快看房。

尽管我设想了种种对策，但还是一夜噩梦，不断梦到包爽从各种地方蹦出来，大声指责我为什么搬家，为什么不跟她上床；还去了公司，当着所有人的面羞辱我，同事们对我投来鄙视的目光，老板黑着脸对我摇了摇头。

清晨醒来，我无比沮丧，浓咖啡也提不起精神来。上班前，我去买了新的电话卡。发短信告诉助手新号码后，又请了几天病假，我要搞定新房子，搬家。一想到好端端的生活，竟然要发生那么大的改变，真觉得不值。这家公司我已经干了五年，花了不少心血才混到今天的总策划，薪水优厚，老板赏识，同事关系融洽，真的要走吗？我不爱女人，却爱工作。

鬼使神差，我把车开到公司附近，一想到要走，我的心，就像被人捅了一刀。一辆的士在我正对面停下，我看到了包爽，她下了车，进了写字楼。

看到这女人，我就像吞了只苍蝇般恶心。她来做什么？反正没好事。

我赶紧给助手打电话，叮嘱她别把新号码告诉陌生人。十分钟后，助手偷偷打给我，说有个女人赖在公司，我不出现就不走，老板很生气，已经叫了保安。

靠，我居然被个这么没档次的女人逼得连公司都不敢回了。不行，我得趁着她现在没跟踪我，先回去搬点东西。

一路仓皇，我他妈回自己家跟做贼一样。匆忙打包些衣物，刚把车开出停车场，隔着街，看见包爽正准备上过街天桥，还好我机灵，赶紧开走。杜樱一周后去美国，眼下在外地录节目，还得待上两天，我可以上她那儿安顿下来。

杜樱的窝超乱，我花了两个小时才收拾好。吃完今天的第一顿，一碗方便面后，照例打开冰箱，打算找点青菜给小龟喂食。冰箱里只有半边快要起霉的南瓜，我这才想起没把杜比先生带来。

"兄弟，挺住。"我对着手机里它头顶黄瓜花的可爱模样，默念着。

打开电视，胡乱看了几个台，都提不起什么兴趣来，我在沙发上打起了盹。好久没睡个安稳觉了，我只希望做个没有包爽的梦，只要没她存在，什么梦都是美梦。

不知道迷糊了多久，我被电视里的声音吵醒。本地新闻频道，一栋商住楼失火，消防员正全力施救。那楼越看越眼熟，再一看楼层，正往外冒烟的是顶楼我家。

这怎么回事？下午搬家时我明明把所有电器插头都关掉了呀。屏幕上出现一个男记者："这位女士下晚班回来，发现窗口冒出浓烟，立刻报了火警。"

男记者把话筒递到一个女人身边，我眼珠子都快崩出来了，是包爽！

"是我男友家，他病了，今天没去上班，我很担心，下了班就往这边赶，没想到……"包爽一脸污糟泪汪汪，那可怜相，不知内情的人一定会被蒙蔽。

新闻滚动播出，记者说完请继续关注后，就转到了其他内容。我再也睡不着了，这个女人心狠手辣，一定以为我在家，敲门也不理她，故意放的火，逼我现身。我肯定要给房东赔一大笔装修费，偏偏我还不能出现，火灭后，她还能名正言顺地看现场，没我尸体，她肯定不会罢休。

我焦急地走来走去，怎么也想不出对策。怨天怨地到头来也只能怨自己，要不是我贪色，要是那晚我没跟她开房，什么糟心事都不会有。

忍无可忍

食不知味，熬过三天。微信上，助手每天留言，那女人又来了。又来了。又来了。这回包爽学乖了，怕被保安赶走，只静静守在公司门口。这女人真是碰不得，要是真跟她结婚，屁大的事也能被她闹得天翻地覆。

杜樱从外地回来，我让她乔装打扮替我回去一趟，看看杜比先生。杜樱带回一枚烧得焦黑的龟壳，杜比先生变成一坨又黑又硬的肉。我哭了，不是哭小龟悲惨的命运，而是为我自己的前途而担心。

　　"哥，其实机票是你自己买的，那个女人还不肯罢休吧。"

　　美貌与智慧并存的好妹子，一下就戳穿了哥的谎言。我再也不能隐瞒下去，只能把这些日子来，包爽的所作所为说了出来。

　　"亏你还是个爷们，呸。"杜樱啐了我一口，小手一挥，顿显太妹本色："这事你甭管了。我来搞定，你就在家等好消息吧。"

　　我不想夸大堂妹的能力，但现在我宁可相信她真有这能力。新闻里常有情侣分手后被砍死砍伤，被泼硫酸之类的事。我还没三十岁，我不想死，更不想死在包爽那样的女人手里。

　　杜樱把机票退了，用那钱雇了私家侦探，三天后有了确切地消息。包爽就在本市一家医院里工作，她的确是个护士，刚参加工作那会儿结过婚，因家暴，婚后五个月就离了。她今年三十二岁，单身十年。

　　形势就变被动为主动了。我跟堂妹商量了许多办法，最后认定车祸最理想，因为撞死人不用偿命。地球上每分每秒都有车祸发生，你确定每场车祸都是意外吗？你真能确定？

　　"就算撞不死，弄成植物人也凑合。"只要臭女人失去战斗力，我就算解放了。

　　"必须死，来回轧上几遍，我就不信她是铁打的。"妹子比哥要老辣。

　　此事宜早不宜迟，我们把时间定在当晚，包爽交班之后。私家侦探说，包爽最近守特护病房，工作时间是中午十二点半到晚上七点半。我跟杜樱买好电影票，互做时间证人，那是一部早在网上看过的电影，就算警察问起细节，我们也能说出来。

　　早早吃过饭，我和杜樱各开一辆借来的车，守在医院附近。

　　据调查杜樱通常会步行回家，她住在距离医院不到三条街的老式小区里。那条路我们踩点走过好几遍，其中有个拐角没红绿灯，也没电子眼，加上地处偏僻，过路车辆不算多。七点半已经过了下班高峰期，附近居民大多在家吃饭，正是制造车祸的好机会。

一切都和预计的一样，我们只等了十来分钟，包爽就出现了。没化妆的她，显得有些疲惫，眼圈乌黑，那双眼睛带着偏执狂独有的锐利，仿佛时刻准备看穿点什么。

我跟杜樱溜着车一前一后地跟着她，拐过一个街口，然后是另一个。越往前走，行人越少，路灯也有几盏是坏的，我暗自欢喜，真是天时地利。

距离关键路口只有两百米不到了，一百五十米，一百米，八十米……

就在包爽过马路的当儿，杜樱的车忽然加速，风驰电掣地朝她飙去。我眼前只有包爽那可恶的脸，于是把油门踩到底，跟在她后头往前冲。计划是杜樱先撞，我再撞，然后拐弯，各自去附近兜上一圈。正常人被接近一百码的速度撞上两次，基本上没救。

砰——很响的一声，在前方响起。我的心几乎蹦出嗓子眼，隔着车，仿佛看到包爽的身体支离破碎。

按照计划，杜樱毫不停留朝前开去。包爽躺在路中间，跟我想象的不一样，她四肢健全地躺在地上，只是痛得蜷着身子，像条虫。我没刹车，朝着她猛然开过去，车身跟她身体重叠的瞬间，我甚至听到有什么东西碎裂的声音，一定是骨头。

我把车开到路边，二十米开外的地方下了车，必须要亲自确认过她真挂了，才放心。

路边有两个在外头玩的孩子，我并不担心，我戴了口罩和墨镜。

快步跑过去，我看到地上聚集了一小摊乌血，皮包落在身边，包爽的腿断了，小腿处露出一截白生生的骨头。

"别以为睡过一次就可以讹我，你这种货色，老子看不上。"我很想朝她脸上吐口痰，又怕留下DNA，最后只能说出这句话泄愤。

看她身子一抽一抽的，不知是神经性抽搐，还是没死透，她眼睛闭得很紧，我蹲下来摸颈动脉。就在靠近的瞬间，她忽然睁开眼，一只手死搂住我的脖子，另一只手不知从哪掏出来注射器，朝我的脖子猛扎下去。

我吓蒙了，根本没料到她非但没死，还有这么大的力，我想站起来，可脖子上痛得厉害，仿佛被点了穴，动弹不得。不知她给我打了什么，很痛，说不出的难受。

打完针，她的力气消耗大半，我挣脱了她的手，跌跌撞撞地朝着车的方向走了几步，晕倒在地。最后的清醒中，我不断猜测注射器里的内容：艾滋病人的血，麻醉药，毒品……

尾　声

我没死。

三分钟后，在附近狂飙一圈的杜樱见我没出现，又回到了原地，把我送去了医院。

包爽给我打的是空气针，那针是她带在身上防身的，单身护士生活在治安不佳小区的秘密武器。医生说，幸亏当时针扎的位置不对，要是扎到静脉的话，五毫升的空气就能让我心绞痛而死，而且颈部距离心脏很近，发作很快。

我把杜樱的罪责顶了下来，为那场车祸付出了代价。经过警方调查，我被判定故意伤人，判半年拘役。包爽也犯了纵火和扰乱社会治安罪，不过她因严重内伤和骨折，在医院住了两个月，期间她申请精神鉴定，确诊为精神病患者，拆掉石膏后转去精神病院，不必坐牢。

因为在牢里表现良好，我提前一个月释放。一个月又怎样，我成了有案底的人，工作丢了，在家里消沉了大半年。虽然包爽没再出现过，我却依然担心，说不定哪天，包爽就会从精神病院里跑出来，又来找我。她是医务工作者，这点完全有可能，甚至冒充精神病患者逃脱坐牢，也是她的设计。

现在的我，对女人没了兴趣。坦白说，我不行了，也许这就是报应。我跟包爽419那晚说过，骗她就一辈子ED。医生说这是心因性ED，开了伟哥。可我拿着处方单，最终没去药房。我还不到三十岁啊，传出去还怎么见人。

不愿我日渐消沉，家里人安排了相亲，昨晚去见了一面，是个极品，那身材样貌能让正常男人裤裆鼓起来，家世也能让我的钱包鼓起来。

　　要在一年前，我会为她改变爱情观，可现在，我没这个自信。

　　就在刚才，熟女在微信上问我，对419怎么看？

　　怎么看，我光是看到这三个字阿拉伯数字都觉得恐惧，直到现在，也没答出这个问题。

5 M 的自白

　　回头是岸，怎么可能回头是岸呢，回过头，看到的只有自己的脚印，歪歪斜斜的脚印。谁能把爱和欲分开？如同把身体与疾病，痛与快，生与死。而我只是个凡人，此生辜负了唯一尝试着爱我的人。始乱之，终弃之。既然选择错误的开始方式，也许早就预示着痛苦的结局。

楔　子

我手里还捧着没看完的书，不知什么时候睡着的，一定是倦得撑不下去，才合上了眼皮。但那个诱人的声音立刻跳出来，妖魔般呻吟，带着女人独有的娇气。这声音曾让我在半分钟内产生生理反应，可现在，我只会蜷缩身体高度战栗。

"亲爱的，今晚想我了吗？"斯斯的脸从背后的虚空中浮出来，好像我根本不是躺在床上而是漂浮在水面上。她的樱唇泛着黑，贴在耳边传来出刺骨的寒气。我的血液逆流寒毛竖起，难道是斯斯的冤魂来索命了？

"麦诚，怎么不回答，难道你又爱上了别的女人吗？"斯斯的舌尖轻轻地在我耳垂上舔了舔，冰冷，滑腻。

"我，我……"我只能支支吾吾，老天保佑她赶快离去吧，我的半边脑袋都木了，血管里流淌的不再是血液，而是冰渣子。

"哼，我就知道，你一定是变心了！"斯斯的声调一低，一双溃烂的手从后面伸了过来，像个圈套般环住我的颈。

我抬不起头，也支配不了身体，难道真的被鬼缠身了？虽然害怕，可我的求救却毫无作用，斯斯那对溃烂的手臂越来越用力，几欲窒息。

我当然知道这不是真的，梦而已，因为这已经不是第一次了，但我真的喘不过气。就在意识到自己可能死在梦里的前一秒，我大吼一声坐了起来，冷汗淋漓。

"你怎么了？"床的彼端，美韵苍白着一张脸，惊讶地看着我。

我惶恐地敷衍几句，重又倒头睡下，把背对着她，却还能感觉到她的视线盯着我，如芒在刺。

良久，都没听到美韵均匀的呼吸声，她一定还没睡着。这才想起她额上也悬着豆大的汗珠，是被我吵醒的吧。我有没有说梦话？有没有暴露那个要命的秘密？也许在我死之前，真该弄清那个秘密。

OFFICE 捉奸

手上的夜光腕表表明现在是夜里九点半，写字楼的走廊空得像条光滑的喉咙。因为公司周年庆没人加班，所有人现在都应该待在相隔三条街的酒店里，在那间如同凡尔赛宫般奢华的宴会厅里开着 PATTY。男人们衣冠胜雪，女人们千娇百媚，我太了解那种场合了，大家或交杯换盏或舞姿翩翩，在酒精的作用下所有人都会露出和平时不同的那一面。如今竞争越来越强，压力也越来越大，每个人都需要放松，办公室恋情无疑是最刺激最方便的，这一点我比谁都了解。

不知是否有人注意到，除了美韵和我，还会有谁缺席。

我现在的姿势奇丑，为了不打草惊蛇必须蹑手蹑脚，却尽量快速地移动。我做不到身轻如燕，虚弱的两条腿像灌满了铅，每抬起一下都很费劲，短短的一条走廊，走得气喘吁吁。刚才在会议室的真皮沙发上，我摸到了残留的体温，空气里也有男性荷尔蒙特有的气息，可惜，他们打扫得很干净，我连张使用过的卫生纸都没能找到，否则可以拿去验 DNA，好让我知道这个该死的男人究竟是谁。一路寻出来的，没想到还是没追上，他们的动作太快了，我这个病人跟不上。

站在落地窗前，我看到楼下一把黑色的大伞撑开，伞下一抹酒红色的裙摆闪过，他们上了黑色的汽车。酒红色是美韵的裙子，那条裙子还是我送给她的，可她现在居然穿着去见偷情！我把牙咬得咯咯响，为什么对美韵只能是爱或者恨呢，为什么做不到对她不在乎不介意，虽然她是我老婆，但她并不是我唯一的女人啊。

虽然相隔甚远，但我居然幻觉般听到了美韵发出的笑声，那声音无比畅快，挥之不去。脑海中浮现出美韵和某个男人躺在会议室的沙发上交叠承欢的画面，美韵白皙的皮肤在幽暗的会议室里焕发出贝母才有的光晕，她是多么纤细的一个女人，却潜藏着惊人的力量，那男人真让我妒忌。现在他们在谈论些什么，什么时候美韵跟我离婚？还是刚才男人的表现足够孔武？他们现在应该去酒店赶着喝一杯吧，在众目睽睽之下这对狗男女一定会刻意保持距离不让任何人看出端倪。

唯一能怪的就是这块表，如果不是慢了五分钟，我一定可以将他们捉奸在床。可是，真的捉到了又能怎样，跟美韵离婚吗？那是不可能的。

浓度极高的嫉妒在体内酝酿发酵，迅速膨胀的力量在血管里奔流寻找着出口，人在这种时候总会产生莫名的破坏欲，如果那个男人此刻站在我面前，我一定会冲上去杀了他！但事实上我的拳头重重地砸在墙上，除了让自己疼什么痕迹也没能留下。肉体的痛苦刺激着神经，隐忍已久的心痛再也不能抑制，我像个三岁的小孩蹲在地上，抱头痛哭。

声控灯熄灭后的走廊上，黑暗悄无声息地吞没了一切，整栋大楼就像一只懒惰却贪得无厌的怪兽。

杀　意

"谁，谁在哪儿？"一线光亮刺探过来，我听到了保安的询问声。

怎能让人看见公司副总裁如此丢脸地躲在墙角哭，我赶紧站起来，顺着旁边的安全通道走上楼去，我需要一个人在办公室里冷静会儿。

作为刚刚亲眼目睹老婆给自己戴绿帽子的男人，也许我是不值得同情的，因为这全是报应。在生这场病之前，在我还能像个正常男人那样拥有寻欢能力的时候，我做过太多太多对不起美韵的事。

也许美韵早就知道，我始终都是个超级花心的男人。初识时，她还是小业务员，我也只是外贸公司里的小经理。公司内部的女性，上至上司下到秘书前台小姐之类的女职员，以及美韵这样有生意往来的女业务员，只要是看得过去的，不论高矮胖瘦也不论年纪大小，我几乎全都勾引过。就在美韵留下体温的那张沙发上，我亦曾与三个女人有过暧昧。

世界上没有什么比偷情更刺激的事了，我喜欢别人的女友别人的老婆，不是自己的才刺激。只要事后处理得当，人前人后继续保持正常同事关系就行。更何况这事非常方便，只要男女相悦，随时可以做点小动作，办公室是不适合恋爱的地方，但绝对是适合做爱的地方。男人嘛，谁都知道一个茶壶可以配多个茶杯的，天经地义。更何况我还通过这种用身体交朋友的方式为自己笼络了人心，上司的赏识，销售的业绩，就连前台小姐也对我的客户格外热情。虽然我同性朋友不多，但凭着良好的女人缘，我在公司如鱼得水，一步步地做到了今天的这个位置。

遇见美韵后，我曾以为她会是我的真命天女。我们在床上太合拍了，我们的身体就像是为了彼此镶嵌而生长的。世界上没有什么比肉体交往更坦诚的方式，喜欢就是喜欢，真的假不了，假的也真不了。情最浓时，我把手上代理的所有红酒全都交给她那家小公司做，她赚了个盆满钵满，对我更加体贴入微，我也动了结婚的念头。全天下也不会有比美韵更好的女人了，她是真正爱我的，即便在我面对谋杀指控，随时可能丢掉工作的时候，她也守在我身边，帮我渡过难关。

可我天生是那种不拒绝不负责的人渣，对新的女人永远好奇，对突如其来的责任也不知该如何接受。我贪恋美韵的身体，却又丝毫不知疲倦的游移于一个又一个女人之间，偶尔表现出温柔，以及帅气，尽享齐人之福。

是的，我知道自己，外形上拥有优势，但那都是曾经，落地玻璃反射出我的不堪，已有谢顶趋势的头发，充满血丝的无神眼睛，还有皮肤上大大小小的色斑，不过结婚半年，我足足老了十岁，连医生都说不出究竟是什么怪病。一定是报应，连老天爷都看不过眼了，终于惩罚我。

斯斯是公司新招的实习生，应聘时我就看上了她，一双勾人的桃花眼，只要

78

是个男人，看一眼就放不下。起先我安排她跟我单独加晚班沟通感情，后来又安排她跟我出差，在外地的酒店里，我们很快水到渠成。

同为女人，美韵如水般柔情，斯斯却是呛口的小辣椒。不，斯斯何止是辣，她根本就不是人，是头母兽。她的野性让我欲罢不能，那时候的我还没意识到，这样的女人是祸水。再美味的菜天天吃也会腻，临到该结束关系时我给了她一笔钱，以为她会和以前的女人们一样乖乖听话分手，没想到她居然几次三番以死相挟，无论如何不肯离开。

以前也有个女人以为只要跟我上过床，就妄想跟我结婚。我很冷血地拒绝了她，然后随便找了个借口把她开除，没想到那个女人居然自杀了。事情传开后我被弄得很被动，最终换了家公司重新开始，从此决定再也不碰那些玩不起的女人。当初怎么看斯斯都是个豪放女，没想到我还是看走眼了，她缠起人来比美韵还要命。

所有男人都烦这样的女人，我被斯斯闹得心烦意乱，我决定让她从我身边消失。以我现在的地位，不能随便把前途耽误在区区一个女人身上，要做，就要做得滴水不漏天衣无缝。

中　毒

不是没想过请杀手，但一来没有门路，二来也害怕杀手会因此要挟我，毕竟是人命关天的大事，我决定还是自己动手。

那阵子，我天天把自己关在书房里看美剧，那些生动的犯罪剧简直就是最好的教材。CSI犯罪现场中某集，内容是一家专业灭虫公司老板的儿子，为免家产被国税局查封而利用家里有毒的杀虫剂涂抹调查员的物品，意图使其铊中毒身亡。

铊中毒，这玩意让我惊喜。我从网上买来一些铊化合物，又花大价钱为斯斯买了一套海蓝之谜的面霜，天知道那玩意是什么做的，居然要几千块一小瓶，不过还就有超多迷信的女人偏爱它，斯斯就是。她满心欢喜地收下那套面霜，并不知道里面已经被我动过手脚，还以为我回心转意。

进口的面霜实在太好动手脚了，没有塑封，也就意味着瓶子里的内容物可以随心所欲地添加东西。日霜，晚霜，眼霜，精华素，洗面奶，还有化妆水，我在每一瓶里都加了分量不少的粉末状的铊化合物。铊可以被皮肤吸收，斯斯会一天天地加重病情，先是大量脱发，继而神经系统出现毛病，消化系统，皮肤，全都会慢慢出现问题。

我先在家里拖住她，等她病很重了，才送她去相熟的私立医院，只要送主治医生分量足够的红包，请他在确诊病因和治疗方案上想想办法，就能让她长期留在医院里。至于医药费，我早在计划实施前就为她购买了医疗保险，保险公司会支付住院费。

送斯斯去住院时，我帮她把那套海蓝之谜也放进了行李包里，只要她继续使用病就不会好。本以为彻底解决了心腹大患，可以甩掉这个烦人的包袱，没想到斯斯居然死在了医院里。得到消息的那天我被吓坏了，连闯五个红灯赶去医院取走那套海蓝之谜。

死因很可疑，病情已经得到了控制，根本不至死，但斯斯死时呈现出极度痛苦的表情。我看过那张触目惊心的尸检照片，她的五官都移了位，死不瞑目。我被吓坏了，根本不想要她的命，只想让她离我远点而已。警方很快查出，斯斯有一个写满我们秘密交往的日记本，日记里，虽然没有出现我的名字，但却用 M 来称呼，我姓麦，并且去医院里看过她好几次，理所应当地被警方怀疑，并作为嫌疑人监控起来。

那阵子，我是杀人凶手的传言在公司里传得沸沸扬扬。所有人都离我远远的，就连那些曾经和我上过床的女人们眼里也全是回避和闪躲，迫于压力，我暂时停职。

就在这样恶劣的环境下，美韵对我依然不离不弃，为了救我，甚至还对警察做了假证。她说我们关系一直很好，以人格担保我绝对不会做出背叛她的事，那本斯斯的日记之所以存在一定是因为斯斯的妄想，也许她只是个疯狂的暗恋者，那本日记不足以作为证据。

警方虽然没完全放弃对我的怀疑，但美韵坚定的立场打动了他们。很少有女人能如此坚定地坚信丈夫没有外遇，她昂起头面对所有人的视线，那眼中的神情让我感动。她就是那个可以为我付出一切的女人，我更加坚定了要娶她的决心。在美韵的努力下，警察最终放弃了对我的怀疑，我正式向她求婚。

　　我为美韵定制了一枚三克拉的结婚钻戒，她回赠我一块价值数万的百达翡丽腕表。

　　婚后，我把美韵调到了自己的公司。那些男领导和女下属的龌龊事见得太多，漂亮的老婆每天在眼皮子下，至少不担心她会被公司老板潜规则了。我本以为日子会好起来，没想到身体那么不争气。噩梦一夜又一夜，接连不断，我日渐萎靡。吃什么都不香，怎么睡也恢复不了精力，即便是浓咖啡也无法提起精神来，正常的工作也快有困难，更严重的是不论美韵如何努力都没法挑起我的欲望。我去做过检查，身体并没问题。我知道，自己是被斯斯的死，还有那噩梦给吓坏了。

　　我们的夫妻生活变成了零，每晚我和美韵就像一对七老八十的老年夫妻，离得远远的。我变得喜怒无常，常因为很小的事情就会责怪美韵，她先是害怕，后来对我越来越冷淡，再后来，我发现她有外遇了。其实并不能怪她，是我自己不好，哪个正常女人能忍受一个性格暴戾又生理不正常的丈夫呢，她不提出离婚，不把我的丑事说出去我已经千恩万谢。

　　而且，斯斯死后，女人们都对我敬而远之，那阵子我难得地夜夜归家当起了好老公。

　　为了检验自己的身体是否只对美韵没感觉，我去过酒店买欢。

　　可我依然难以振作，本以为世上最惨的事莫过于此，没想到，更可怕的还在后头。

　　精神恍惚的我某日从酒吧买醉回家，路上不小心摔了一跤，把膝盖和手臂擦破了皮，那屁大的伤口居然半个多月都没痊愈，还有越演越烈的趋势。再后来，就连一只小蚊子的叮咬，都能让我的皮肤红肿乃至溃烂成片。我害怕浴室，那些难以愈合的伤口一沾水就痛，但不洗又不行，脓液和腐败的气味一丝丝地往外钻。我还不敢洗头发，轻轻一抓就是一大把脱发。

起初我很担心自己患上了艾滋，可一次次的抽血，CT，各种化验和检查做下来，都没能确诊到底得的是什么怪病。后来我甚至希望自己得的是艾滋，至少还有鸡尾酒疗法，至少还有明确的死期。庸医们只会让我注射那些抗生素，从头孢二代直到六代，我对抗生素的耐受力越来越强，即便是最新型最强悍的抗生素也无法阻止身体坏下去。

我开始胡思乱想，是否有人对我下了降头或者蛊毒那类奇怪的东西。电影和传说中从来就不乏负心男人被女鬼报复的先例。

偏偏在这种时候，我在电脑里发现了一部日本电影《下水道的美人鱼》。

连我自己都忘了什么时候下载过这样一部如此变态的电影，原本应该美貌的美人鱼从天使般的娇容到全身长满了五颜六色的毒瘤，最终变成了蛆虫爬满全身的腐败之物。屏幕上美人鱼死亡的那一刻我痛哭失声，看着自己同样溃烂得体无完肤的身体，这活生生的画面让我最后的精神防线也彻底崩溃，又多了个噩梦的主题。

我惶惶不可终日，世上不会再有什么比亲眼目睹自己一天比一天委顿、腐朽，却无法医治的感觉更可怕。屏幕上那堆爬满蛆虫的烂肉就是我的未来，当一切都不能医治我的痛苦时，我只能死。

试　探

在死之前，我决定弄清楚一件事，否则即便下了地狱我也不敢面对斯斯的冤魂。我要弄清斯斯的死因，她是否真的因我而死，在她身上，还有没有其他我不知晓的秘密。

这怀疑并不是空穴来风，明明病情已经被控制住了为何还会突然死去，尸检结果已经排除了铊中毒，只是体内还有些许重金属残留，那是铊化合物中的其他成分。日记里的 M 是否真的是我，还是另有其人，斯斯这样豪放的女人肯定不止有过我一个男人，她的其他男人都是怎样的，有没可能某个痴迷她的男人因为妒恨她对我的执著，而起了杀心？

冷静下来，我发现整件事越想越可疑，甚至连斯斯初进公司时看我的眼神，也有些不对劲。她分明从一开始就在勾引我，那种入骨入髓的风骚，绝非一名普通的实习生应有的态度。难道她进入公司的目的并不是为了工作？

我点燃一支烟，试图理清思绪。可还没吸上两口就咳嗽得不行，最近身体越来越差了，我能嗅到自己咳嗽时呼出的口气，浓重的腐败味道让我想起八十岁的爷爷。人老了，身上就会有股怎么都洗不掉的味道，可我还没老，身上这股味比爷爷还重。如果不加快调查，恐怕不用多久我就要住到医院里去等死了。

为了加快进度，我决定更系统地调查。在公司人事部有关于斯斯的档案，我从履历表查起。看起来一切都很正常，普通的小学中学，名不见经传的大学，成绩一般，文秘专业，哼，原来都二十六了，她却告诉我自己今年才大学毕业。眼前忽然一亮，等等，她毕业的大学，怎么跟美韵的学校是同一所，就连年级和班次都是一模一样。她们认识？

"老婆，斯斯跟你是同学？"我试探着询问正在落地镜子前做瑜伽练习的美韵。

"嗯。"美韵却漫不经心。

"为什么以前不告诉我。"好在她没否定，看来还能继续问。

"为什么要告诉你，让自己更伤心吗？"美韵白了我一眼。以前她也经常这样斜眼看我，不过彼时的这个动作颇有示好和调皮的意味，今时今日，同样的表情看起来却充满不屑与鄙夷。

我沉默了。斯斯死后，美韵的种种反应都表明她其实早就知道我跟斯斯的事，一直都知道，只是在隐忍着。一个女人究竟该忍受多少寂寞，才能换来我这样花心男人的婚姻，还是就此打住的好，再谈下去，我又会觉得自己亏欠她太多太多。

"麦诚，有句话我一直想对你说，又怕你不信。"美韵幽幽地说道。

"老婆，你说吧，全世界我只信你。"我忐忑地揣测着美韵要说的话题。

"我一直觉得你比我幸福，因为你可以选择爱我或者不爱我，而我只能选择爱你或者更爱你。"美韵说得很认真。

"老婆。我对不起你，以前我做过那么多对不起你的事，但是请你放心，以后我再也不会了。我发誓，有生之年，绝不再碰除你之外的任何女人。"现在的我变得好脆弱，话还没说完，眼泪就滚出来了。

"我也……不会碰除你之外的任何男人。"美韵轻轻地说着，擦去我的泪。

"真的？再也不碰其他男人？"脑海中再次浮现出那夜在写字楼里亲眼目睹的景象，我不由自主地认定美韵的话有些言不由衷。

"你到底想说什么？"敏感如她，立刻猜到了我的真意，她皱着秀眉，语气中颇有怒气。

"没，没什么。我只是觉得，现在这样真好，我以前真是太混蛋了，一点也不懂得珍惜。"我不想惹她生气，赶紧结束这个话题，闭上嘴，老老实实地为她放洗澡水去。

我从没像现在这样害怕失去美韵，如果她也不要我了，还会有谁陪着我去医院做检查看病？我死后，谁会帮我操办丧事？现在的我脆弱得像个婴孩，一旦感冒发烧流个鼻涕就必须赶紧住院治疗，如果不是美韵，谁会在身边照顾我？那些可怕的护士？不，她们目睹病人的生死就好像看到花开花落那么稀松平常，如果她们不高兴，随时可以打击报复，甚至要病人的命。

对了，我应该调查照顾过斯斯的护士，我待会儿就出去。抬手看表，蓝宝石镜面嵌着十二颗钻石，指针们按部就班，现在是晚上时间九点半。不，准确时间应该是晚上九点三十五，我很不理解，如此昂贵的机械表居然走时不准，每天我都得把时间拨快五分钟才行。不过把表送去专卖店里检查，他们都说这绝对是正品，并表示误差五分钟是前所未有的，可以免费返厂送修，但得送去瑞士总部，来去至少一个多月。这是美韵送我的结婚礼物，也不知道这辈子还能戴几天，不过是五分钟，又没有什么要紧，想想也就罢了。

水龙头里流淌出温热的液体，我坐在浴缸旁边，正好可以透过半开的门看见美韵做最后的收势动作。她的骨骼纤细肌肉匀称，比时下流行的排骨美人更显丰腴，优美的曲线呈现出一种健康的美感。维纳斯活着大概也就这样了吧，我贪婪地看着，有些嫉妒美韵跟当年初见时没多少改变。同在一个镜面中，角落里渺小的我瘦成了一把骨头，皱纹迅速爬满了脸颊，嘴角旁的法令纹深深地陷进去，重重的眼袋，刀刻般的鱼尾纹，曾经英俊的面容早已面目全非。让我恐惧的是，机体的衰老还在以不可挽回的姿态继续，半个月前蹭破的皮现在还没长好，难得几块还算完整的皮肤上也布满了老年人才会有的斑痕。

心里好难受，实在是看不下去了，我找了个借口，扔下还没放满水的浴缸离开了家。

女人的心思

医生办公室里，我和庞毅在办公室里看着窗外的夜景，今晚正好他值夜班。

庞毅是我的大学师弟，也是我的老乡，当初斯斯就是他的病人。在接受了我的五万块钱后他答应帮我修改病历，并尽量留着斯斯待在医院里。他算不上有医德的人，但至少技术还不错，我很信任他。庞毅一直怀疑我是否也是铊中毒，但他亲手为我抽了 N 次血，也做了许多次检查，都没能确诊。

"真是见鬼了，才几天不见你又瘦了许多。"庞毅拍拍我的肩膀，关切地说。

我无言以对，只好等他感慨一番后才把来意说出，请他帮忙调查曾在斯斯生前接近过她的护士。

庞毅有些吃惊："你怀疑是医院的人？"

我点头，接着说："斯斯的脾气不太好，生病后更是经常发小姐脾气，惹得护士们不高兴。"

庞毅肯定道："就算不高兴也不会对她这样的，尤其是我关照过的，护士们肯定会更加用心。"

我笑笑，"就是你关照过，我才不放心。你的小护士们平时就为你吃醋，你关照过，他们还会以为斯斯跟你有什么暧昧呢，长成她那副样子，简直就是女人的公敌。"

庞毅还是坚持，"就算你说的对，我也不信我们医院护士们会做出这样的事情来。"

为了让他相信女人的心思男人永远无法猜透，我说了一件最近网络看见的小事。那事发生在前不久的香港，某日一家庭主妇发现印尼籍女佣炒菜时居然反锁起门，立刻警觉地报警，警方到来后，在炒好的菜里发现了可疑血迹，垃圾桶里则有一块使用过的卫生巾。后来警方检出菜里的血迹居然是经血，据印尼女佣说这是她们老家的一种法术，平日里女主人对她比较凶，施法后，女主人的态度会对她好一点。

"啧啧，太恶心了。不过你说的也对，女人的心思谁也猜不透。"庞毅终于承认了这一点，"我会帮你去查的，斯斯住的是单人病房，走廊上安装了监控录像，只是医院监控系统的硬盘出了问题，数据复原还在电脑公司处理，警方至今都没能看到录像，放心吧，一有消息我就通知你。兄弟，我劝你多关心关心老婆，她可是……"

"她怎么了？你都知道些什么？"我立刻竖起耳朵，敏感地意识到在我并不了解的背后，也许的确有些什么发生了。

"没什么，你当我什么都没说，我也就是看你最近状态不好瞎猜的，关心老婆也不是什么坏事，我最近也挺关心老婆的。"庞毅越是闪烁其词，我越是觉得其中有鬼。

"是兄弟就别瞒着我，知道什么全都说出来吧。你也不想让我死不瞑目吧，我都不知道自己还能活多久。"我并不想这么说，但话到嘴边就自然而然地溜了出来。

庞毅被我可怜巴巴的样子打动了，长长地叹了口气，"其实你送斯斯住院后，你老婆就来过两次，具体她们谈了些什么没人不知道。当时我想多一事不如少一事，就没告诉你，这事还是问问你老婆吧。"

我忘了自己是怎么走回家的，像只孤魂轻飘飘的，偶尔有路人撞到我，差点摔倒也不知如何反应。我真是个废物，不知道美韵究竟有多少事情瞒着我呢，她去找斯斯，都说过些什么？

回到家已经是午夜了，美韵抱着枕头安静地睡在床上，光洁的大腿伸向我躺的那一边，蕾丝般浓密的睫毛随着呼吸微微颤动着，不知道她在做着怎样的梦，梦里是否有我。

以前不是这样的，只要我不在身边她就睡不着。不论我回来多晚，她也会等我回来，从不问我究竟干什么去了，也不查衣服上是否有口红印和香水味，只等我回来，搂着我的胳臂她才能入睡。但好像从我生病后，她就不这样了，有时候我回来得很早她也已经睡了，还睡得很香。是不再爱我了，还是这阵子照顾我太累了？如果这个答案会让我伤心，我宁可永远都不知道。从前的美韵，是否也有过同样的想法？如果知道我跟谁谁谁又上了床会让她伤心，她是否也愿意永远都不知道呢？

心里酸酸的，梦魇般的那一夜再度浮现眼前，究竟是谁跟美韵在会议室的沙发上留下了体温，还有那暧昧的气息？脑海中有只看不见的小恶魔在怂恿：杀死她，杀死她，如果你会死，也不要把她留给其他男人，她是你的，只能是你的。

那让我头疼的声音，像有把电钻从太阳穴那里开始钻，我不能再害人了，罪孽已经让我变成了现在这副鬼样子，再做坏事我会立刻死去。我累了，我需要休息，躺在美韵身边，我沉沉地睡去。

地狱，罗刹，牛头马面，灵魂的审判，刀山火海，红粉骷髅般的斯斯对着我甜甜地笑，亲耳听到阎罗下令将我打入第十八层地狱，亲眼看到鬼差们在我身上使用刮骨钢刀……还有什么样的噩梦不能做？我的神经日渐增粗，即便梦到地狱也不再害怕了，相比起来，反倒更害怕梦到失去美韵的场面。潜意识里，有一个高大的黑衣男子会带走她，她走得很决绝，头也不回，扔下我这把病骨头，在尘埃中死去。

"你怎么哭了？"温柔的声音在耳边响起，是美韵在帮我擦眼泪。

"我梦到你离开我了。"我睁开眼把美韵揽在怀里，很紧很紧。

"真像个孩子，都一把年纪了还哭哭啼啼。"美韵笑了一下，很顺从地躺在我的怀里，她的身体好暖，不像我，死人一般的冰，如果不是还有呼吸，我甚至要怀疑自己根本已经死去。

"斯斯死前,你去医院见过她?"我也知道这种时候提出问题不合适,但这问题折磨我一晚上了,再不说出来我都要憋坏了。

"见过,怎样。"美韵推开我的怀抱,声音瞬间变冷。

"我只是想知道你们谈了些什么,是否跟她后来的死有关系。"我赶紧坐起身,起得太猛,头很晕。

"很难得你也会对女人的事感兴趣,认识你这么久,你第一次对赚钱和床上之外的事感兴趣,真不知道我是不是该高兴。"美韵冷冷道。

"我……"我无言以对,良久,才想到继续说下去,"那你肯不肯告诉我,就算我求你,要是不知道真相,我怕我死都不能安心,你也知道,我现在身体一天不如一天了……"

"想知道自己查去,当老公的如果到死都不了解老婆,那才真该死不瞑目。"美韵离开床,把自己关进盥洗室里。

她说的没错,当老公的如果到死都不了解老婆,那才真该死不瞑目。没想到兜了一圈,问题还是落到了我身上。

日记中的 M

我雇用了私家侦探,不过没查出斯斯生前还和其他男人有过交往。在我跟她要好的那段时间里,似乎我就是她唯一的男人了。

侦探从公安局的证物房里弄出了斯斯日记的影印本。也许是男人的虚荣心,我很好奇那个火爆的女人会怎样记录我们的生活,以及这段感情。无关紧要的小事太多,我只着重看了几则被警方画过记号的几篇。

二月十四 没有情人的情人节
不烦躁是不可能的。我爱的人和爱我的人全都离开了我。他们在一起吧,他们会做些什么,夜那么长,现在才九点,我该怎么办。真如 M 所说,他们都只是麻木的必然了吗？如果是真的为什么 M 还会那么投入？

也许，我要找的答案是不存在的。就像数学里的反推理，试图推翻一个根本就是错误的结论，基本上没有希望。

我和 M 的幸福，是否也没有希望。

六月一日　无人陪伴的儿童节

我该不该庆幸呢，究竟是怎样的，这个可爱的节日我和 M 都变成了孤家寡人。他出差去了，我知道他这次带走了开发部的小黄。小黄挺骚包的，我早就看出她在勾引他，为什么我会吃醋，难道我也爱上他了吗？

农历七月七日　可怕的七夕

虽然每天使用昂贵的化妆品也遮挡不住我脸上的失望，他想甩了我，可我却还没玩够。

最近身体很不舒服，皮肤变得很敏感，除了脸部的皮肤还好，身上到处长满了红斑，高烧动不动就到四十度，他一定吓坏了，也害怕麻烦，所以好几天都不来找我。我亲爱的 M，开始挂我的电话了，是爱上别人了吗，我好担心。

牛郎织女相会的日子，我独自呆在医院病房，郁闷得想死。

……

斯斯不是个精致的女人，也不太讲情调，大大咧咧的性格像个假小子，就连日记也写得毛手毛脚，很多地方忘记使用正确的称谓，对我而言最重要的部分却不甚明朗。不过看起来，那个含糊其辞的"M"八成是我。出差的是我，回避她的是我，提出分手的也是我，难怪会引起警方的怀疑。若不是欲望的驱使，我又如何能亲手将斯斯送给死神，当我开始回忆起那段欢爱就有种难以描摹的心痛。

但我总觉得斯斯不是真的爱上我。跟她在一起时，就能感觉到她对钱的兴趣比对我要大，这也是我为什么最终选择了美韵而放弃了她的原因。

可如果那个 M 不是我的话，又会是谁呢？"这个可爱的节日我和 M 都变成了孤家寡人"，M 会是美韵吗？美字的第一个字母也是 M 啊。

她们的关系

好在美韵曾经就读的大学就在这个城市，联系了好几位美韵的老同学，她们全都众口一词，当年美韵和斯斯是难得的好姐妹。为了多了解情况，我还联系上了当年教过她们的助教老师。

"岑美韵和卢斯斯？我当然记得，她们两个都是班花，又那么要好。她们很清高的，一般的男生都入不了眼，个别追不到她们的男生出于嫉妒，还说过她们的坏话。"女助教推了推金丝眼镜，回忆道。

"您还记得他们说过什么坏话吗？"我不愿放过任何线索。

"他们说……"女助教显得有些为难，"这个嘛，当然只是乱说的，况且事情过去这么多年了，你也不必计较。"

"您就直说吧，我受得了。"她越是这样，反倒越发吊起了我的好奇心。

"当年，她们还是经受了一点压力的。"女助教沉吟片刻似在鼓起勇气，"她们曾被人误会是拉拉。"

不会吧！我的第一反应就是否定，她们两个绝对是男人梦寐以求的伴侣，而且我有切身体会，她们比任何女人都女人，怎么可能是拉拉。

"她们只是比普通的朋友更亲密，平时上课吃饭一类的事都是结伴而行，从不给男生机会靠近。很多大学女生都会有这样的好友，男生也只是嫉妒而已，甚至杜撰出看见她们拥抱和亲吻之类的话来破坏她们的名誉。也许他们只是想破坏了这段友情后自己就能乘虚而入，没想到她们根本就不在乎，直到大学毕业，都一如既往地要好。其实我一直都挺羡慕她们，这段友情经得起考验。"女助教脸上浮现出不符合她年龄的清纯微笑。

"她们之间真没什么？"我最后问道。

"当然没什么，我还保留着当年她们的合影呢，拿给你看。"女助教翻箱倒柜地找出几张照片，她指着两个双手相牵对望彼此的女生说："她们的照片可是上过杂志的，多美啊，她们是我教过最美的女生。"

看完那些照片，我告别了沉浸在往日回忆中的女助教。早就从美韵老同学的口中打听到，她和斯斯是感情非常好的姐妹，好到可以两人同吃一根冰棒同睡一张床，也会为了谁跟男生约会的事情吃醋地吵架。

不少十多岁的任性小女生都这样，这样的事在女人看来可能很正常。但作为一个阅人无数的男人，我已经看出那些照片中暗藏的端倪。只有相爱的两个人才会有那种眼神，她们千真万确是一对拉拉。

这种事，只有男人才看得最清，当年追求姐妹花的男生们一定是看出了名堂，单纯的女生和老师才不敢朝着另外的方向想。

我试图理清思路，美韵不像是为了钱而跟我在一起的，她是真心爱我的，这一点我能明确地感觉到。难道她一边爱着斯斯一边爱着我？越往深想越觉得不可思议，曾经缠绵的伴侣和朝夕相处的老婆，全都是那么陌生。

就在这时，我接到庞毅打来的电话，医院的监控录像硬盘数据复原完毕，出事当日进过病房的护士没有问题，有问题的是一个戴口罩的女人，进入斯斯病房后半个小时才出来，在那之后，护士们进病房送药就发现斯斯已经死了。

我徘徊在午夜的街头，灯红酒绿情色男女，一切都是那么熟悉，却相隔十万八千里。那些放肆的笑让我觉得好冷，全都是虚情假意的东西，谁又真的知道自己在做些什么，谁又知道明天会有什么发生。我最信任的女人居然隐瞒了那么大的秘密，而我像个傻瓜，自始至终被蒙在鼓里。

忽然之间，万念俱灰。

M 的自白

手机又响了，是美韵发来的短信：我在会议室等你。

她终于找我了。这些天我做了些什么她一定全都知道，想必摊牌的时候到了。

　　也许并不是美韵刻意隐瞒的，只是我从没想过考虑她的感受，也没想过了解她的内心。如果不是斯斯的死，也许这辈子我就这样自私地活下去。我发现自己还是爱她的，当我看到她和斯斯的照片时，那种强烈的嫉妒前所未有。

　　生病后，已经很久没来过这里了。楼下停着辆黑色的福特，无意中瞥到一个穿黑衣的女人坐在驾驶室里抽烟，她的短发略显中性，却散发出一股难以言说的吸引力，乍一看有些面熟，却又想不起在哪见过。女人也盯着我，直到我上了电梯，才牵起嘴角笑了笑。那笑很冷，带着嘲笑的意味。

　　这让我自卑，我现在的样子，已经到足以让女人嘲笑的地步了。

　　经过办公区时，一台台黑着屏幕的电脑像沉默的怪兽在等待着什么，我完全可以想象得出白天那些可爱的女职员们穿着高跟鞋忙碌的样子。这么久不见，那些跟我有过暧昧的女人们会想我吗？其实答案我知道，没人真的爱我，至多是寂寞，她们只想在职场上少一点阻力多个人帮忙。

　　终于见到了美韵，她穿着一袭黑色短裙坐在会议室的那张沙发上，交叠的两条长腿，在黑暗中熠熠生辉。

　　"别开灯了，我不想看见你的脸。"是她的声音。

　　我没开灯，径直坐在她身边。也好，沙发的对面有块落地的镜子，我不必用自己骨瘦如柴的样子跟美韵的健康美作对比。

　　"还记得我们第一次上床吗？我永远都记得，就在这沙发上，那时候我还只是一个小业务员，为了能拿到第一笔订单来找过你三趟。你说我能让你满意的话，就跟我签合同。真没想到，后来我就爱上了你。"美韵喃喃道。

　　"你说过，我是你第一个男人。"我眼眶一热，真是没用，生病后变得脆弱多了。

　　"你永远不会了解我究竟有多爱你，为了你，我甚至失去了世界上最爱我的人。"美韵在黑暗中看着我，我看不清她的眼睛，却能感受到那灼灼的目光。

　　"现在我只爱你，当我失去一切的时候才发现自己最爱的只有你。别离开我好吗？如果今晚你打算分手我宁可现在就走，别让我亲口听到分手那两个字，至少还给我留一点幻想。"我恳求着，却不觉得自己卑微，有生以来第一次才懂得真的爱上一个人，是怎样的感觉。

"放心，不会离开你的，我会看着你死。"美韵冷笑一声，"你实在太伤我的心了。你已经知道我跟斯斯的事了吧。"

"是的。"我必须面对现实。

"有什么想法？"

"吃醋，嫉妒，还有愤怒。"

"跟斯斯当年一样。当她发现我爱上了你这个人渣，提出想试着跟你交往的时候，她都快气疯了。虽然你对所有的女人都不够好，但至少对我还算比较用心的，于是我想和命运赌一把，看看你是否会真的爱上我。我尽最大努力去爱你，却疏离了斯斯。斯斯提出，帮我考验一下你，如果你值得我爱，她才会心甘情愿地放手，如果你不值得，我也好死心。"这些话从美韵的嘴里说出来，我忽然有种很不好的预感，也许这会是最后一次听她谈心。

"所以，斯斯从一开始进公司的目标就是我，我只是你们考验的对象？"我意识到即将触碰到问题的核心，激动不已。

"没错，我们本来是想考验你，可是后来的发展让我们失去了控制。你让我很失望，你根本禁不起诱惑。斯斯起初是带着好奇才跟你上床的，她想知道究竟是什么会让我做出想跟你结婚的决定。可终究道行不够，她发现自己对你的感情变得游移、嫉妒、痛恨，还有少许的喜欢和对身体的依赖。"美韵的声音开始瑟瑟发抖。

"就像白蛇和青蛇一样，原来我只是许仙。"我自我解嘲道，心里才明白，原来斯斯日记中的 M 的确不是我。

"她就是那种爱起来可以奋不顾身的人，并不是每个人都可以像我一样接受她的极端，当我意识到她的存在可能影响你的前途时，你已经做出了决定。你要她消失。我知道你对她做了些什么，但我不知道你在对她下毒，当我查出你在那些面霜里做了手脚后已经晚了，我去医院告诉她真相，可她却不信，还跟我吵了起来。我认为你是爱我的，所以才会想让她离开，但她不愿面对现实。在那种很不稳定的情绪下，她居然让我杀了她，她说，既然得不到我的爱，也不能跟你在一起，活在世上已经没有了意义。于是……我一时冲动地，在她的输液管里注入了空气。"美韵的声音变得很低。

"十毫升以上的空气就可能让病人动脉栓塞，心绞痛或者脑梗塞而死。难怪警察一直找不到死因，她根本不是死于中毒。"原来事实如此简单，我终于知道了答案。

"我很后悔。如果当初反对这个考验计划，或许我们的感情还不会走上绝路。斯斯死后我才明白，你的确是个不值得爱的人渣。我当日是昏了头，为你付出了那么多，却没半点收获，如果斯斯的死能成全我的收获，她宁可牺牲自己。我居然亲手杀死了世界上最爱我的人，我真傻。"美韵终于哭了。

"对不起，是我害了她。"我知道这话没用，但必须得说。

"说这些已经没用了。你知道自己为什么会生病吗？"美韵擦干泪，忽然问道。

"难道是你？"我心里一惊。

"斯斯死后我才知道，男人真是不能爱的。一个追求我很久的女人现在跟我在一起了，她是一名放射科的医生，可以在报废的放射科器材中找到某些还具有放射性的物质。你的表里，就有那么一小块，好在你每天二十四小时都戴着那块表，否则辐射病也不会这么快发作。放心吧，现在已经到了不可逆的晚期了，我不会离开你的，我要亲眼看着你死，为我自己，也为斯斯。"话说到最后，美韵有些咬牙切齿了。

尾　声

我终于想起楼下停车场里的黑衣女人是谁了，在某家医院里做核磁共振检查时，她是接待我的医生。难怪我找不到谁是美韵的情人，还傻乎乎地以为那人会是公司里的某位同事，原来情敌居然是个女人。

原来早在我跟美韵结婚的时候，她就打算杀了我？

头晕目眩，这就是我仅存的感觉，自作孽，不可活。我的头剧烈地疼了起来，我连美韵是什么时候离开的都没发现。她一定是下楼去跟那个黑衣女人见面了吧，我们之间从此不会再有任何话好说。

我拖着沉重的脚步，一步步登上天台。朝闻道，夕死而无憾。得到了真相，反倒让我更加难过。在生命的最绝望的阶段真正爱上了一个女人，可这女人却要我的命。

回头是岸，怎么可能回头是岸呢，回过头，看到的只有自己的脚印，歪歪斜斜的脚印。谁能把爱和欲分开？如同把身体与心灵，痛与乐，生与死。而我只是个凡人，此生辜负了唯一尝试着爱我的人。始乱之，终弃之。既然选择错误的开始方式，也许早就预示着痛苦的结局。

站在这栋大楼上，夜色四合，这个世界像是被墨染出来的，我也是这黑色中的一分子，黑色的风，吹干我悔恨的眼泪。从十八层高的天台上朝下看去，一辆黑色的汽车缓缓驶出，美韵和那个女人正坐在里面吧。

如果我从这里跳下去，能否终结自己的罪孽呢？

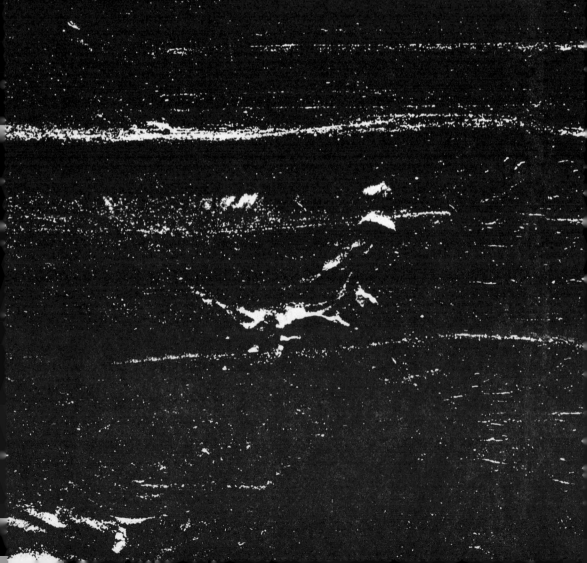

6 处女作

李斌的哆嗦，是兴奋的哆嗦。

方才的梦里他哭着喊着要钱，漫天飞舞的钞票上全是刘
萌萌的脸。这个梦反映出他的潜意识——迫切需要钱来改变
屌丝属性。

A

温馨的平安夜，面对着满街喜气洋洋的同学，李斌觉得自己的心都碎了。

第一次见到刘萌萌李斌差点忘记呼吸，但他很清楚，求爱不比求职，这家不合适可以换别家，不敢轻举妄动，表白的机会只有一次。

这一年里，他每天都熬夜创作，以刘萌萌为女主角，写下一本二十五万字的古风小说。故事跌宕起伏，李斌幻想了无数次女神因感动而娇羞地投入自己的怀抱，以此为梦，他度过了许多美好的夜晚。

就在半小时前，李斌亲手把他精心排版的打印版小说全本，交给了刘萌萌。同学们甚至为这段佳话的成功缔结准备了烟花，一切就只等刘萌萌的一个微笑。

女神翻看着那本书，凝神静气的样子真是美极了，如果可以，李斌真想让全世界就在此刻定住，然而女神翻阅的速度比预期要快得多。

"师哥，谢谢，这是我收到的最特别的圣诞礼物。"刘萌萌的眼睛笑起来变成两弯月牙。

"萌萌，那个……我……我想……"李斌的心都快跳出嗓子眼了，脸也涨得通红。

"师哥，你对我这么好，一定会祝福我跟谢佐吧。"刘萌萌大方地说道。

"谢佐？"李斌听过这名字，似乎是煤老板的儿子。

"上周我生日，答应做他女朋友了。"刘萌萌轻描淡写地说着，撩一下头发，手腕上熠熠生辉。

那是条钻石手链，李斌这种拿勤工俭学救济金的学生想都不敢想。后来他就恍神了，同学们怎样散去，女神怎样挥手道别，全不记得，只剩脸上的血，被冷风吹成猪肝色。

回去的路上，李斌像丢是了魂，差点被车撞到。下学期就要去实习，再就是毕业了，因为要离开学校宿舍，他提前在附近租了间小屋子。再回过神来，已经喝掉两小瓶二锅头，窗外的风嗖嗖地刮着，是降温前兆，他一点也不冷，反而浑身燥热。

难道做一辈子撸SIR？想到从今往后，自己就要跟这些富二代在不同的起跑线上开始人生旅程，李斌更是怒从心头起，一口闷掉了瓶里剩下的酒。

就在李斌烦躁得想掀桌时，门响了。

门外站着的不是圣诞老人，是房东赵老头，"你们要放假了，这次得交两个月的房租，回家之前给备好。"

李斌并不是拖欠的人，只是每个月五百块的租金对他来说的确是不便宜，李斌的肺都快炸了，连这种糟老头也对自己吆五喝六！午夜两点，李斌被一泡尿憋醒，起来方便时无意中听到隔壁有人在说笑。

"你老爸再不打钱来，我们就玩绑票吧，假装绑了你，跟家里要个几十万，明年可以出国游。"

这话像一道霹雳，李斌听得打了个哆嗦。

B

李斌的哆嗦，是兴奋的哆嗦。

方才的梦里他哭着喊着要钱，漫天飞舞的钞票上全是刘萌萌的脸。这个梦反映出他的潜意识——迫切需要钱来改变屌丝属性。

目前来说合法地暴富渠道唯有中福彩头奖，但那需要祖坟冒出多粗的青烟，才能有那么好的运气，李斌不敢奢望。为写小说，他研究过犯罪小说，其中也见识过一些关于绑票的。当时就感觉这事并没传说的那么玄，关键就两点：合适的绑架对象，理想的交付赎金方式。身为理工男，这种问题就像是两道数学题，并不算难。

关于绑架对象，李斌现在有了目标。他的身家一般人也不知道，而且综合此人的受教育程度和身体状况，李斌很有信心将其搞定，因为这个目标就是——赵老头。

早在李斌来看房时就发现赵老头是个土财主，在寸土寸金的大学城里有栋六层楼的出租公寓不说，老房子拆迁时还补到了上千万赔偿款，这事上过电视。赵老头还有两儿一女，个个开名车戴名表，都住别墅。赵老头的老伴走得早，他一个人收租过日子，独居，年老，且有真实身家，除了跟打扫卫生的老太婆唠两句嗑，平日没什么朋友，子女探望也不太多，活动范围不超过直径一千米，这些加起来，不从他身上搞点钱简直对不起自己了。

李斌躺回床上，瞪着一双泛红的眼睛，直到天亮。

干坏事也是要讲劲头的，尤其是对于没干过坏事的人来说，勇气比技巧重要得多。李斌深知天下武功唯快不破，在花了三天时间观察赵老头的作息时间和活动范围后，又仔细想过赎金的交接方式，最后决定赶在元旦节之前采取行动。元旦节要放假，租房的学生们大多出去玩或者回家，便于行动。唯一跟赵老头说得上话的打扫卫生的老太婆，这两天不舒服，几乎都不出屋，饭菜都是赵老头送去的，绝对不会出来破坏他的好事。赵老头的儿女们应该也会在元旦节回来，这正是向他们索取赎金的大好机会。

赵老头没别的爱好，就喜欢喝两盅白的，一喝就冒一头一脸的汗，一冒汗就得擦，喝酒时总备着条小毛巾。李斌是化学系的，弄点乙醚不是难事。接下来的事甚至不用他动手，赵老头吃晚饭，李斌用买来的不记名手机卡给他打了个电话，谎称要租房，但是找不到地方，请赵老头马上带看房间。趁着赵老头离开的功夫，李斌把手从窗户里伸进去，在那块小毛巾上倒入乙醚。

几分钟后，赵老头骂骂咧咧无功而返，继续喝他的酒，喝着喝着就出汗了，接下来很自然地用上了那条小毛巾。李斌躲在附近，注意着赵老头的一举一动，他似乎也觉出毛巾有问题，还凑到鼻子前使劲吻了吻。乙醚的效果是迅速的，不过几秒钟的功夫，赵老头的眼睛就合上了，噗通一声趴在饭桌上。

天黑得早，李斌第一件事就是把赵老头房间的灯给关了，这样外边走廊就算有人经过也不会看到里边在做什么。李斌用胶纸把赵老头的嘴给贴上，又给他带上帽子和口罩，搬到了事先买的轮椅上。

学校有栋即将拆迁的旧教工宿舍，半年前已经搬空了，断水断电，因为位置偏僻，还有闹鬼的传说，所以鲜少有人经过。李斌早就备好了手电筒，还用遮光窗帘封住了三楼最角落里房间的破窗户，最后只需在门外加个挂锁，就是极好的容身之处了。这房间后边就是山，不会有人看到，等会儿把赵老头的手脚绑住就算大事成了一半。

李斌这么想着，原本因为紧张而发抖的手也渐渐轻快了些，但是他没料到，就在捆赵老头的手时，那只手忽然飞快地缩了回去，并以他未及反应的速度，挨了结结实实的一记老拳。

房间里本就昏暗，加上没有思想准备，李斌只觉眼冒金星天旋地转，这才意识到赵老头的麻醉剂量可能没控制好。接下来的状况差点把他吓死，坐得好好的赵老头刷地站了起来，又给了自己一拳，他的身体失去平衡，脑袋撞在门框上，顿时晕了过去。

C

"小子，你绑错人了。"

李斌醒来时半边脑袋都是疼的，不过还能听得清赵老头的声音。

"我扛过枪打过越战，别看我这把年纪，真要动起手来，给你把刀也未必是我对手。"

李斌晃晃脑袋，让自己清醒一点，很显然赵老头已经看到他醒了过来。

"现在你有两个选择，一是去公安局自首，搬出我的公寓，并赔偿我的精神损失。另一个，是听我的话，帮我做一件事。"赵老头的声音伴随着弄弄的酒气，飘了过来。

"有种你杀了我，反正你也没证据我绑你。"李斌呼吸紧迫，原来赵老头把他整个身子连同胳膊都绑在了椅子上，而且绑得特别结实，挫败感顿生，连个糟老头子都搞不赢，自己真是弱爆了。

"你可以不信，我的房间有隐形摄像头，带夜视的。"赵老头拿手电对着李斌的脸，冷冷道，"我也可以什么都不做不说就这样走，你就在这里饿死吧。"

说罢，见李斌没反应，赵老头转身就走。望着手电筒的光线从屋子里褪去，李斌追悔莫及，这真是自己挖坑自己跳，要是赵老头真走了，就算自己饿不死也能冻死在这里，做个饿死鬼，将来被人发现时还被捆在椅子上，这对爱面子的他来说不能容忍。无论如何，先混过眼前再说，不管赵老头要自己做什么，假装答应就好，日后再想办法。李斌就大着嗓门唤了一声："我答应！"

远去的脚步声又回来了，手电筒的灯光在门口停下，"真答应？"

"真答应！"李斌在心里加了两个字，个屁。

赵老头回来了："我要你帮我把这次绑架做完。"

"你什么意思？"李斌懵了。

"就是咱俩合作，把你绑架我的事做完，事成之后，钱会分你三分之一。"赵老头淡定道。

"我没听错吧？"李斌不敢相信自己的耳朵。

赵老头拿了把破椅子，在李斌面前坐下，又从他的裤子口袋里掏出半包烟和打火机，一边抽，一边说开了。

赵老头的老岳父曾经是这地界的支书，老伴是独女，老岳父去世不久家里的房子就赶上了拆迁，拿了当时全村最多的补偿款。这么大笔钱，赵老头本想盖个大房子，让孩子们每家住一层，自家再留两层半出租，补贴家用。妥妥的事，孩子们却不同意，坚决要搬出去，于是说好房子还是按赵老头的想法盖，全部出租，租金给二老养老，剩下的所有钱给三个孩子们分了。这就算是分了家，每个孩子分到几百万，做生意的做生意，炒股的炒股，都不好好工作了，回来的次数也少了。再后来赵老头想着等孩子们成家后会好些，孙子孙女们出生，孩子们照看不过来，一定会把孙子们送给他们老两口照看，这样日子也就有了盼头。可好不容易等到孙子们出生，人家根本就不自己带，直接请月嫂，再大就送私立幼儿园。老两口见不到孩子们，日子过得不顺心，有一次老伴乘车去看孙子，路上出了车祸，当时就去了。

"现在我一个人，这几个小兔崽子就来得更少了，总说自己忙。"说到这里，赵老头语速变慢，且有些哽咽，"我也想明白了，儿子女儿都靠不住，还得靠自己。我打算把当年分给他们的钱拿一部分回来，剩下的几十年好好为自己活。"

赵老头这番话说完，屋里陷入了沉默。李斌的心情很复杂，他自己也是不肖之子，之所以考到这么远的学校，就是为了离穷酸的老家和双亲更远一些，然而在这所学校里，他能够交往的也只有同乡会的几位老乡。

"你打算要多少钱赎金？"赵老头打破了沉默。

李斌沉吟片刻，报出一个数字。

"瞧你这点出息，就拿一百万？你知道我到底有多少钱身家吗？知道我儿子女婿们都做多大的生意吗？"看到李斌连连摇头，赵老头叹了口气，伸出一巴掌，"最少得五百万，不，一人两百万一共六百万，我把他们仨养活这么大，这点钱还是值的吧。"

李斌脸红心跳，激动得快叫出声来，心道自己是走大运了，这老头可不是要送钱给我吗？

"就你还能分掉三分之一，两百万，要不是我不舍得卖这栋公寓，这点钱自己也凑得出来。"赵老头颇有底气地说着，拍了拍手电筒，让它更亮些，"我说了这么多，你小子给个痛快话，能不能答应吧。"

D

能分那么多钱，要不答应我就是有病了。李斌一手拿着手机，一手拿着张纸，标题上写着《代号：处女作》。对于一老一少两个男人来说，这事也是有生以来头一遭。当然，行动代号是李斌想的，赵老头可不是小清新。

李斌已经想好了，首先在这个二线省会城市买套房，小户型就好，最小的一室一厅带厨卫，几十万该够了，剩下的钱留几万傍身，余下的全都存银行定期吃利息……还没想完，一颗花生砸在了头上，赵老头不乐意了，"臭小子，怎么还不发短信？"

李斌按下了手机发送键，三条同样内容的短信被发送到了赵老头的儿女们手机里。短信内容如下：你父亲在我们手里，想让他活下去的话，就准备好两百万现金，不许报警，等我们指令。

电话号码用的正是李斌之前买的不记名手机卡，也是他之前准备好打勒索电话时用的。按照二人商定的计划，第一次发短信后，赵老头的子女们可能会惊讶，也可能会不相信，毕竟现在骗子那么多。如果他们不做任何回复，明天一早再采取第二步行动，打电话直接跟他们谈，必要时让赵老头叫几声惨叫。

屏幕上出现发送成功的图像，李斌感觉就像万里长征已经迈出了第一步，距离两百万又近了许多。接下来就是等待了，李斌跟赵老头商量好了，在拿到钱之前，赵老头暂住拆迁楼里，他为自己准备了帐篷和睡袋，还有小火炉可以取暖煮东西。赵老头没关手机，只要孩子们打电话来，发现手机没人接听，就会知道这是真的。要是更上心一点，还可以立刻赶到出租公寓这边来确认父亲无恙。

话虽如此，可两个人等啊等，就着两包方便面已经消化了整包火腿肠，还是没等来电话铃声。赵老头有点沉不住气了，明天就是元旦，就算没有骗子电话，至少也打个问候电话吧，全国都放假，怎么也应该回来看看老子吧，都他妈三个小时了。

"会不会是他们都太忙了，毕竟年底了，公司年会什么的肯定很多应酬，还会有更多同事朋友什么的短信，大概没看见吧。"李斌看赵老头脸色难看得紧，忙道，"不如，我们还是打电话？打电话比较直接，沟通起来也方便。"

赵老头眼皮都不翻一下，挥挥手，示意李斌打电话。

李斌清清嗓子，郑重其事地开始打电话。打电话的顺序也是几个孩子大小的顺序，赵老头自己定的，第一个打给开公司的大儿子，等了好一会儿，听筒里传来电子合成女声，您拨打的电话现在无法接通。

这可是两个人之前都没预料到的，晚上八点多，怎么能无法接通呢？再打大儿媳手机，同样无法接通，赵老头让打给大儿子家里的座机，电话一个劲地占线。赵老头想起前几天儿媳妇闹离婚，大约又闹上了，没辙，只好让李斌打给二儿子。电话铃声响了许久，终于被接听，那边似乎很嘈杂，很多人大声说话。

"谁啊？"一个粗鲁的声音，不悦地问。

李斌习惯性地弱了气势，在本地人面前，他这个外地学子总有点底气不足，本想说个你好，但是立刻意识到不对，忙粗起嗓子吼道："你老子在我们手里，要想他活着，马上准备——"

电话还没讲完，对方已经先挂断了，李斌呆望着手机，不知所措。

"操！不把老子当回事啊！"赵老头怒了，小炉子里的火光映红了他的脸，"接着打，打给我闺女。"

李斌咽口唾沫，感觉这件事没有自己预期的那么容易，不过还是硬着头皮继续打电话。电话倒是很快接通了，李斌再一次粗起嗓子，把短信里的内容复述了一遍。

"等着吧，骗子，短信是你发的吧，我已经报警了，警察已经把你手机定位了，马上就去抓你。"这位姐姐倒是伶牙俐齿，飞快地说完就挂断了电话。

李斌怕了，能不能分到钱事小，把自己折进监狱一辈子都完了，忙说："要不，咱们还是放弃吧，我把这手机卡给扔了，咱们都赶紧走，一会儿警察该来了。"

说罢李斌就开始揪出袖子到处擦指纹，准备走人。赵老头不挪窝，守着那火，足足闷了三分钟，李斌已经忙活完，道了别准备走了。

"别走。"赵老头眉头倒竖，一声令下，"听我的，继续打电话，先给我闺女打，我亲自跟她说。"

李斌本想拒绝，可望着赵老头坚定的眼神，还是留下了。赵老头一拿到电话，立刻影帝上身，声音里带着哭腔，情绪中蕴含着恐惧，"闺女，快跟哥哥们都说一声，每人准备两百万，要现金，旧钞，不能连号。明儿绑匪会告诉你们怎么交易，要是不听他们的，你爹我就真活不成了。"

"爸！真是你啊，这是怎么——"

"千万别报警！他们说你们不给钱的话，就逼着我立遗嘱，把所有遗产连同公寓捐给慈善机构。"赵老头不等女儿说完，这回抢在前面痛快地挂断，然后拿起小酒瓶，美滋滋地嘬了一口，"我就不信他们不心疼我，还能不心疼钱？"

嘿，这老头，真看不出来。李斌心里嘀咕，自己太小瞧他了，论反应论技巧论情商，那都是老头强。李斌心悦诚服地冲赵老头竖起大拇指。

"你赶紧去跟同学走动走动，也弄点不在场证据。明儿一大早过来，你来通知他们怎么交赎金就行。"赵老头胸有成竹地说完，冲李斌挥了挥手。

E

装修后新开的沃尔玛超市门口，李斌挤在人群里，干着派发广告购物袋的工作。距离超市开门还有十五分钟，因为是新装修，又赶上过元旦节，所以超级大特价的活动在半个月前就开始宣传，虽然还没到开门时间，却已经聚集了乌泱泱的一堆人。发现保安和摄像头后，李斌把鸭舌帽压得更低了些，又戴着口罩，没人能看出他的真面目。话说回来，谁会在乎这么一个发购物袋的广告员呢？

购物袋上印着一个不知名的小牌子，不会有人多看一眼，但是几乎人人都会拿在手里，因为一会儿进去大抢购可以多买点东西，趁手。赵老头一共准备了三百个购物袋，李斌赶在超市开门前五分钟，他就已经全都发完了。

干完这件事，李斌也挤在等候入场的人群里，因为一会儿交易的地点就在这里。

最危险的地方最安全，这个逻辑李斌不认同，但他认定人最多的地方最安全，所以设计赎金交付就选定了这里。站在人群中，他掐了自己一下，疼，真的。居然真参与了这么一宗绑票，虽然肉票神奇地跟他合作了，但毕竟会有两百万的收入，赤贫如他将从此改写人生。超市大门开了，拥挤的人流像湍流的溪水涌入，李斌此刻竟然感觉比当年踏入高考考场还激动。

李斌进入超市后，第一件事就是找到储物柜，按下储物键，放入六个购物袋。拿着储物柜的单子，他来到了卫生间。此时的卫生间还空无一人，所有人都忙着去抢便宜货了。李斌开始脱衣服，外套是件两面穿的，翻过来之后就会变成另一个颜色，帽子也换成了绒线帽，另外再加戴一副眼镜，一个崭新的李斌就出现了。

还是用那个不记名的手机，把储物箱的号码用短信发给赵老头的女儿。昨天已经跟他们约定，把钱都带到超市来，按照设定，他让赵老头的儿女们分别把钱装入购物袋，每一百万放一个，正好六个。再等上一会儿，就会有买完东西的顾客出去了，其中肯定会有不少人拎着他发放的购物袋。这么一来，目标就变多了，即便是对方报过警，在警方的监视下，只要挤在人群中完成交易也不是难事。

看看时间，才刚刚过去十分钟，李斌优哉游哉地进入购物区，选了几样便宜的蔬菜水果，买单后放入自带的购物袋，然后推着购物车开始发短信。这时候离开的顾客比较多了，进来的顾客也一样多，收银台前大排长龙，到处人头攒动。李斌要的就是这个效果，他开始发第二条短信，命令赵老头的儿女们，把装好钱的购物袋，分别放在三个垃圾桶旁边，然后不许回头快速离开。

这三个地方是李斌设计过的，正好能避开监控摄像头，在人群中他弯个腰把自己推车里的购物袋掉个包，真是神不知鬼不觉。眼看着第一个设定处就在眼前了，一个大屁股挡住了视线，是位大妈。李斌有点紧张，加快了脚步，眼睛半点不离大妈背影。还好，大妈只弯腰捶捶腿就直起身来了，地上的购物袋还在。

再不能慢了，李斌一个箭步冲上前，按照事先操练过的动作，飞快地把地上两个购物袋替换掉。原来一百万拿在手里没想象的那么沉，李斌心内一喜，忙打开袋子瞄了一眼，没错，齐刷刷的粉红色钞票，如约是旧钞。

那位大妈真是碍眼，尽走在李斌的前边，不是蹲下来系鞋带，就是揉脚踝。人实在太多，李斌怎么也快不起来，好在他终于把六个购物袋全都替换出来了，并以最快速度在购物袋的外边套上了刚在收银台买的几个最大号超市马甲袋。

几乎没遇到任何障碍，李斌脚踩棉花般出了超市，一路上经过赵老头的儿女们，正狐疑地盯着每一个使用购物袋的人，他顺着人流，来到一早待在停车场里的小面包车旁。车门打开，李斌忙钻进去，见到赵老头那张老脸后，终于松了口气。

什么话也顾不上说了，两人把袋子扒拉开一看，全是钱！李斌乐开了花，忙催赵老头分钱。赵老头却能沉住气，不慌不忙地验看起来，看了一个不乐，再看一个还是不乐。

"怎么了？"李斌觉得不对了。

"你自己瞧瞧，小子，你可别想蒙我。"赵老头把手里东西一扔，眼睛像刀子。

李斌扒开一瞧，每叠钱只有第一张是真钱，中间夹的全是冥币。

"大爷，我可真不知道，您也应该算着时间了，我这里真钱也有好几千，我全部身家加起来也只有几百了，上哪儿去弄钱来掉包啊。"李斌都快哭了。

赵老头不说话，死盯着李斌，半晌后抬抬手道，"你走吧。"

尾　声

寒假终于到了，李斌没买到坐票，只能站在拥挤的过道，心里还琢磨着那两百万的事。无论如何，都不该是这样啊。赵老头还真厚道，虽然没拿到两百万，但他把那几个塑料袋里所有的装样子的真钱都给了李斌，然后就不知所踪了。赵老头的儿女已经报了警，警察发现赵老头已经出国旅行去了，人在国外，无论如何都不接儿女的电话，案子就这么暂时搁置。

现在这笔钱就在李斌书包的信封里，这钱就像块火炭，烧得他不踏实，拿出来又瞧一眼，信封里怎么还有一张纸？

"小子，钱我让刘婶给拿走了，剩下这点儿你安心花吧，大爷送你一句话，赚钱还得走正道。"

李斌呆望着手里的便条纸，这才意识到那个一直挡在自己面前的背影，那大屁股难怪这么眼熟，原来是给赵老头打扫卫生的刘婶！

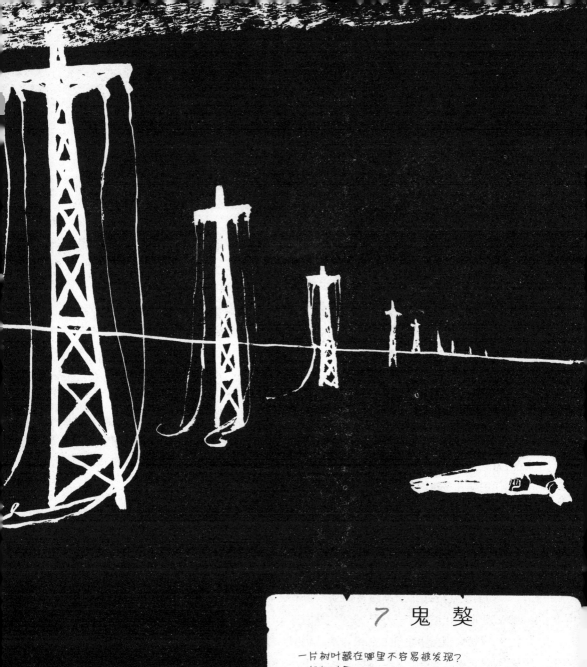

7 鬼槈

一片树叶藏在哪里不容易被发现?
一堆树叶里。
一具尸体藏在哪里不容易被发现?
一堆尸体里。
一条鬼槈藏在哪里不容易被发现?

一片树叶藏在哪里不容易被发现？

一堆树叶里。

一具尸体藏在哪里不容易被发现？

一堆尸体里。

一条鬼獒藏在哪里不容易被发现？

最后一只獒崽

俗话说母狗好好一窝，公狗好好一坡。老福养的藏獒多玛，两个多月前花了三万块的高价，跟一条血统很纯的铁包金配了种。那条铁包金四岁半的年纪，无论身体还是精力都是最旺盛的状态，据说一配一个准。打那天起，老福就掰着指头数日子，眼看着就要生了，多玛不吃不喝，他也连着两夜没合眼，寸步不离地守在狗舍里，比伺候亲娘还上心。

看老福眼睛都给熬红了，福婶的心跟针扎似的疼，熬了锅好汤，又烫了壶好酒，把老福连拉带拽弄回了屋。屁股刚坐稳，酒还没喝上两口，就听见外头传来多玛的低吠声。

生了，准是生了！老福扔下筷子就往外跑。福婶也跟着往外头跑，手里还端着酒壶。老福往狗舍里一看，多玛的尾巴下面已经滚出一个小肉球，它回过头去，咬破衣膜吃掉胎膜，咬断脐带，不停地舔着，把小肉球身上的黏液给舔得干干净净。大概又过了十多分钟，又一只黑乎乎的小肉球滚了出来。

老福的眼睛笑成了两条缝，多玛是他花大价钱买来的，又花了大价钱配的种，这是多玛第一次生产。这几年藏獒的价钱连年看涨，不少内地的有钱人为了得到纯种藏獒，都愿意亲自开车来青藏高原找獒。内地人不识货，就在老福他们这个村子，去年有人抱着刚满月的藏狗崽子谎称是獒，一样可以卖出一万到两万块的高价。

老福是个实诚人，不做昧良心的生意，他用自家的十头壮牦牛跟人换来多玛，多玛的种也好，多玛配种的那只铁包金也是他精心选择过的，这样绝对的优良品种，只要生出一只小獒崽，配种的钱就算赚回来了，这一坨坨黑乎乎的小肉球，价值堪比一块块十足成色的金子。

老福聚精会神地看着多玛的屁股下边，多玛每哼哼一声，他也哼哼一声，多玛难受得把脑袋乱晃，他也跟着把脑袋乱晃，好像他也跟着下狗仔似的。老福数着小肉球的数目，一、二、三、四、五、六，足足六只小獒崽，大多是黑色的，也有一两只的毛色像多玛，是深棕色。

先出来的獒崽已经睁开了眼睛，干净的胎毛就跟真丝缎子般油光水滑，黑亮亮的眼仁就像水灵灵的葡萄，多玛把獒崽们叼到肚子下面，第一次接触这个世界的小崽子们本能地去拱母亲的肚皮，找奶吃。

老福兴高采烈地去搬来早就准备好的褥子给多玛换上，又叮嘱福婶准备热的红糖水，要给多玛坐月子。等到老福端着热腾腾的红糖水回来，多玛的屁股下面又多了一只小崽子，这只小崽子跟其他獒崽不太一样，眼神里自然而然地带着几分老成。

没错，是老成，这刚出娘胎的小东西居然像个成年人一样看人。老福觉得奇怪了，怎么这只小崽子的眼睛跟人似的，它一下子就挤到多玛的肚皮下面，只哼唧了两声，旁边的小崽子自动自觉地让出最好喝奶的位置。老福和福婶对望一眼，都觉得吃惊，活了这么多年，见过许多藏狗藏獒，还从没看过这样的事。

老福对这只小獒崽很上心，它胃口惊人，半个月后身体几乎比同胞们大了将近一倍。满月后，獒崽们渐渐地出了牙，奇怪的是，其他小獒的牙都挺标致，唯独这最后生出来的小獒崽，四颗大刃牙全都是朝着外边长的，就像个龅牙。这只小獒的模样也越长越难看，还没断奶，那双鬼精鬼精的眼就目露凶光。兄弟姐妹们被它瞪一眼，都不敢乱叫唤。它的亲娘多玛，因为这家伙吃奶咬得太用力，疼得厉害，对它吠上一两声，这家伙却死不松口，把多玛的乳头都给咬掉两个，鲜血直流。福婶说这小崽子比狼崽子还恶，看得老福直淌眼泪，找来草药给多玛敷上。

又过了一个多月，獒崽们的毛出落得更漂亮了，老村长来老福家看了一次，对那只特别凶悍又特别丑的小崽子格外留意。老村长见多识广，说这小崽子能成气候，当即决定把这只小獒放到他家的狗舍里，跟一只八个月的雪獒处处看。老福不解其意，不过老村长的话他可不敢拒绝。

结果，当天晚上狗吠声震天动地，站在村尾都能听到村头老村长家的狗吠声，一个小时后，雪獒的半只耳朵被小崽子扒拉下来了，再也不敢碰它，站得远远地。这可把老福给急坏了。

在这个半藏半汉的村子里，家家户户养獒，但最好的獒就属村长家这只雪獒了，周身灰白的毛色，一双漂亮的蓝眼，宠物杂志来拍过照，上过电视也上过报。上个月，有个内地的大富翁开着车来，带来一百万现金，村长都没舍得卖，是村子里的一宝。

"村长，这可太对不住了，都怪我……"老福心里盘算着，这要是赔人家，得赔多少才好啊。

老村长反而不心疼自家的雪獒，一拍大腿，高兴地说道："恭喜你啊，老福，你家出宝贝了，这只小崽子九成是鬼獒！"

"鬼獒？"老福不解。

"没错，獒中极品，你要发大财了，等着吧，我去给你联系买主，你就等着数钱吧，到时候别忘了你老哥我。"村长笑呵呵地拍了拍老福的肩膀，一双眼睛眯成了两条缝。

老福家出了只鬼獒的消息，就像是长了飞毛腿，没几天的功夫就在方圆百里传开了。每天都有人来老福家看这条鬼獒。

老村长站在老福家，仿佛职业导游般地解释着："人说十犬出一獒，一只纯种好獒可以独自看守四百只羊，两三只狼也不一定能斗过一只獒，但是一百只獒里也不一定能出一条鬼獒。鬼獒是天生的斗士，是獒中之王，全国数得上名头的鬼獒用一只手的手指来数都用不完。牧区的极品种公獒，价钱大概在八九十万到一两百万之间，而鬼獒，啧啧……"

"怎么样？鬼獒要多少钱？"被吊起胃口的人们纷纷追问。

"反正我这辈子还从没见到过，现在全国最多也就一两只，你们说值多少钱。"老村长却继续吊胃口，故作神秘地扫视大家一眼，然后扭头看向老福："老福，你说呢，得多少钱？"

老福不知怎么回答，嘿嘿一笑，那老实人的笑容里，有种比老奸巨猾的笑更难让人琢磨的内容，于是，没人敢出价了，大家都摸不准老福的底。

不管怎么说，鬼獒的消息算是传开了。临城一个开藏獒养殖场的老板慕名而来，见到这条长相丑陋的小獒后，亲自提出挑战，让小鬼獒去他的狗场，跟其他成年大獒处一处。

老福不知该不该同意，因为有了前车之鉴，老村长家的雪獒都被咬伤了，老村长是本村人，还好说话，万一真伤了人家家的大獒，那可怎么办呢。福婶也说，能凑合多卖几万块钱就行了，可老村长却连连点头，去，为什么不去，要是真咬死他家猪獒，咱这鬼獒名气可更大了。

什么是猪獒？猪獒就是血统不纯的獒，超量进食后体重超标，性情也逐渐惰化，不再凶悍，其中不少看起来还是挺大的个头，走起路来虎虎生风，却虚有其表，懒得奔跑懒得嚎叫，骨子里已经没了獒的精气神。有人专门养猪獒来骗人，因不必讲究血统，成本不高，蒙蒙外行还是能赚个几万块的。

天　价

老福和老村长，带着那只小鬼獒来到临城才知道，人家狗舍里的才不是猪獒，每一只都凶猛无比，生人难近。老福本来还有点担心，硬着头皮把鬼獒放进院子里，奇怪的事发生了，嗅到陌生气息，原本狂吠的大獒们，在小鬼獒靠近了以后，只是翕着鼻子嗅了嗅，就纷纷安静下来。

大獒们不叫了，整个狗场里只剩下小鬼獒的声音，那声音虽然稍显稚嫩，但充满着十足野性的狂暴，声音嘹亮，震得其他大獒们纷纷退散。狗场老板对此难以置信，用棍子把两只做种的公獒使劲往鬼獒身边捅，那怎么捅也不好使，大獒们一个劲往后躲，老板再捅，它们还回过头朝老板叫。倒是那只小鬼獒，气势越来越高，见大獒们躲着它，干脆扑上去咬，平日里骁勇善战的大獒们居然飞快地赶紧闪躲，可它们越是退缩，小鬼獒就越是声色俱厉，就跟疯了似地，发狂地扑上去，够不着大獒的身子就咬大腿，一口下去不知咬下多深，大獒吃痛得紧，飞起一脚想把小鬼獒甩掉，可鬼獒咬得紧，死不松口，直到大獒嘶吼着把它从身上踹开，腿上已经被连撕带扯去掉一大块肉，血肉淋漓深可见骨。

别说是狗场老板看得傻眼了，就连老福也不敢相信自己的眼睛。在场的还有不少赶来凑热闹的本地人，以及专做獒生意的商人，大家全都对这只小鬼獒的神奇力量啧啧称奇。

"瞧见了吗？这就是真正的鬼獒，还不到半岁，就这么厉害，你那几只猪獒可不能比哟。"老村长不动声色地做了个总结。

小鬼獒PK五大獒的现场被其中一个獒商录了下来，并发到了藏獒爱好者论坛上，短短几天，跟帖无数，大部分帖子都在打听这只小鬼獒的报价和主人联系方式。

好獒种就像金矿一样珍稀，闻风而动的各方买主们不惜重金，到处打听，最终找到了老福家。有人出一百万的，有人带来了二十万美金，还有个人最离谱，居然弄了十块金砖来换这只小鬼獒。

老福吓坏了，他家里从没闹过这么大的动静，还有那么多的钱，都不知道怎么应付。来福赶紧去找老村长，让老村长帮忙做主。

"帮忙是肯定的，但是老福啊，有句话不知道当讲不当讲。"村长似乎早就等着老福来说这事。

"瞧您说的，咱自己人，有什么不能说的。"老福挤出一个老实人的笑。

"那我就明说了，我当这只鬼獒的经济人，帮你把这只罕见的鬼獒卖个高价，但你赚的钱里，我得占两成。"老村长不客气地伸出两根手指。

"两成？"老福心里咯噔了一下，这可比他想的要多了许多。

"没错。你放心，就算你分我两成，保证比现在那些人给的什么一两百万的，赚得更多。"老村长很自信地拍着胸脯。

"不就是一条狗嘛，还真能卖出个天价？"老福不太敢信。

"我帮你卖，就能卖出天价。"老村长摸了摸下巴上稀疏的胡子，胸有成竹地说。

老福没念过多少书，最后对老村长点了头，还在老村长早就准备好的代理合同上签下了自己的大名，上面还有保证卖出五百万以上高价的承诺，如果半年之内没有以高于五百万的价位成交，合同自动作废。回家的路上，老福觉得每一步都踩在棉花上，回想着老村长胸有成竹的笑，就好像他已经赚到了五百万一样。

真的能卖出五百万？这天晚上，老福的梦里看到粉红色的钞票铺天盖地地飞舞着，就像下了场钱雨，他在地上笑呵呵地捡啊捡的，很快连家里的水桶水缸都不够盛了。

这可真是个好梦。半个月后，老村长告诉老福，他在网上帮着联系了一个靠谱的买主，对方愿意出八百万的高价，购买这只小鬼獒。

老村长说，买主姓刘，叫游伟，电话里联系好的，马上送钱来，据说已经上路了。

游　伟

獒是适应高原环境的动物，远离地广人稀的牧区，住进车水马龙的大城市，其实根本不符合獒的天性，要想带回内地，必须走一段停一段，让它们逐渐适应海拔比较低的气压环境。如果贸然进入内地，它们一定会身体不适，严重的还可能会死。

价值数百万的罕见鬼獒，当然不能掉以轻心，为了把它弄回去，游伟特意开了两辆车来。一辆是改装过的道奇房车，游伟自己开，一辆是超大的货柜车，配有专用司机和一名兽医，货柜箱里有个面积十多平方米的巨大铁笼，都是为了这只鬼獒准备的。游伟还特意在车上开了两个大窗，换气，保证鬼獒在宽裕的环境下愉快地踏上征程。

游伟把这两辆大车开进牧区这个不大不小的村子里，跟在他后头下车的，还有一个叫丁倩倩的女人。这女人一出现，差点把游伟那张八百万银行卡的风头给压下去。一条简单的牛仔裤勾勒出完美双腿线条，一副深色宽边墨镜衬得肤色更加白皙，双唇如樱桃般娇艳，信手摘下墨镜，那双忽闪着长长睫毛的大眼睛，更是美得如梦似幻。男人们看得傻了眼，这是天上的仙女吗？怎么跟画里走出来的一样，村里的女人们气得直咬牙，这些男人太没出息了，见到个漂亮女人就迈不动腿，眼珠子都被勾去。

游伟很有点得意，别说在这穷乡僻壤的牧区，就算是北上广那样的大城市，见到丁倩倩不动心不回头的男人也不多。游伟就是喜欢这种感觉，三十五六的年纪，继承了家里的生意。钱，他有的是，所以什么都得是最好的，最好的车，最好的房，最好的女人，现在他的狗，肯定也会是最好的，而且是全国最好的。

一片树叶藏在哪里不容易被发现？答案是一堆树叶里。一具尸体藏在哪里不容易被发现？答案是一堆尸体里。一条鬼獒藏在哪里不容易被发现？没有答案，不论放在哪里，只要是鬼獒就没法藏、它的眼神，它的外形，它的声音，能随时随地泄露它的身份，只要它还活着，清醒着，就能被人一眼看出它和其他獒的区别。

这只小鬼獒的视频和照片他已经看过不下百遍，那种与生俱来的霸气和桀骜的野性，牵动了他的心。獒算什么，什么铁包金，什么红毛狮子头，什么极品怪兽，在鬼獒面前统统是浮云，这个怪里怪气的小家伙一站出来，威风八面的大獒们统统闭嘴，闪一边去。游伟就喜欢这种东西——极品。

游伟下车后，不喝老福端上来的酥油茶，也不喝老村长准备的青稞酒，大手一挥，直奔小鬼獒。

那只小鬼獒已经快五个月了，身上的黑毛油光水滑，一根杂毛都没有，相比起一母同胞的其他弟兄，小鬼獒的身形已经是它们的两倍，这绝不仅仅是老福喂养得好，用老村长的话说，很大程度上是因为基因。老村长的儿子在北京研究生物，据说是个博士，村里没有出过比他更高级的知识分子了。

小鬼獒见不得生人，一看到游伟和丁倩倩这两个生面孔，立刻狂吠起来。那声音只有听过的人才知道，那哪是不到半岁的小獒的声音，简直就像一头成年的狮子，再一看那身形，那宽宽的额头，突起的口鼻，肥厚的舌，还有粗壮的腿，浑身上下充满了原始的彪悍美。游伟见过许多獒，包括好些被称为獒王的名犬，但是没有一只的眼神能像小鬼獒一样，有着摄人心魄的狂妄。

那是不把一切放在眼里，看不惯谁就能灭谁的狂，独步天下的气质。游伟跟小鬼獒对视良久，感觉到那小东西很不把自己放在眼里，甚至还带着鄙夷。游伟一下子来了兴趣，那种急于征服的冲动一下子就窜上来了，牵着丁倩倩的手立刻放下，游伟隔着栅栏探出巴掌，试图把小鬼獒招呼过来，摸一摸它的毛，感受一下它的体温，还有那活火山般的气息。

"刘先生，可不敢这样！"老福马上制止了游伟的做法，把他的手给扳了下来，"前两天有个从北京来的小子，不知深浅，拿了根香肠逗它，结果手指头被一口咬断。为了您的安全，还是等到跟它熟悉一些再做肢体接触吧。"

"呦呵，一口能咬断手指啊，我喜欢，厉害。"游伟又惊又喜，盯着小鬼獒看了又看："咱们现在就去把款子给结了吧，我在你们这儿住上两天，跟它联络联络感情，然后再上路。"

游伟带来的卡，可以登陆手机银行查询余额和转账，但是老福和老村长都觉得这种新方式不太放心，毕竟是八百万的天价，应该更慎重些，在老村长的提议下，老福也觉得还是去储蓄所的柜台上办理转账比较稳妥。

于是风尘仆仆连着赶了好几天路的游伟，只是吃了顿午饭，稍事休息，就跟着老村长，老福，还有老福初中毕业的儿子一起，开着他的房车去一百里外的小镇，镇子上有家小小的储蓄所。

丁倩倩

丁倩倩累了，她对游伟说这几天，在车上睡得一点也不踏实，她只想找张干

116

净的床，好好睡上一觉。

这一趟去的都是男人，估计得晚上才回得来，游伟本不想带丁倩倩去，便把她安顿在老福家。朴实的福婶赶紧把自己住的床铺给整理出来，换上新的床单枕套，让丁倩倩休息。

在村口目送着游伟他们离开，丁倩倩脸上的微笑就像昙花般凋谢了，一直飞扬着的眉眼无精打采地耷拉下来，连脊背都有些佝偻，看得出来，她真的累坏了。贴心的福婶让丁倩倩先吃点东西再睡，饿着肚子睡不踏实，她已经在厨房里把火给弄旺了，一大块风吹肉正要开切。

丁倩倩没有回房，拖着疲惫的身子来到狗舍旁，抱起双臂，远远地看着那只小鬼獒，想着心事。

游伟爱她。她清楚地知道，游伟对她的感情，比她对游伟的感情要多。情场如战场，这场两个人之间的迷你战争中，谁付出的感情更少，谁更有优势。作为一个女人，要想在情场上立于不败之地，最理想的做法就是控制住自己的感情。对某些人来说，这一点很难，但对丁倩倩这样二十五岁，却在欢场历练过三年，阅人无数的女人来说，不爱男人只爱钱，早已是深入骨髓的生存法则。当然，她不会让游伟发现，只有善良可爱的女人才能真的得到男人的欢心，就算是伪装，她也会把自己装成一个好女人。

一个月前，丁倩倩和一条价值百万的狮头獒同时生病，游伟陪她去医院，自始至终，他也只打了两三个电话回去，问獒的病情。他对丁倩倩的感情，终于超越了他的狗。这么说并不是丁倩倩作践自己，对于一个可以用金钱衡量的女人来说，这个世界上每个人，每条生命都是有价的。世界上任何东西都是有保质期，爱情和花还有水果全都一样，只有在最新鲜的时候价值最高。游伟对她的感情也不会坚持一辈子，要想这段感情最后不会落得镜花水月空手而回，她得趁早下手。

究竟该怎么下手，从什么地方入手，这都是问题。这些日子来，丁倩倩不是没做过调查，游伟虽是富二代，父亲也去世了，但他家还有个能干的母亲和两个姐姐，这三个女人都不是省油的灯，把公司的钱卡得死死的。游伟自己要玩要用的都还好说，如果是给丁倩倩的，只要超过十万就都很麻烦，游伟又听家里人的话，所以丁倩倩的手头并不是那么宽裕。

要怪就怪你自己吧，我只有自谋福利了。丁倩倩盯牢那条小鬼獒，自言自语道。这狗崽子真不一般，丁倩倩虽然不是很懂狗，但跟着游伟的这半年来也见识过不少好狗，其中价值最高的也就是那只价值百万的狮头獒了。但这只小鬼獒，跟丁倩倩见过的所有獒都不一样，精光四射的锐眼，仿佛随时能晋升狂暴状态，那种罕见的野性让每一个有野心的人都会生出占有欲。

人类对于能够保护自己的犬类动物，有种近乎本能的亲近，其实刚才初见鬼獒时，不仅仅是游伟心动了，丁倩倩的心更是差点跳到了嗓子眼，那种又爱又怕的感觉就像只看不见的小爪子，抓挠着她的心。丁倩倩有个想法，从这高原返回内地的漫长路途中，把这条价值八百万的鬼獒据为己有，再经她的手卖出去，无论能不能卖出八百万，都是她的纯收入，最重要的是，不需要本钱的收入。至于游伟，失去提款机用途的男人，没有存在意义，最好消失。千里迢迢，到处都是意外发生的好地段。只不过有一点很关键，一旦游伟真的消失了，必须有个重大嫌疑的人存在，这样，才能确保她的安全。

丁倩倩在狗舍边思来想去，不觉已经过了半个钟头，福婶热情地来叫她去吃饭，已经煮好了香喷喷的炖牦牛肉，还有热乎的奶茶。福婶叫了丁倩倩，又去叫货车司机大刘和兽医李光，李光不适应高原环境，一来就病倒了，躺在客房里给自己吸氧，不想吃东西。

丁倩倩闻不惯那浓浓的奶茶，放着不动，倒是开货车的司机大刘端起碗来就大口喝，还有那牦牛肉，大刘抓起来就咬，丝毫不忌。福婶见丁倩倩不喝奶茶，知是内地人喝不惯，让丁倩倩先等一会儿，她去邻居家要点牦牛酸奶来，那酸奶没腥味，营养也丰富。

福婶走后，屋里就剩下丁倩倩跟大刘。丁倩倩打量着大刘撸起来的袖子下粗壮的手臂，还有孔武的眉目。大刘几块牛肉下肚，也放慢了节奏，见丁倩倩盯着自己，却是红了脸，很有些不好意思。

"老板娘，这肉挺香的，听人说，牦牛吃的是冬虫夏草，喝的是高山矿泉，你身子弱，真该吃点补补。"大刘这小子二十多岁，倒也心细。

"你怎么知道我身子弱呢？"丁倩倩樱唇一挑，冲大刘抛了一眼，对于男人，她总能在第一时间内分辨出谁对她有兴趣，谁有贼心没贼胆。

"老板娘，我……"大刘不敢跟丁倩倩对视，忙垂下眼皮，可丁倩倩的眼睛就像是磁铁，散发着看不见的吸引力，他很快又抬起头，偷瞄过去。

"叫我小倩，论年纪我比你还小两岁。游伟他根本不爱我，我不过是他身边的一条狗，一只宠物而已，什么时候他玩腻了，随时都能把我给踢了。"丁倩倩颇有点心酸地说着。

"真的可以，叫你小倩？"大刘受宠若惊，虽然没喝福婶准备的青稞酒，脸颊却有些发烧。

"别看我表面上风光，其实心里憋屈的紧，我一直都想找个像你一样的男人，脚踏实地，健康淳朴。你愿意帮我吗？帮我离开他，我愿意跟你在一起。"丁倩倩低下头，像个少女般用满怀期待的目光凝视大刘。

"小……倩，我不是在做梦吧。"大刘被这个突如其来的消息弄得几乎石化，好半天挤不出一句话来，"你要我做什么？"

丁倩倩咯咯地笑着，声音银铃般动人。刚折回来的福婶尴尬地站在门口，心里挺不是滋味，贵客的私事她可不好管，捧着一碗牦牛酸奶，进也不是，退也不是。

当天夜里下起大雨，天黑路滑，游伟他们决定第二天再回来。老福给福婶打了电话，让她好生安顿几位客人休息。福婶住到邻居家去了，客房让大刘和李光住，自己的床让给了丁倩倩。这一夜，雨声淅沥，伴随着春雷阵阵，小鬼獒极具震撼力的叫声穿透了每个人的耳膜。

让他见鬼去

游伟他们回来了，老福满脸放光，激动得不能自己。好几百万，做梦也想不到一条小狗能卖出这么高的价钱。老村长也分了一百六十万，游伟不在乎钱，能买到这样的极品鬼獒，他很满足了，大家各取所需，每个人都很满意。

这只小鬼獒还没起名字，老福说让游伟给起个名，只有它真正的主人才有这个资格。游伟摸了摸下巴，想了半天也没能想出配得上的名字，他说不急，名字是大事，慢慢想。

回到村子里，老福把狗舍门打开，让游伟进去跟小鬼獒进一步接触。养过獒的人都知道，獒极其认主，甚至有的獒只认男主，还有传说某些极衷心的獒在主人死后就不吃不喝，把自己给饿死。传说虽然是传说，但也不是空穴来风，藏獒对于主人的衷心程度显然超过其他名犬。对于小鬼獒来说，必须一步步地接近，让它认游伟做主。

为了让小崽子吃游伟给的狗食，老福特意让它饿了一整天。小鬼獒虽然饿坏了，气势却半点不输，吼起来照样惊心动魄，好在有老福陪着，小鬼獒才稍微收敛一点，警惕地看着游伟，又看看老福，叫了好一阵才吃起来。吃得哼哧哼哧的，有股子蛮劲。

丁倩倩跟在游伟身后，冒着被撕咬的危险，一点点靠近小鬼獒。游伟一回头，忽然发现她也跟在后头，有些不高兴了，责备她碍手碍脚，小鬼獒只要接近男主人就好，丁倩倩是女人，没必要靠近她。

人家不是想帮忙嘛。丁倩倩娇嗔道，游伟正好顾着看小鬼獒，没再注意她。从这一次开始，每次游伟给小鬼獒喂食，丁倩倩都跟在后头。李光观察到了丁倩倩异样的一举一动，显然她的热情并不在游伟身上，她看小鬼獒的眼神，有种刻意隐藏的欲望。李光虽是个兽医，却也是个老成持重的人，他不动声色，既不讨好雇主游伟，也不跟丁倩倩有过多的私交，只不过，丁倩倩感觉到被李光注视的时候，会大胆地朝他看过去，每当这时，李光会迅速扭过头，回避对视。

在村子里住了三四天，小鬼獒该打的疫苗都打了，对游伟的气味也没有那么大反映了。丁倩倩每天像个小尾巴，黏在游伟背后，整天泡在狗舍里。李光的身体也渐渐恢复，对小鬼獒做了各方面的检查，确定它健康。大刘闲来无事，每天在附近到处闲逛，对牧区的一切都觉得新鲜。

终于到了可以出发的日子，小鬼獒实在太性烈，咆哮着不肯上车，李光拿出麻醉枪，装上麻醉药，几十秒后，小鬼獒开始摇摇晃晃，似乎感觉到什么，终因不能抵抗药性倒在地上。

"终于可以抱着你了，宝贝儿！"游伟乐滋滋地，像抱着亲生儿子一样把小鬼獒抱上车，放入货柜车内的大笼内，大手一挥："我要它醒来第一眼就看到我，我要在这里陪着他，李光，你开货柜车，万一有什么事我马上就能叫你。大刘，你去帮丁倩倩开房车，慢些走，太快了对我的宝贝可不好。"

游伟已经一句一个宝贝了，小鬼獒显然代替了丁倩倩在他心中的地位。丁倩倩显然有些吃醋，素来乖巧的她这次一反常态，怒道："好，有本事你就抱着狗睡。"

游伟不理会，自顾自地上了货柜车，车厢里除了大铁笼，还有个双人沙发，可坐可躺，沙发旁边还有个车载冰箱，冰箱里有吃的喝的，全都是游伟为了自己特意安排的。游伟不愿跟人分享这巨大的快乐。

老村长全家，老福全家，都站在村口冲游伟他们挥着手，这就算是告别了。一场生意，做得还蛮有人情味，游伟对此次高原之行颇为满意。关上货柜箱的大门，他从冰箱里拿出一瓶啤酒，自己喝了起来，一边喝，一边看着那正在沉睡的小鬼獒，想象着将来带着这天下第一的狗，登上各种宠物杂志的封面，接受电视台专访，以及全国各地狗场主人对他的羡慕嫉妒恨。越想越开心，游伟甚至决定将来鬼獒死后，要把它的身体制成标本永久保存。

一前一后两辆车，在原始森林中穿行，离开了村子，朝着川藏线上的天险通麦进发。开车跑过川藏线的人都知道，排龙到通麦十五公里的路段，遍布雪山河流，山体疏松极易塌方，是事故高发的路段。现在是春天，这些天气温逐渐升高，山上的冰雪融化，更是容易发生泥石流。不过一旦离开这段路后就会柳暗花明，来到鲁郎林海，未曾污染过的原始森林遮天蔽日，云雾缭绕美不胜收。鲁朗有地方吃饭，也有不少驴友和自驾游爱好者在这里停靠，歇息，早就决定了要在这里停一下，大家吃过午饭再接着往前走。

此时此刻，山路上经过的车辆不多，有时候几乎半个小时都看不到一个人影，道路两旁风景如画，湛蓝的天空更是纯净得像是刚刚洗过一样。可惜，这么美丽的风景游伟懒得看，他眼里只有小鬼獒，喝完两瓶啤酒，随着车身的摇晃，他觉得有些疲惫，歪在沙发上睡着了，很快就打起了呼噜，睡得很香，连货柜车停了下来都不知道。

货柜车的确是停了，因为在前头开路的房车停了下来，李光不知道出了什么事，只好也跟着停车。

丁倩倩跟大刘一前一后下车，丁倩倩爬进货柜车的驾驶室，大刘去了后头进了货柜箱。

"老李，咱们谈点生意。"丁倩倩一进来就往李光身上凑。

"你想干什么？请自重。"李光敏感地回避着。

"不干什么，就是谈谈生意。"丁倩倩妩媚一笑。

"什么生意。"李光一退再退，退到了车门边，再也不能退的位置。

"你躲什么，我又不会吃了你。我就是想把游伟给扔了，一会儿车开到前头那个出名危险的路段，就把他扔进山涧，只要你装作什么也没看见，我给你五十万。"丁倩倩巧笑嫣然，好像自己说的根本不是什么恐怖的事。

"你要杀人？"李光吃惊地望着这个如花似玉的女人。

"这怎么是杀人呢，只是把他放进房车里，做出他在开车的假象，然后发生的事，就是意外了，意外，听清了吗，不是杀人。"丁倩倩解释道。

"你这个狠毒的女人，我早就看出你在打鬼主意。"李光怒不可遏。

"那你是干还是不干呢，五十万的封口费，你辛辛苦苦工作一年也赚不到那么多。"丁倩倩继续诱惑着。

"不干。"李光还挺有骨气。

"那一百万，你也知道那只鬼崽子值多少钱，又不要你动手，只要你帮个忙不做声而已，这个价位很划算。"丁倩倩开始讨价还价。

"我是个好人，你知道，我工作近二十年，从没干过亏心事。"李光拍着胸口说。

"我知道你是好人，我也是个好人，但你觉得游伟是好人吗？咱们把一个他那样喜怒无常，吃喝嫖赌样样都来，还翻脸就不认人的混蛋扔在这天堂一样的地方，简直是对他最大的厚待。"丁倩倩把自己说的好像为民除害，"我实话跟你说吧，大刘那个傻小子已经被我忽悠上钩了，只要咱俩联手，可以把这事往他身上推个干净，既没有危险，也没有任何后顾之忧。"

"可是……"李光有些动摇了，他很清楚游伟是个怎样的人。

"还可是什么呀，这样吧，事成之后，不仅分你一百万，我再免费陪你十天，包你满意。"丁倩倩拉着李光的手，撒娇地摇着，"你听我说完整个计划，这可是跟大刘那个傻蛋知道的计划不太一样。"

几分钟后，李光跟丁倩倩一起下了车，也进入了货柜箱内部，此时游伟已经被大刘捆了个结实，嘴也被一块膏药给封住，见到丁倩倩和李光，游伟拼命挣扎，嗓子里发出呜呜的声音，试图让他们救自己。大刘跟丁倩倩和李光交换了一下眼神，大刘立刻知道李光已经被说服，成了自己人。

"老李，你的麻醉针还有吧，咱给他来一针，把他弄服帖了，再送他上西天。"丁倩倩一边说，一边检查游伟身上的绳子系紧了没有。

"不行，麻醉剂会在体内有残留，万一被人发现了，会顺藤摸瓜查到我，我胆小，警察多问两句可能就全招了。"李光把头摇得像个拨浪鼓。

"那怎么办，他现在这样，咱们也不能把他捆在驾驶座上啊。"大刘用脚踢了踢游伟。

"要不干脆把他给杀了，咱们直接弃尸，把房车扔在路边，钥匙留在上头，谁看见了谁开走。到时候就算有警察问起来，也可以栽赃在偷车贼身上，咱们几个走在后头，不知道前面发生了什么，这辆房车又这么打眼，招坏人也是应该的。"丁倩倩眼珠一转，计上心来。

听完这个计划，大刘表示对丁倩倩的严重佩服，她思维敏捷得惊人。

"可是，谁动手呢？我可不想杀人。"李光却一个劲地摇头。

"难道要我一个女人去干这种事？"丁倩倩把目光投向大刘。

"我也没杀过人，谁能杀过人呢……"大刘也有些为难。

丁倩倩非但没有听他的话，还主动拉起他的手，委屈地看着他，满是期望。

"唉，要不我试试吧。"大刘叹了口气，他不知道怎么拒绝女人，只能妥协了。

游伟一听这话，全身挣扎得更厉害了，一双怒目，眼珠子鼓得差点要从眼眶里掉出来，他的嗓子里发出语焉不详的吼叫。

"来，亲爱的，只要杀了他，我们就可以双宿双飞了。"丁倩倩打开李光的医药箱，从里面取出一把手术刀，塞到大刘手里，用力地握了一把他的手，仿佛要给他力量般。

大刘接过刀，那表情好像手术刀比烙铁还烫手，他的手微微颤抖，看着游伟的眼睛，越发不敢下手。

"真不像个男人，闪开，我来！"丁倩倩见大刘指望不上，不想再耽误时间，这么两辆打眼的车停在路边，万一被人看到总归是不好。一把夺过大刘手里的手术刀，厉声吩咐道："你们把他抬下去，咱们到路边的林子里去解决，不能在车里留下血迹。"

李光跟大刘一听不用自己动手，都松了口气，二人合力，把拼命扭动挣扎的游伟给抬下了车，丁倩倩垫后，关上货柜箱的门，几个人一起往旁边林密树浓的地方走去。

"亲爱的，别怪我狠心，要怪就只能怪你对我太小气，我费尽心思陪你，你却什么都不给我，别说房子了，连车也没送过，是你对不起我在先，所以，千万别怪我。你看这里风景不错空气也清新，你死在这，就是上天堂也比人家近了一两千米的路，安心去吧，祝你做鬼也风流。"丁倩倩一边嘀咕，一边手起刀落，朝着游伟的心脏刺去。

紧要关头，游伟爆发出前所未见的力量，整个人旁边一滚，错开了刀尖。丁倩倩生气了，叫两个不肯动手的男人帮忙按住游伟的肩膀和脚，不让他再乱动。李光和大刘不约而同地扭过头去，不忍目睹游伟死在眼前的惨况。

"怕个毛啊，我爸是杀猪的，从小我就天天看他白刀子进红刀子出，看我的，保证三刀下去，他死得透透的。"丁倩倩鄙视着两个男人，再一次举起手里的刀，这一次，她没有落空。刀刃扑哧一声，穿过游伟的衣服没入胸膛，仿佛滑入一块上好的猪油，并无丝毫阻力。

游伟的嗓子里发出闷闷的一声，眼珠子鼓得更厉害了，全身痛得僵直，因为肌肉紧张收缩得厉害，丁倩倩得很用力才能把刀给抽出，拔出刀的时候，带出一线热血，溅在丁倩倩白皙的脸颊上，仿佛开出一串血红的小花。

有了第一刀，第二刀第三刀就好办了，可丁倩倩扎了不只三刀，她一直扎到游伟的身体彻底不再动弹，她脸上的血迹也密密麻麻如蛛网。

半路杀出群程咬金

如果游伟的心脏可以掏出来，肯定烂得跟筛子一样。

"小倩，你真狠。"大刘再看丁倩倩的眼神，有些异样，这女人蛇蝎心肠，可不能小看，为了钱，她什么事做不出。

丁倩倩却轻描淡写地说："杀人嘛，不彻底怎么行，万一没死彻底，这么大的风险就白冒了。"

这话虽然是对大刘说的，可丁倩倩却冲着李光瞟了一眼。这一眼让大刘觉得有些不对劲，在他还来不及反映的瞬间，李光已经从口袋里掏出麻醉枪，朝着大刘扣下了扳机。

"你，你们……"

麻醉弹正中大刘的脖子，因为靠得近，李光瞄得很准，针尖正中颈动脉，起效迅速，大刘的话都没能说完，就倒在了地上。

"合作愉快！"丁倩倩抹一把脸上的血迹，冲李光笑笑，在血迹的装饰下，那张如花娇颜有种摄人心魄的美。

丁倩倩跟李光把游伟身上捆着的绳子解下，给大刘系上，把他抬上货柜车，放进了关着小鬼嫠的笼子。

"我听游伟说，最好的嫠得用活食养，一会儿小崽子醒来了，就让它吃大刘吧，这小子身上肉多，足够一路吃回内地的，到那时候，连半点骨头渣也不剩下，谁也想不到大刘这小子的墓穴就是小崽子的肚子。"丁倩倩用脚踢了踢大刘的身体，软软的像条硕大的毛毛虫。

"你疯了，真打算这么干！"李光拦在丁倩倩身前。

"没错，我还可以坐在这里欣赏。等到小崽子血性更猛，它的价钱可以更高些，咱们不是说好了二五分账嘛，你也想多赚点钱养老吧。"丁倩倩一副满不在乎的表情，好像让狗吃人是天经地义的事情。

"不行，我说过，车里会留下血渍，不安全。咱们要么不干，要干就要干到百分百安全，一个漏洞都不能留。"李光是个顽固的保守主义者。

"那你说怎么办，要不，做出大刘私通，把游伟给谋杀了的假象？"丁倩倩被李光这么一说，也觉得自己有些欠考虑，顺着他的思路说下去："趁着他现在睡着了，把他的指纹印在手术刀上，把刀扔出去，就算警察查到，嫌疑人也是他，已经不知所踪的他。"

丁倩倩一边说，已经把口袋里的手术刀拿了出来，用衣角把自己的指纹擦干净，把大刘的手指往上面摁，然后把窗户打开，朝着刚才走过的方向扔了出去。

"咱们先离开这里再说，狗崽子还有两个小时就该醒了，大刘还有三个小时，在这段时间内，我们足够好好考虑。你也该换身衣服，洗洗脸，血衣一会儿找个地方烧个干净。"李光说完带上他的箱子，回到驾驶室。

丁倩倩趁周围没人，跑回房车上拿了身干净衣服，还有所有的湿纸巾，把房车的门打开，留下钥匙，回到货柜车的车厢里。

看着那只毛茸茸，像座黑色小山包的鬼獒崽子，丁倩倩心里就高兴得厉害，能卖出八百万的东西，就能在她手上卖出一千万，甚至一千五百万。什么叫极品，这些乡下人都不懂，天下第一的东西不愁没人买，价码也可以随便开。

丁倩倩越想越兴奋，她悄悄地摸出刚才回房车上找到的麻醉弹，那是前两天还住在村子里时，从李光的房间里偷出来的。现在，她把这枚麻醉弹小心翼翼地拆开，把里面的液体倒在一瓶绿茶里。又把这瓶子放回冰箱。开到鲁朗就要去吃饭了，到时候把这瓶茶给李光喝，为了洗脱嫌疑，丁倩倩自己也要假装喝一点，然后，当然是要把李光也给干掉，她可以一人独享这只小鬼獒，何必跟人分享。

丁倩倩给自己换下衣服，又用湿纸巾把脸给擦干净，幽暗的车厢内，洗去一身血迹的她仿佛一颗星星，在幽暗的车厢内熠熠生辉，她的眼也因这个美好的计划而变得更加动人。那条小狗，只属于她的，她一个人，她不要跟任何人分享！

忽然一个急刹车，巨大的惯性把丁倩倩从沙发上摔了下来。

怎么回事？难道李光也想对自己动手？丁倩倩第一个反应就是这个。不过还没等到她想出对策，咣铛铛有人在外头砸门了。听声音，不止一个人。

丁倩倩不知道会有什么事情发生，自认可以随机应变，她索性把门打开。外头站着好几个男人，每个人手里都有把雪亮的藏刀，脸用那种只露出眼睛的帽子遮住，分不清谁是谁。

"游伟，谁是游伟？"

这帮人一看就不是什么善类，一开腔凶悍无比，正说着，后边还有两个人押着李光从驾驶室出来。

"你们是什么人，找游伟做什么？"丁倩倩不是没见过世面，打十五岁起，就在外头跟人混了，她摆出老江湖的样子，强自镇定。

"美女，我们知道他有钱，买条狗都能花个几百万。兄弟几个家里穷，想跟他借几个钱花花，又怕他不同意，所以，想请他去商量商量。"为首的一个胖子，站出来说。

"这是要绑架？"丁倩倩马上意识到了这帮人的来意，一定是买獒的时候动静闹大了，价钱传了出去，这伙人准是在路上埋伏好的。心里有些失望又有些欣喜，失望的是，早知有人绑架，就不必把游伟给杀了，欣喜的是，这帮人的出现正好可以帮她解决李光这个眼中钉。

"你这么说也可以，反正就是想借点钱嘛。怎么样，帮个忙，我们只借钱，不做坏事，你继续走你的路，我们不会为难你。"胖子倒也讲理。

"大哥，你看，这里边有一条狗，还有一个人。"一个窜进了货柜箱的蒙面男大声报告。

"这条狗，该不会就是那条价值几百万的鬼獒吧。"胖子带了两个弟兄跳上货柜箱，在笼子外头仔细看了起来。小鬼獒药力未散，正出于深度昏迷状态，连被人用棍子戳了两下都丝毫不动弹。

"怎么可能呢。你看看，这睡不醒的样子像鬼獒吗？这是只猪獒，就在半小时前，游伟不自量力要溜溜獒崽子，结果自己又看不住，给放跑了，我们现在不正在追嘛。"丁倩倩编起假话来都不用打草稿。

"跑了？那可真可惜，几百万呐。"胖子遗憾地摇摇头，打量了一番车厢内部的沙发和冰箱："美女，我看你挺上道的，告诉哥哥，游伟在哪？"

"还能在哪，你说呢。"丁倩倩故意压低声音，睨了外头的李光一眼。

"是他？"胖子怀疑地打量着李光。

"就是他，别看他这样子，破眼镜都得要一万多呢。不瞒您说，我是他的私人助理，平时被他欺负太多了，一肚子火没地方出呢。你们把他带走吧，我还可以把他家的电话号码告诉你，你们直接问他妈他姐要钱，不论要多少，都会给的。"丁倩倩马上找出纸笔来，给胖子留下了游伟家的电话号码。她心里打着如意算盘，只要李光被这帮人带走，她就安全多了，等到游伟家里人搞清楚被绑架的不是他，至少得好几天，那时候她已经带着獒崽身在国外了，从西藏改道去尼泊尔，很方便。

"好妹子！够爽快，哥哥欠你个人情。那啥，我们就把他带走了，你会开车吗？要不要我们送你。"胖子倒也豪爽。

"我能开，我哥就是开货车的，放心吧。"丁倩倩感激地一笑，又凑近胖子身边小声说："有钱人最精了，死活不会承认自己的真实身份，前阵子他还让我给弄了个什么兽医的假身份证，出门在外的时候可以用别人的名字开房。您知道就好，他们一家都不是好东西，心狠着呢，要价的时候可千万别手软。"

"好妹子，你要是我亲妹子该多好啊。"胖子被丁倩倩的笑给迷住了。

"快走吧，别耽误大事，有了钱，您要多少亲妹子都成。"丁倩倩赶紧把小脸一板。

李光似乎意识到了丁倩倩在搞鬼，大声叫道别听这女人胡说，他只是个兽医。胖子一听就笑了，找的就是你个兽医！抬起手来，一记手刀砍在李光的颈动脉上，把他给劈晕了。几个人七手八脚把李光抬上前方停着的两辆吉普车上，扬长而去。

丁倩倩的结局

去掉了心头患，丁倩倩轻松地吹起口哨，坐上驾驶室的位置，把油门踩到底，在蜿蜒的盘山公路上狂奔。

清爽的山风吹起丁倩倩的头发，她抽空看了一眼后视镜里的自己，很 MAN地笑了一下。真是老天帮忙，谁能想到她这样一个女人会是真正的胜利者呢？男人算什么，在她手里不过是一枚枚棋子而已。接下来，只要把大刘找个合适的地方杀了，再扔了，就妥了。在哪儿动手好呢，丁倩倩一边想着，一边朝道路两旁看去。

前方忽然冒出来一个穿着制服的警察，冲丁倩倩挥手。虽然货柜箱里面还有大刘和小獒崽，但是门已经被丁倩倩锁好了，她决定停车，配合警察的调查。

"例行检查，请开货柜箱的后门。"警察朝丁倩倩敬了个礼。

"检查，查什么？来的时候这一路都没人检查啊。"丁倩倩打起了太极，一边拖延时间，一边想对策。

"最近有一伙歹徒杀了十只藏羚羊，藏羚羊是国家一级保护动物，上级有令，所有来往车辆分段安排检查。请配合我们的工作。"警察一副公事公办的样子。

"可是，后面货柜箱的钥匙被我弄丢了，现在打不开门，警察先生，要不你就放我走吧，你看我一个女人，怎么可能干出盗猎藏羚羊的事呢。"丁倩倩楚楚可怜地求情。

"不行，必须检查。如果你打不开，那我来开。"警察不理会丁倩倩的媚眼，径自朝着后头走去。

"喂！你等等，要不你先上车吧，我把车开到鲁朗，那里有个加油站，可以让人帮忙打开，这车不是我的，我也是打工的，要是弄坏了老板会找我麻烦。"丁倩倩眼看警察就要自己动手，赶紧把他叫住。

"好吧，反正距离鲁朗也不远了。"警察犹豫了一会儿，上了驾驶室。

丁倩倩踩下油门，把车往前边开，驾驶室内没人说话，有些尴尬。那个警察似乎很拘谨，一动也不动，面无表情地盯着前方。

"警察先生，你的警官证呢？我想看看。"丁倩倩忽然瞟了一眼警察。

"怀疑我是假的？"警察强自镇定。

"才不是呢，你这么有责任心，我想写封表扬信呢。"丁倩倩打了个哈哈，玩笑道。

"给你看吧，我可是真警察。"警察从口袋里掏出一个小本本，递给丁倩倩。

"可是我听说吧，现在警官证和警服这些东西都能买到，黑市上什么都有。"丁倩倩却不接也不看。

"你什么意思？"警察有点恼。

"没什么意思，就是忽然想起，如果你上了我的车，跟我去鲁朗了，刚才那个路段不就没人检查了吗？而且我听说，警察进行这种执勤任务的时候，最少都得两个人，你的同事呢？"丁倩倩分析起来头头是道。

"你的问题太多了。"警察似乎并不打算回答这些问题。

"不是我的问题多，是你——根本就是山寨的吧。"丁倩倩说完，阴森一笑，突然猛打方向盘，整个货柜车开始剧烈摇晃，一边是万丈深渊，一边是高耸的山体，无论撞上哪一边，都会死，危险迫在眉睫，

"你，你别这样，有话好好说。"警察吓得脸都白了，赶紧拖住手边的安全带，试图给自己系上，可车身晃悠得太厉害，他怎么也系不上。

"说，你究竟是谁，否则的话老娘要你的命！"丁倩倩面露狰狞，她是个可以柔情万种也可以铁石心肠的狠角色，只不过男人们都容易被她娇柔的外貌迷惑。见警察不做声，她加大了扭转方向盘的幅度，让车身晃得更厉害，好几次都撞上了盘山公路的防撞栏。

"别，求你别这样！我说，我不是警察，是来找李光的，他让我在这里等他，可我没看到他，他在哪？"性命攸关，假警察吓得赶紧承认，声音都在哆嗦。

"李光？"丁倩倩没有住手，手不停脑子里也不停："我明白了，你们是一伙的，他跟你约好在半路上设堵，要把那只鬼獒抢走是不是！"

"我都说了，你赶紧停车！"假警察心虚了，一急之下整个人朝着方向盘扑过

去，试图阻止丁倩倩再继续下去。

丁倩倩当然不能让方向盘落到别人手里，她只不过是够狠够心机，如果光凭力气，她无论如何都斗不过男人，哪怕是最懦弱的男人，力气也比她大。两个人就这样在逼仄的驾驶位上互相抢夺起来，假警察很快就意识到目标不能是方向盘，而应该是丁倩倩，如果她不死，他是不可能掌握方向盘的。两个人搏斗起来，一边还得兼顾货柜车不要翻进山崖，丁倩倩显然不能跟这个男人抗衡，很快她的脖子就被假警察给掐住，憋得喘不上气来。

时间一分一秒地过去，丁倩倩觉得喉咙里的气管都要断了，眼前仿佛蒙上一层红色的血雾，假警察的脸孔无比扭曲。她知道，那是因为压力太大，视网膜里的微血管爆了，不行，再这么下去，她肯定会死。一个激灵，就在丁倩倩昏迷的前一秒，她忽然伸出右手，伸出两只手指，朝着假警察的眼窝里戳了过去。

很难说那是种什么样的感觉，有些温热，有些柔软，然后有些液体涌了出来。等到丁倩倩喘过气来，假警察的两只眼珠已经被她抠了出来，刚才还把她置于死地的男人，已经痛得晕死过去，脸上两个血窟窿，化作两眼血泉，正往外涌着血。

丁倩倩大口大口地喘着粗气，觉得有些恶心，把手里的两个眼球随手扔出车窗，停下车来，她需要好好休息一下，恢复体力，这个假警察必须得处理。

整理假警察口袋的时候，丁倩倩翻出了他的钱包，钱包里有一张照片，照片上正是李光和这个假警察的合影，两个大男人显得十分亲热，勾肩搭背地，一看就知道关系不正常。原来李光是个同性恋！丁倩倩鄙夷地看了一眼身边的假警察，朝他身上啐了一口。看来李光也跟自己一样，早就做好了要搞走这只小鬼獒的打算，甚至还找来了外援。

"哼，既然你是同性恋，那我就成全你，让你死也死得痛苦。"丁倩倩看着身边如一摊烂泥般的假警察，冷冷一笑。

丁倩倩把吃奶的劲都给用上了，这才把假警察和大刘都搬下车，把他们拖到树林深处。扒掉假警察的外套，让他跟大刘躺在一起，两个人的手臂还做出互相拥抱的姿势。然后，丁倩倩用刀给他们的手腕上来了两下，确定双手的静脉都割破。

最后，丁倩倩把假警察跟李光的亲密合影撕碎，扔在两人身上，看起来，他们是一对殉情的男同性恋。谁会知道，这两个男人根本不认识呢？丁倩倩拍干净双手，很庆幸把大刘留到现在才处理。

丁倩倩把货柜车开到鲁朗后，好好地吃了顿饭，她决定扔掉这辆大车，毕竟一个女人开货柜车还是很打眼的。她给小鬼獒又补了一针麻醉药，抱着它登上了长途大巴。

一个人想要把自己藏起来，最好的办法就是融入人群，哪里人多就待在哪里，安全得就像一滴水藏进大海。丁倩倩抱着小鬼獒，坐在大巴车上最后一排，尽量避人耳目。

小鬼獒的身体很温暖，像一只温度正好的怀炉，抱着它，随着大巴的阵阵颠簸，丁倩倩很快就睡着了。晃啊晃的，丁倩倩觉得好像在湖面上，一艘漂亮的小船载着她轻轻飘荡，随波逐流。和风习习阳光融融，四周繁花似锦，美如仙境。丁倩倩沉浸在这个美妙的梦里，不知道过了多久，好像有一双看不见的手在抚摸着她的脸，一会儿是鼻头，一会儿是额头，温暖的手，无影无形却让人幸福。

这次，幸福的感觉却没持续多久，丁倩倩忽然觉得有点痛。在梦里，丁倩倩浑身上下到处找，怎么也找不到哪里痛，可那刺痛却一下比一下严重。

啊！一声尖利的女声，打破了车内的宁静。

丁倩倩的梦境里忽然冒出一个晴天霹雳，把她给生生震醒。怎么回事，丁倩倩猛地睁开眼睛，正好看到眼前一张黑乎乎的怪脸，一条粉红色的大舌头正在舔着自己的脸。

她不会知道，是她脸上残留的血迹，那血腥勾起了小鬼獒的兽性，睡了整整一天，它早就饿了，伸出舌头就开始舔有血腥味的地方。为了能把骨头上的肉舔干净，食肉动物的舌头上大都带着倒刺，就拿虎来说，舌头上的简直就是一枚枚钢锥，舔一下能刮掉半张脸。小鬼獒的舌头上，倒刺像梅花针一样细密，舔一下就能刮掉表皮，再舔一下就能穿透真皮层，舔出血来。小鬼獒越舔越有滋味，好像在吃美味的雪糕，它才不在乎主人的脸是不是已经毁容。不过这血肉淋漓的样子，吓坏了坐在旁边的女乘客，引起了她的尖叫。

丁倩倩还没完全睡醒，并不知道自己的脸变成了什么样子，只觉得整张脸都火烧火燎地疼，好心的邻座女人借给她镜子，看着镜子里一寸好皮都没有了的脸，红得渗血的脸，她惨叫一声，昏死过去。

接下来的情况就有些乱了，刚刚沉浸在鲜血滋味里享受的小鬼獒，被这尖叫给惊了，扯开嗓子就吼起来。普通人谁见过这么凶猛的狗，这小鬼獒虽然只有半岁不到，体形却比一般的成年土狗体形还要庞大。大巴车上没人把它当小狗看待，满车的乘客们一下子炸了窝，赶紧叫司机停车。

这么多生人，还有车厢里带着汽油味道的不洁空气，把小鬼獒给惊了，它见人就狂吠，还要冲上去撕咬，全车人都怨声载道，忙喊司机开门。

司机也怕车里出事，赶紧把车门打开，在几个男乘客的帮助下，将这条恶狗赶下了车。

丁倩倩的脸彻底毁了，好心的司机把她送往医院，不过一路上，她满脸的伤口都暴露在空气中，不停地渗着血和半透明的淡黄色液体。

她强烈要求医生给她做植皮手术，无论如何也要把这张脸给抢救回来，这是她吃饭赚钱的本钱。一验血才发现，丁倩倩已经感染了狂犬病，体内狂犬病毒的指数相当高，这时候即便是注射疫苗也没有用了。

医生这样解释：狂犬病毒是一种神经毒素，作用于神经，也经由神经传播，丁倩倩的脸上如此大的创面，如此靠近大脑的位置，这么迅速发作是很正常的。

三天后，头发凌乱的丁倩倩躺在医院的病床上，满脸缠着纱布，嘴角滴着口水，一听到有水滴的声音就浑身发抖。不仅是不能听到水声，就连护士们问她要不要喝水，她也会吓得尿失禁，可悲又可笑的是，她对自己的尿液也恐惧得不得了。

除了隔离病房门口病历卡上的名字之外，已经没人能认出这个缩在墙角发抖的女人，跟丁倩倩这三个字还有什么关系。巡房的医生看着她直摇头，说这种情况，最多还有四五天的活头。

丁倩倩永远也不会知道了，那只花了八百万代价，又担上好几条人命的极品鬼獒，一路乱跑跑到了城里，正好赶上打狗队严打无证狗和流浪狗，它被十余名城管围攻了半个小时，咬伤队长的大腿后，被及时赶来的队员用枪击毙。

最后的赢家

远离都市的青藏高原上，那个出过一只鬼獒而闻名的小村子里，老村长和他的儿子正在用电脑视频对话。

"儿子，赶紧回来吧，咱家的雪獒发情了，咱们得抓紧时间，可不能错过这个机会。这回咱们自产自销，不用再做实验了。"老村长对着摄像头笑得露出了满嘴黄牙。

"爸，药水弄好了，还有给咱家雪獒特制染发剂也准备好了，只是上飞机可能有点麻烦，我已经预定机票了，到时候再想点办法吧。"老村长的儿子现在人还在北京，一所全国著名的高等院校的实验室里。

"好儿子，要不是你，想出染狗毛的好办法，咱家的雪獒可不会那么出名。要不是你研究出生长激素和狂犬病毒二合一的药水，偷偷给老福家的小獒崽打上，咱这个活体实验可不会那么顺利，还顺带着赚了一百多万，哈哈。"老村长乐不可支。

"人都听说过鬼獒，有几个见过。感染了狂犬病毒的獒，看起来绝对比同类狗更凶更疯癫，而且健康獒都能感觉出它有病，会躲着它，这么一来，这人造鬼獒很自然就威风八面了。再说，我的狂犬病毒是改良过的，一般的疫苗对它没作用，只有我自制的疫苗才有效。生长激素我也改良过，保证小獒崽会变丑，越丑越吓人越凶，也就越值钱嘛。"老村长的儿子对老爸倒是毫无保留。

"对了，你别忘了，这次也得带上给咱雪獒的那个改良版疫苗，上次被那个小崽子咬了一口，伤口现在还没长好。"老村长提醒道。

"放心吧，忘不了。"老村长的儿子冲老爸挥挥手，再见。

关上电脑，老村长高兴地灌下半瓶茅台，找出了存折，看着那七位数的余额，美美的亲了一口，等到他家也生出"鬼獒"，这上面的钱可要翻上十倍。

与此同时，百里之外的山林里，一队警察正在带着警犬在搜寻，就在白天，他们刚刚接到上级命令，外地的报案，一名叫游伟的富商来这里买獒，失去联系两天了，家人怀疑他遭遇意外。游伟的豪车带 GPS 定位，警方很快找到了山涧中的尸体。仔细搜查后，警察从死者口袋里找出一张名片，上面写着老村长的名字和电话号码。

一小时后，老村长喝光了剩下的半瓶茅台，正守在雪獒身边，美滋滋地打着盹。冷不防有人把他给推醒，睁眼一看，满院子的警察。

"请问，这个人是在您这里买的獒吗？"警长举着手机给老村长看，游伟的死相不怎么好，摔得头破血流。

"被咬成这样了？"老村长人都吓傻了，慌乱地连忙摆手："那狗的疯病能治，我儿子有药，用了药准好，你们千万别抓我。"

警察们面面相觑，老村长的话显然出乎意料，警长下令，把老村长带回去审查。

注：狂犬病发作后，很少有超过十天的，死亡率几乎百分之百，神经毒素没有特效药，以人类目前医学程度无法治疗。如果养狗，无论是否体形硕大，性格凶猛，还是个头娇小，性格柔顺，最好尽早注射疫苗。

8 金牛女杀人事件

　　我第一次意识到，也许我不该杀人。站在别墅的窗前，我追悔莫及地对着窗框砸了一拳，手很疼。张阳死的时候，刘小芳出事的时候，也很疼吧。这念头真不该冒出来，我这是怎么了，良心发现？

楔　子

　　午夜的街头飘着不算小的雨，一对青年男女正手牵着手在路边，像在等人。时候不早了，行人很少，车也少。远处雷声轰隆，有闪电划过，天边一片雪亮。一辆车忽然蹿出雨雾，失控地朝着那对男女撞了过去。速度实在太快，那对男女根本来不及躲避，身体被撞得飞了出去。

　　闷闷地一声，保险杠变了形，司机慌慌张张地下了车，那两个人已经躺在距离彼此十多米的地方，痛苦地闭着眼睛。也许他们还在痛苦的呻吟，两人身下全都是血，暗红色，混在雨水中渐渐蔓延成极为可观的一片。

A

　　最近一年来，我几乎每晚都能梦到这熟悉的场景，梦中的司机就是我，被我撞飞的那对男女则是张阳和刘小芳。

　　张阳是我男朋友，刘小芳是小三，剧情有点狗血，因为我们还没正式结婚，所以张阳坚称他不过是劈腿，他还坚决认定刘小芳比我更适合做他的终身伴侣。听到这话我只觉得好笑，什么叫比我更适合，刘小芳是农村户口，非重点的大专学历，在事务所也不过是做助理。我呢，怎么说也是正牌执业会计师，而且大BOSS非常欣赏我，董事会也传出消息，明年我极可能成为合伙人。关于个人能力我就不多说了，谁都知道金牛座的女人是最完美的，踏实又聪慧，情商财商在十二星座中都是最高值。在这个房价高涨的年代，我已经拥有了属于自己的别墅，父母都是做生意的，我又是独生女，加上将来要继承的家产我也有千万身家。

刘小芳不过是比我小了两岁而已，好吧，我承认她性格比我温柔，除此之外别无所长，一个真正的事业型男人，需要的不是能帮助他的女人吗？星座书上说金牛座的女人是十二星座最理想的结婚对象，第一，她绝不会是个爱闹脾气的骄纵大小姐；第二，她绝不会是挥霍无度的少奶奶；第三，当你邀请上司或生意上的朋友到家里做客时，她肯定会给他们留下绝佳的印象；第四，当你受到挫折时，她会给你坚实的支持。

如果张阳只是要个可以照顾自己生活的女人，大可以去请个保姆。也许很多人都会说我这个观点不对，但事实上越来越多的男人在选择结婚对象时首先考虑的就是对方的身家和能力。偏偏张阳在这点跟我杠上了，谁让他是该死的狮子座，唯一比金牛座更霸道的星座。好吧，我无能为力，但这并不表明我就要真的接受他俩在一起的现实。得不到的东西，我还可以毁掉，如果他们是真的相爱，就去天堂白头偕老吧。

就这样，我策划了一次谋杀。金牛座的人当然考虑问题都是最周全的，自打那个杀人的念头冒出来以后，我就开始寻找最理想的谋杀方式。一则新闻给了我灵感，电视上一名富二代驾驶豪车以"70码"的速度把一名外地青年撞得飞出五米远，而后，他除了给予受害者家里一笔赔偿金外，得到的刑期并不长。明眼人全都看得清楚，这小子的行为跟杀人没什么两样，可法律的条款就是这样写的，他不用以命抵命。我欣喜若狂，原来真的可以杀人不抵命，如果是意外的话，这件事就更好开脱了。

一连几天，我都在网上搜索类似的事情，没想到比起这个家伙，杀伤力更强大的宝马女奔驰男层出不穷，他们撞死的可不止一人，五人，七人，甚至十三人，最关键的是，他们都被判死刑了吗？至少我没看到，貌似只赔了钱并吊销执照而已，甚至他们有没有坐牢都不确定。关上电脑，我得到一个结论，世界上没有什么比车祸更方便可行，更安全的谋杀了。

虽然我经常做那个梦，梦中总是一而再再而三地回到车祸现场，但我当时根本就不慌张。所有进程我早就计划好了，出事前一个小时我打电话通知了保险公司，说我的车被盗了。把他们撞死后，我不慌不忙地开车逃走，在位于城郊的别墅区不远处，有一个不算小的烂泥塘，泥塘附近就是高速公路，我把车开上小路，沉进泥塘，亲眼看着那辆富豪车晃晃悠悠地冒着泡浸入淤泥中。

我的别墅在别墅区最高的小山坡上，拿一个儿童望远镜都能看到那个烂泥塘，每天我都可以确定那辆车没人发现。就算被人发现又怎样呢，那一定是窃贼干的，就算追查起来，也一定是窃贼把那辆车偷走后，慌慌张张地上路结果不小心撞到了人，心里有鬼的窃贼害怕，只好把车给藏在烂泥中。追查起来肇事者也是那个莫须有的窃贼，谁会发现我的秘密呢。在此之前，我在公用电话亭里用一个电子变声器给刘小芳打了个电话，说她家里出了点事，老乡帮她妈带出一封信来，请她出来拿。那时候已经不早了，张阳是不会放心让她一个人出来的，我算准他们会一起出来，要的就是他们两个全都死掉。我没料到当晚还会下雨，那真是老天的恩赐，雨水把路面上的痕迹全都冲刷得干干净净，对我来说更有利了。

我心安理得地享受着这两个眼中钉消失，后来他们真的死了，在我的世界中消失。为了撇清，我还特意去慰问过张家。面对伯父伯母，我说我跟张阳做不成夫妻还是好朋友，两位老人抱着我痛哭失声，都说刘小芳是个丧门星，还没进门就把张阳给克死了。至于那个刘小芳，我也大度地寄了不少钱去。放心，我真的不是觉得亏欠他们，只是为了自己的形象做了个公关活动而已。

有些人活着就是帮人解决问题的，比如说我，有些人死了都还给人添麻烦，比如说刘小芳。

夜复一夜的噩梦也不能摧毁我，可就在这时偏偏遇到了一件怪事，这件事破坏了我完美的生活。

B

要说起那件事来，还得从我是金牛女谈起。

众所周知，金牛座的优点众多，出众的表达能力和敏捷的思维，金牛们都是良好的工作型人士，善于沟通和超凡的学习能力也让人印象深刻。另外金牛座的人大多拥有谦逊良好的人际关系，但没人知道我们有野心，我们很擅长掩饰野心。选择让张阳死，除了感情上的因素还有一个至关重要的原因，那就是他在事务所里是我成为合伙人最大的障碍。除了我可能当选为事务所的合作人外，最热门的人选就是他了。

当然，最终金牛干掉了狮子，我们金牛可不是好惹的，这可是诞生了希特勒和萨拉姆的星座。除了这些，我们金牛也有人性化的一面，比如说金牛座的人都是天生的美食家，我们是十二星座里最爱吃也最会吃的。

事情就出在爱吃上，那天傍晚我开着新买的宝马车准备回家，交通频道里的美食大搜查节目热热闹闹地说着一家新开的私家菜馆，菜馆由一对湖南籍的老两口经营，正宗湘菜是他们的招牌。

我一直都爱吃辣，虽然在这个天气炎热的南方城市吃辣的东西很容易上火，但那种让人兴奋的刺激味道让我难以释怀。也许会出鼻血，也许会长痘痘，但比起过瘾的口腹之欲来说，算得了什么呢。食色，性也。色就算了，张阳之后我至今对男人都提不起兴趣来，人活着总得有点嗜好，我才不会虐待自己的胃。

辣子鸡丁，双椒鱼头，干锅牛蛙，还有时下最新鲜的凉拌马齿苋，汤则是娃娃菜煮芋头，我第一次去那家私家菜小馆时就点了这些。

"妹子，你一个人能吃完吗，菜的分量都不小呢。"点菜的是一位面目和善的老头，看起来五六十岁，操一口浓重的湖南腔塑料普通话。

"吃不完就打包吧，您尽管上。"这几样加起来还不到一百块钱呢，便宜死了。我不喜欢别人对我点的菜指手画脚，但这种不良的情绪我通常都会隐藏起来，反而和颜悦色地说着。

点完菜，我打量起这家小馆子来，的确非常小，最多一百个平方，藏在一条巷子里，如果不是听到广播的介绍，我这辈子也不进来这种巷子。就是这么小的一家馆子里却满当当都坐满了客人，菜色肯定有过人之处。厨房那边传来一阵浓郁的茶油香，紧接着我听到爆炒声响，让人垂涎的菜香不停地飘来。

"妹子，这是我们送的外婆菜配馒头，你先吃着，菜很快就来。"一位五十岁左右的大妈端来一个藤编小篮子，篮子里摆着四瓣切开的老面馒头和一叠外婆菜。

多少年没吃过这种外婆菜了，其实我外婆就是湖南人，我爱吃辣完全是外婆的遗传。馒头松软，热乎乎的，外婆菜是晒干的蔬菜经过盐渍处理过的，把馒头夹着外婆菜，大大地咬上一口，有种说不出来的满足感。

小馆子的效率不错，没过多久菜就上齐了，这顿饭我尽量克制着却还是吃撑了。味道实在太好，让人没法停下筷子。结账的时候老头惊喜地发现我居然把所有菜都吃干净了："妹子，真看不出啊，你这么苗条还挺能吃的。"

"是你们的菜太好吃了，我连饭都没顾上呢。"我不好意思地解释道，忽然发现那位正冲着我微笑的大妈居然有几分面熟。

我盯着她看了两眼，很快发现为什么会面熟了。大妈长得简直就是刘小芳的老年版。那弯弯的柳叶眉，那白皙的皮肤，还有笑起来嘴边的两个小酒窝，只是多了些皱纹和色斑，尤其是她们说话时的神态，更有种难以描摹的相似。我忽然想起刘小芳的老家就在湖南，该不会这么巧吧，他们会不会是刘小芳的父母呢，算起来刘小芳的父母应该也是这样的年纪。

"大叔，请问您贵姓啊，下次我还要带朋友来吃。"我多留了一个心眼，做事保险也是我们金牛座的风范。

"那可真是太谢谢你了，我姓万，你就叫我万叔吧。"大叔笑盈盈地收着钱，脸上的皱纹笑得像朵大大的菊花。

原来是姓万，这可让我松了口气。虽说并不怕刘小芳，但如果她的父母知道我就是她的情敌，肯定不会对我这么客气，说不定在我的饭菜里下了毒也说不定。

就这样，我成了这家湘菜馆的常客，每个星期总得来上几次，有时候还带朋友来。慢慢地熟了，万叔给我们的菜总比别桌上得更快，分量也更大，送的点心除了外婆菜配馒头，还有锅巴粥和花生苗一类的道地小吃，都是大酒店里打着灯笼也找不到的好东西。更让我高兴的是，后来万叔还自酿糊子酒，那酒比甜酒度数要高一点，比正宗的米酒度数又低一些，乳白黏稠香甜可口，让人喝了还想喝。

我发现，只要每次喝过糊子酒后，当晚就能一觉睡到大天亮，不会做任何梦。因为使用的是土制酒药，就算喝得再多也不会上头。这酒可真是太好了，自从喝下去后我在冰冷的空调房里也不会感觉手脚发冷，偏头疼也好了不少。我从万叔那儿定了一百斤，打算自己喝一些再送些给父亲。

唯一的禁忌就是大妈那张脸，我总是刻意地躲避着跟她正面接触，我不愿见到她，看到她总能让我有种刘小芳还没死的错觉。不论点菜还是买单，我总是等到万大叔忙完再找他，从不麻烦大妈。

尽管如此，我还是把这家湘菜馆当成了自家厨房，吃过这里的美味佳肴，再吃任何寡淡的潮州菜杭州菜都没了胃口。张扬和刘小芳在我的生活中越来越淡去，甚至一连几天我都会忘记拿起望远镜看一下远处的烂泥塘。

肚子饱了，精神也更好了，工作状态也是前所未有的积极。大 BOSS 最近表扬我好几次，成为事务所合伙人的事也被提上了日程，我觉得自己已经完全走出了那片阴影，完全忘记了那两个死人。

C

那天我心情不错，因为帮一家大公司成功避税八百万，对方给了我一百万的私人酬金，还坦诚这件事绝对不会告诉任何人，就像我也不会把他们漏税的事告诉任何人一样。某种程度上，我已经成为这个城市里五成以上大企业的利益共同体，一荣俱荣，有钱大家赚。每一位大客户都有自己的背景和人脉，而只要我需要，他们都会为我提供尽可能的帮助。这半年来，我已经逐渐成为这个城市最炙手可热的女人，客户们会带给我无穷的财富和力量。如果张阳泉下有知，一定会因为当初没有选择我而后悔吧。哼，女人不一定要靠男人，没了他，我的人生会更精彩。

告别寡而无味的西餐酒会，我带着那位给了我一百万的大客户去了万大叔的小馆子。说起来，这位大客户跟我还有点小暧昧，他叫姜伟，明里暗里约过我好几次。带他来我最喜欢的私家菜馆也是想看看他跟我是不是吃到一块儿去，如果他能吃辣，我会答应下次的约会。

那天天气不太好，下着不算小的雨，客人不算很多。车只能停在巷子口，我们同披一件风衣，一路笑着冲进了小馆子。在门廊整理衣服的时候，我以全新的目光打量着身边的男人，他不像张阳那样帅气，却有种成功男人独有的睿智和淡定，我打心眼里喜欢这种成熟，心不由得动了动。

这还是自从张阳死后，我第一次对姜伟动心，盯着他的眼神不由得柔软下来。他也感应到了我的变化，抖干净风衣上的雨水，帮我披在肩上，我感激地笑笑。就在这时，我眼角的余光捕捉到一个白色的身影，虽然只有短暂的一闪而过，却足以令我心惊。

我看到了刘小芳！

没错，是她，那瘦削的小脸蛋，那单薄的身子骨，我绝不会看错，这女人化成灰我都认识。

我揉了揉眼睛，定睛再往刚才刘小芳出现的地方看去，如果不是幻觉那就是我见鬼了。

"你怎么了？"姜伟关心地问我，他握住我的手那么温暖，而我的手凉得刺骨。

"没怎么，咱们进去吧，我饿坏了。"我当然不能告诉他我见鬼了，这种天气下走阴兵也是有可能的。从小爱学习的我除了对数字敏感外，对神秘文化也很感兴趣。走阴兵，又叫阴兵过境，民间不少地方都会出现这种情况，通常在下雨的时候，尤其是雷雨交加的时候，可能会见到身着古装的士兵，甚至在紫禁城的大院里也有人看到过死去多年的宫女们。除了画面，有时伴随而出的还有声音。

当然不是真的闹鬼，用科学的解释来说，这种情况其实是大自然在雷电交加时把当年的画面像录像一样储存了下来，时隔多年，当类似的天气再度出现时当年的画面便重现了。虽然我一直没搞清楚这些东西究竟以怎样的方式储存下来，但科学家的解释不容置疑。

可如果真是幻影，为什么刘小芳会盯着我看了一眼？我记得很清楚，她的眼睛是盯着我的，就在我发现她的视线后去注意她时，她的目光闪躲瞥开，然后我揉眼睛的工夫她才消失的。

当天的菜比平时都要好，难得的碰上了刚送来的新鲜黄鸭叫，做了火锅，又弄了个毛家红烧肉，还有万叔猪脚和特色凉拌地木耳。鱼鲜肉美，姜伟吃得赞不绝口，没想到他居然能吃辣，而且比我口味还重，不住地表示以后要常来。可我的欣喜没有预料中那么多，就连平时最爱吃的菜也变得食之无味，满脑子都是刘小芳的影子，她看我的那一眼，已经深深地留在了脑中。

这家店果然还是跟她有联系，只是我怎么也想不出刘小芳跟万大叔之间的联系。一个姓刘，一个姓万，难道他们是亲戚，可就算是亲戚的话，刘小芳的鬼魂为什么来这里？她看我的那一眼里，分明不是陌生人的表情，她还记得我，她知道是我撞死她的吗？她会不会找我抵命？我的碗里第一次剩了菜，没吃完。

结账的时候，万大叔看到了我碗里的菜，面露忧色地问道："是不是菜不合胃口？"

"不是，刚淋了雨，可能感冒了。"我摆摆手，掏出钱包。

"今天就算是我请客吧，妹子，我能不能请你帮个忙。"万大叔难为情地说道，看得出来，他说这话是做了思想准备的。

"瞧您说的，别这么客气，您有话尽管说。"我摆出只有面对客户时才有的职业微笑，已经料到大叔有事相求。

其实是件小事，万大叔做生意这个地方是租来的，原来的租金是每月一万，现在房东见生意火爆，把租金提到了三万。之前他们没签正式的合同，但是口头约定过一年内不涨价的，可现在房东说如果他们不按三万的租金交的话，就要把地方收回，租给别人。虽说店里生意不错，但他们的菜价都定得比较低，赚头并不多，加上老家还有老人病了，每月得寄去不少，去掉开销剩下的也就不多了。他们是外地人，知道房东是明摆着欺负自己，却也没办法，请不起律师，只好向我来咨询一下，这事该怎么办才好。平时我常来，我带来的朋友也都是有身份有地位的，他知道我有些办法，所以特意向我请教。

"这样啊……"我支吾着答应道，我很想说我只是个会计师，并不是律师，这方面帮不上太大忙。

"老板，你家的菜这么好吃，我还想下次来继续吃呢。这件事就包在我身上，你把房东的姓名和住址告诉我，剩下的事情我来办，保证他不会涨你的房租，还会补你一份十年不变租金的合同。"身边的姜伟抢在我前面拍着胸脯说道。

"这可真是太好了，老婆，你看，我说的对吧，我就知道他们是有办法的人。"万叔高兴地呛喝着大妈，然后毕恭毕敬地对着我们鞠了个躬："以后你们尽管来，天天来都行，全都免费。"

姜伟爽朗地大笑，高兴地拍着我的肩。我知道他是在讨好我，他是有黑社会背景的，在道上也算可以呼风唤雨的人物，所以他做的生意必须仰仗我的手才能洗白。可惜，他本事再大也只能解决活人的事，死鬼他就没有办法了。想到这里，我又烦了起来。

D

姜伟说话算话，答应帮万叔搞定就真的搞定了。三天后，他的助理给我送来一封有房东亲手摁下指印的正式合同。

晚上，姜伟过来，陪我一起我把合同送去给万叔。万叔招待我们吃了最丰盛的一餐，他们夫妻二人恭恭敬敬地对我们道了谢，姜伟很高兴，拉着我喝了不少糊子酒。不知道是不是喝多了，出门的时候胃里有些翻涌，视线也变得模糊。姜伟去上厕所，让我在门口等他，我蹲坐在门廊前的台阶上，忽然感觉到背后有双眼睛在盯着我。

是刘小芳！我打了个寒战，酒醒了大半。

人都是有第六感的，科学家们说，远古时期的动物都有第三只眼，存在我们的后脑，随着时光迁移那第三只眼逐渐退化，退到了脑子里，我们已经看不见也摸不着了。可解剖学上它还真的存在，那只眼睛变成了一个腺体，保存着感应光线强弱的能力。天晴的时候，人的心情总比天阴和下雨的时候要好得多，这全是因为那个腺体的存在。

我木在原地好一会儿，迟迟不敢回头，心想如果那第三只眼真的存在，怕是现在已经瞪得大大的了。我真的能感觉到背后有人，虽然我没回头，却能感觉到一身惨白的她正站在距离不到十米的身后。我不停地为自己打气，刘小芳算什么东西，她活着的时候我都没怕过，死了更不用怕她的鬼。

"嘿，久等了。"姜伟的大手忽然拍在我肩膀上，差点把我的心吓得从嗓子眼里跳出来。

"咱们先不急着回去吧，我想跟你多待一会儿。"这会儿的我很怕独处。

"好啊，咱们在巷子里走走吧，一直没告诉你，其实我小时候就是在这条巷子里长大的。"姜伟很男人地搂着我的肩，把我拢到他身边。

巷子不短也不长，我们慢慢地走着，看两边那些残破的小楼和巷子里住着的年迈的人们。年轻人谁都不愿住这样的地方了，有钱人早搬了出去，如果不是这里还可能被征收拿到一大笔钱的话，大概这些老人也不会留在这里。

巷子的尽头，有一家奇怪的小店，门外挂着个让我看不懂的招牌，门里黑洞洞的，不知道卖的是什么。姜伟说那里住着一个问米婆。

"问米婆，是算命的那种神婆吗？"我好奇地问道。

"没错，是算命的那种，以前的那位很准，很多人慕名而来。"姜伟回忆往事，还有些感慨。

"我想去看看。"我心里抹不去刘小芳的影子，心病不除怕是又要做噩梦了。

"不用了吧，现在这位是她的女儿。听说一点也不准，就知道骗钱，很多人都不来了。"姜伟打量着我看了两眼，忽然关切地问："是不是有什么心事？有事的话找我比神婆有用得多。"

听到他这么说我当然很宽心，不过那件事我还是不想让他知道，只好改口说算了，只是好奇而已。

话虽这么说，但那晚我被吓坏了，我梦到七窍流血的刘小芳站在我背后，无时无刻地跟着我，就像香港的老鬼片一样，她牢牢地爬在我的背上，不停吸收阳气，让我四肢冰凉脸色泛青，日渐委顿。终有一天，我因阳气耗尽而死在她身下，死的时候只剩下皮包骨头，比做鬼的她还不如。

天不亮我就从床上爬起来，自己找问米婆去了。

那间屋子比外面看起来还不堪，屋里没有燃香，却有浓浓的香味。不是那种随处可见的檀香，而是特制的线香。那个女人比我想象得要苍老，看不出她究竟多大年纪，那双眼睛却似能看穿人心。

我刚一进门还没坐定，问米婆只瞄了我一眼，却说出让我心跳加快的话来："姑娘，你有罪孽在身啊。"

"依大师所见，我有何罪孽。"我心一惊，谁说这女人不准来着，我看她可是准得很。

"罪与孽，不可说。你心知肚明。"问米婆低下头摸着一串黑黝黝的念珠。

"还请大师再帮我看看，如何才得解脱。"我一把抓住她的手，就像抓住救命的稻草。

"那个东西缠得很紧，我能感觉到它怨气很重。怕是简单的做法是不能赶它走的，它回来，是想带走一些东西。"问米婆挣脱我的手，轻轻地摇着头。

"大师，不管花多少钱都可以，还请你多多帮忙。"我明白她的意思，要她做法当然会有所消耗，我也不会让她做白工，马上掏出钱包。我们金牛座的人只会把钱花在值得花的地方，不该花的绝不花，有人以为我们很吝啬很爱钱，其实根本不是那样。

"钱吗，当然是要的，但我不能保证一定能赶她走，也许把她激怒，反而惹得她现身也说不定，那样的话你可就危险了。"问米婆眯起昏黄的老眼，眼角的皱纹深刻成一圈又一圈。

"那我该怎么办呢？"我拿着钱包的手，不知该进还是退。

"我只能帮你做个法事超度试试，至于能不能度走它是不能保证的。剩下的事，你去找我师兄看看吧。"问米婆按住了我的钱包，她的眼睛瞥到了里面厚厚的粉红色人民币。

我对爱钱的人总是放心的，通常开得出高价的人都有点真本事，钱能解决的问题，就不是问题。

这阵子我跟姜伟的感情有了突破性进展，他的确是个很理想的结婚对象，虽然有着黑社会的背景，但现在的他已经在积极洗白了，做的生意也日渐正当化。跟他结交的不是商界巨贾就是政界要人，黑白两道都吃得开，我需要的正是他这样的男人。而他也信任我，全世界只有我看过他的账本，知道他究竟有多少钱。按我们现在的速度交往下去，两三个月后我们就能结婚。我就要得到梦寐以求的一切，除了自己的事业，还有与众不同又出类拔萃的男人，只要我们结合，就是强强联手，绝对的双赢。

在这个节骨眼上，谁也不能阻拦我奔赴幸福的脚步，只要真能把刘小芳那个死鬼赶走，就算再多的钱我也愿意付出。

E

有钱能使鬼推磨。鬼都可以，更何况是人。

我给了问米婆一笔钱，她帮我做了场法事，这场法事可不是要超度刘小芳，我才不要她进入六道轮回，对于看不惯的家伙，我宁可她打入十八层地狱永世不得超生。

我亲眼看到问米婆那银刀划开食指，她用血把刘小芳的生辰八字写在小木偶上，口中念念有词，念一句就把一根针扎在小木偶上，她的诅咒我听不懂，但见到她的那副样子我绝对相信这样做多少会有效，最后她用一把锋利的小斧头把小木偶的头劈开。

吭当一声，木渣四溅，小木偶的头裂成两半，光是看着我就觉得爽。这还不算，后来我还去见了问米婆的师兄，一位很有风度的老神棍。据说他是真正的茅山后裔，比问米婆更擅长驱邪避讳之法。花了一万块，我得到了老神棍给的朱砂符咒，他用一条黑狗的血混合上等朱砂写出来的咒文，虽然我看不懂那些字符，却完全相信这些字符拥有神奇的力量。

那些符咒有些被我贴在家里，有些被我随身戴在身上。果然感觉好多了，虽然我刻意回避去万叔的小馆子吃饭，但已经不再感觉背后凉飕飕的了。

我以为事情就这么过去了，我以为一切真的那么简单，如果真是这样就过去了，我现在可没必要把一切写下来了。

就在打算把这件事忘记的时候，万叔的老婆，万大妈找上了门来。那天上午开过会后，疲惫的我很是怀念糊子酒的味道。家里的酒早就喝光了，这阵子我都是靠着那些酒度过的漫漫长夜，只有喝醉才能完全入睡，可一旦睡着噩梦又接连不断。好在这些都已经过去了。

究竟要不要去买些酒呢？我正想着酒，酒却送上门来了，秘书却说外面有位大妈要找我。

我真傻，居然不知道大妈姓刘。同为湖南人，她跟刘小芳长得那么像并不是巧合，而是因为她们真是母女。

困难的年代里万大叔是穷得叮当响的单身汉，饿得顿顿喝稀粥，这才入赘到当时是贫下中农的刘家当上门女婿，刘小芳的外公是村支书，家里比其他人家要稍微宽裕些，刘小芳也就随了母姓。

当然，刘大妈来找我不是闲着没事来说故事的。她来找我是因为她早就知道我是谁。她说知道我就是在刘小芳出事后寄钱给她家的人，还知道我就是张阳的前女友，甚至到了谈婚论嫁的地步，张阳却忽然爱上了她女儿，她很抱歉。

我心想，抱歉有个鸟用啊，如果抢了人家的老公只要说声抱歉就可以解决的话，世界就没天理了。

刘大妈不仅是道歉，另外还说他们不打算继续做生意了，老家有事，打算收拾收拾回去，以后也不来了。上次还托我帮了那么大的忙，可现在那铺子也用不上了，实在是不好意思，她们老两口特意酿了两百斤糊子酒送我，以示感激。

刘大妈的话说得还算客气，但我能看出她眉目中藏着心事，生意那么好，她怎么会甘心走，背后一定有不可告人的原因。这原因，也许牵涉到我。

我跟在刘大妈身后下了楼，果然，她走过马路后跟一个女人见面了。我的眼珠子都快掉出来了，是刘小芳！她居然在光天化日之下跟刘大妈走在一起，她非但没被问米婆的诅咒给弄进地狱，反而法力更高强了！是什么让她变成这样的？

见到她后，我的腿居然软得走不动了。好日子没过上两天，我又回到了惊吓之中，我的脊背又发起凉来。

我又去见了问米婆，原本需要经过万家的菜馆，但我害怕又见到刘小芳，绕了远路。我说我付了那么多钱却不管用，不如拆掉她的招牌，没本事就别做这行生意。

"我上次不是说过吗，不保证一定有效。现在看来一定是对方怨气太大，十有八九是死于非命吧。问米有三个禁忌的，一不能问至亲，二不能问枉死冤魂，三不能问无名无姓，其实上次帮你已经破了第二条戒了，耗损我不少元气啊。"说到这里，问米婆鬼鬼祟祟地看了我一眼，"不过，也不是没有办法，只是这法子罪孽更重，我怕你不敢答应啊。"

"说，没有什么我不敢做的。"事到如今，我什么也顾不上了。

"如果用这个鬼最亲近的人的鲜血，沾过刀，再把那刀刺进鬼的心脏，就能让她灰飞烟灭。别说是不入六道，连渣都剩不下了。"问米婆试探地看着我，带着点挑衅。

难道又要杀人？跟刘小芳最亲近的当然就是他的父母，看万叔慈眉善目的样子，看他那蔫呼呼的好脾气，从小到大都把刘小芳捧在手心里吧。虽然我不是没杀过人，但这次要动手的可是跟我无冤无仇的老人，就不能不考虑一下了。

我们金牛座的人做事万无一失，我现在的事业蒸蒸日上，万一出点纰漏那可就前功尽弃了。我不要，我不要冒险，要冒也可以让别人去冒。

不知问米婆怎么看穿了我的心思，居然直言不讳地提示道："要是自己下不了手，就让别人干吧，反正效果都是一样的，需要的话，我能帮你提供合适的人选。"

问米婆当然是想赚点中介费，我知道这个城市有不少人都买过凶杀过人，我的客户中也有过这样的人。但是这件事我不想再给问米婆知道，她毕竟是个外人，我不能信任她，知道得越少越好。

150

F

　　我把事情跟姜伟说了，我知道他那种阅历的人什么都能看出，所以我没撒谎，说的都是真话，包括张阳是我前男友刘小芳是小三，包括那场蓄意制造的车祸。说的时候我是提心吊胆的，万一被他发现我是如此狠毒的女人，居然可以杀人的女人，他还会爱我吗？会放心地跟我结婚吗？

　　他爽朗的大笑很快打消了我的担心，他说："真没想到，你居然跟我一样性格，有仇必报，就喜欢你这样直爽大方不虚伪的性格。老天注定我们要在一起，这个忙我帮定了，杀个人嘛，没什么大不了的。不过，你真的觉得有鬼存在吗？刀子不会扎在空气里吧，那个女人我们也能看见吗？"

　　"就算为了让我安心好吗？不管她存不存在，只要这么做了就行。"以我的学历和年纪，本应不相信怪力乱神只说，可现在的情况不由得我不信，我已经不是第一次看到刘小芳出现了。

　　"好，为了你，这人杀定了。"姜伟的气概让我联想起古代英雄，"其实这么点小事对你来说根本算不了什么，以你今时今日的地位和力量，就算我不帮忙也有大把人帮忙。"

　　杀人这件事，在姜伟嘴里说出来，就像去买个 LV 的包包，买件范思哲的外套一样轻而易举。我喜欢他这种样子，什么也难不倒的男人，才是真正配得上我的真命天子。我满心欢喜，终于放下了思想包袱。是啊，姜伟说的没错，以我今时今日的地位和力量，就算不找姜伟帮忙，随便找个大客户都能帮我解决的。区区贱民的人命一条，杀死她还不跟捏死只蟑螂一样。我的心不知为什么会变得这么坚硬，这么狠，变得让我也觉得陌生。也许杀人是能带来力量的，杀过人的人跟没杀过人的人，拥有着截然不同的力量。

　　刘小芳，上次杀了你是我不对，这次可就是你逼我的了。谁让你鬼鬼祟祟地跟着我，谁让你死了还要来找我。我知道，如果我不下手，下手的可就是你了。金牛座的女人，永远不会被动。

虽说姜伟答应帮我杀人，但我们金牛座的人都喜欢掌控全局，我要求所有进程都得被我看见。按照我的计划，姜伟的手下先去打听了万叔一家人离开这个城市的日子，小饭店已经不做生意了，他们正在收拾东西打点行李，大概这两天就要回去。

此时宜早不宜迟，正好，我还担心夜长梦多呢。

那天晚上我守在办公室里，为自己做不在场证明，姜伟的手下给我打了个确认电话，告诉我他正在出发去杀死万叔的路上，我说等他好消息。刚挂断电话，就有人敲门了。这个时间秘书已经下班，我得自己去看，没想到门外等着的是刘大妈，在她脚边放着两壶大大的糊子酒。

"妹子，不耽误你吧，明天我们就要走了，这几天我一直想着你，总觉得上次来送的那点酒太少了，不够表达我的谢意。"刘大妈笑得很憨厚，可我却觉得她心里有别的念头。

想了想，我还是把她让进屋来，既然她来了，我就也把这场戏演到底吧。假装客气地给她倒了茶，留在她这里多聊一会儿也好，正好保证她不会回去破坏我的好事。

"其实我心里有话，一直想对你说。"刘大妈端着茶，很客气地看着我，"其实小芳那次车祸住院后花的钱都是你寄的，本来我们还着急，我跟你万叔都没本事，出了这么大的事一个大子也拿不出，要不是你的那些钱，小芳的命肯定保不住。"

"你说什么？你是说她没死？"我一下子懵了，这老太婆说的到底是真是假，她该不会想吓唬我吧，她知道了什么，知道肇事的人就是我吗？

"嗯，她没死呢，这孩子命大，张阳死了，她也没死。"说到这里，刘大妈试探地看了我一眼："在医院住了两天她就醒了，醒来后就跟我们说是你撞的她，她看到了你的车牌号码。我知道这孩子是不甘心呐，当初她要跟张阳在一起的时候我就很反对，为了这事我们还吵过一架。她总说怕你知道她没死，就让我们对外面说她已经死了，反正不想再去那家公司上班，对外面的人就说丧事没操办，知道她活着的人也就不多。出院后她也不太敢出门，总是待在家里，后来我们开了那家小饭馆维持生计，她也就整天待在后厨帮忙。"

原来是这样，难道她穿的一身素缟不过是工作服。我听得连气都忘了喘，张开嘴半天也说不出一句话来。

"妹子，你是好人，我从第一次见你就看出来了。上次还请你们帮这么大的忙，真是给你们添麻烦了，我跟她爸心里一直过意不去。可小芳那孩子总是不知好歹，总说你会对她做出不能预计的事来。我知道，车祸对她的精神打击很大，张阳又死了，现在她的精神完全垮了，这完全是胡说。这几天她的精神状态越来越不好了，还总想来找你，我跟她爸都快拦不住了。这才想回老家，也许换个环境，让她见不到你，对她的精神恢复会有些帮助。"说了这么多，刘大妈一直是愧疚的口吻，"妹子，我们这次回去就不打算再出来了，我已经请亲戚帮忙给小芳介绍对象，你对我们家的大恩大德我都会记在心里，我在这里谢谢你了。"

大妈深深地鞠了个躬，我忙把她搀起来，还是不知道说什么才好。只能愣愣地收下那些酒，送她下楼。

尾　声

事情当然没有完。送完刘大妈下楼，我就接到了杀手的电话，他说任务已经完成了。

我能想得到，刘大妈回去的时候忽然发现刘小芳的胸前插着一把刀，早已停止了呼吸，万叔也身中数刀躺在血泊里。万叔没死，他只是失血过多，在医院里躺了几天就醒了过来。他还记得杀手的相貌，刘大妈报了警。她再也没来找我了，我想她八成是猜到了什么，小芳说的那些话全都是真的。是我撞的人，也是我叫人杀的她。

刘大妈是个看起来特别老实忠厚的人，但我很了解，往往是这样的人梗起来比那些不老实不忠厚的人更有爆发力，他们做出的事更让人不可预计。

公安部门的人来找过我，但我有确定的不在场证据，再加上姜伟的幕后运作，这件事很快就被掩盖起来。媒体们对此事一致缄口，收过我足够分量的红包谁也不会报道，以刘大妈一个外地老太婆的能力，是绝对不可能查出事情的真相来。

按说事情到了这一步，我就该放心了。可事实不是这样的，我最近胃口很不好，人也瘦了不少，对工作对姜伟全都提不起兴趣来。

最近又有两条新闻让我特别关心。第一条是根据市民举报，警方抓获一男一女两个老神棍，因其骗术高超有不少善男信女，装神弄鬼地居然骗到总数达到七位数的钱财。我盯着照片看了好一会儿，忽然发现那两个人我都认识，女的是问米婆，男的则是她师兄。警方说两个神棍的所有钱都被冻结，希望其他被骗的市民去警方登记领取。

原来是被骗了，我对着自己冷笑了一声，说起来也是有身份有地位的人，居然会被这么两个小骗子给骗得团团转，还搞出了命案，我真是太傻了。钱就当打水漂了，当然不会再要，我可丢不起人。

第二则新闻是一个对社会强烈不满的神经病患者居然在光天化日之下闹市街头拿刀杀死好几名小孩。事情闹得很大，全国人都很关注。我要说的重点不是那个神经病，而是出事后领导去医院探望受伤的儿童。就在这时，一个疯疯癫癫的老太婆忽然冲出去拦住领导喊冤。

古时候常有这样的事，喊冤的人拦住大官的轿子，大官就会说一句带回衙门之类的话，说不定一件千古奇案就这么破了。

可那是古时候，现实版的剧情是那个喊冤老太婆被工作人员给拉走了。领导当没看见，继续微笑着去探望儿童。其实这样也没什么，这种事早就见怪不怪习以为常了，重点在于最后那个老太婆喊了一句：我女儿死得冤枉，你们不帮我，我也去杀人！

那是则文字新闻，豆腐干大小，夹在报纸的角落里。没有图片，我却不禁想到那个喊冤的老太婆会不会就是刘大妈。死亡并不能终结这个故事，让我害怕的是还有更多的人可能被牵扯进来。

我第一次意识到，也许我不该杀人。站在别墅的窗前，我追悔莫及地对着窗框砸了一拳，手很疼。张阳死的时候，刘小芳出事的时候，也很疼吧。这念头真不该冒出来，我这是怎么了，良心发现？

就在这时，我看到远处烂泥塘那边站了许多人，一辆大吊车拖着脏兮兮的汽车正缓缓浮出水面。

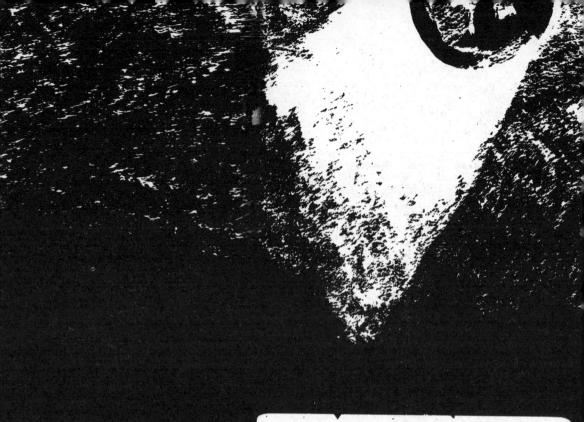

9　精神病患者杀人事件

　　幸福是要付出代价的，我第一次如此心甘情愿的主动付出。父亲的人生苦短，我的青春却还长，这一次，我要把属于我的幸福紧紧抓住。

楔　子

深灰色的阴霾笼罩在大楼上空，像一个巨大的不可开解的谜团。十三楼的走廊上，身穿白色制服的工作人员推着一辆轮椅出了电梯，长长的走廊略显阴暗，轮椅在冰冷的地板上发出同样冰冷的声音，走廊尽头有扇洞开的大门，看上去很遥远。

单瘦的女孩坐在轮椅上，腿上是一个黑色封皮的本子，身上是白色的病号服，一双手被左右交缠的长袖子固定着环抱胸前，她的头发很黑皮肤很白，年纪很轻，脸上却有着不相称的沉着和冷静，漆黑的眸子像黑色的水晶，仿佛她知道自己即将面对的一切，而且并不害怕……

A

周末的家里总是比平时更热闹，念寄宿高中的姐姐米薇和幼儿园全托的弟弟小威都会回家，如果碰上了爸爸不加班，人气就更旺了。家里虽然简陋，却被妈妈收拾得很干净。

在姐姐帮妈妈做饭时，弟弟经常会围在边上，讲些幼儿园里的事情，等到爸爸回来，我们会扬起笑脸迎接他。我在大家忙碌的时候，总是很少说话，我更喜欢观察和倾听他们说话。这个好习惯能帮助我发现很多不为人知的秘密，比如，那个下午，我发现妈妈有秘密。

妈妈照例在我午睡后来帮我盖了盖毯子，却没有和平时一样回自己的房间，而是出了门。关门声令我惊醒，我从窗台上看见，妈妈横过马路，在电话亭里打了个电话，并没说太久，挂断电话后，我看见她把一个黑色的小东西放进了口袋里。

家里明明有电话，妈妈为什么要出去打？一定是对话内容不希望被我听见。她会说些什么？和谁？直觉告诉我，对方应该是个男人，而且不是爸爸。可惜公用电话上没有重播键，什么都查不出。我只能无端地猜测默默观察着，想发现妈妈的不同，但是一天又一天过去，我什么都没发现，妈妈依然和平时一样，每天操持家务，同样做生意，说一样的话。

可能是我想太多了，千篇一律的生活每天重复着，我终于忽略了那个下午。

B

忘了告诉你，我不能走路，爸爸用两个自行车轮子为我做了轮椅，我的腿从膝盖处断了，在我的记忆尚未成形前，一切已经经历过了，怎样的痛苦，都不记得。

爸爸的收入微薄，负担三个孩子很辛苦，妈妈下岗后把家里临街的房间和阳台打通，开了家小杂货店，妈妈是个温柔又好看的女人，生意一直过得去。我不方便走路就没去上学，他们都说如果我愿意多说点话会更好，能帮妈妈张罗生意，而不是只负责简单的收钱找零，等着妈妈进货回来。我的轮椅坐垫下有一个本子，我们家的很多重要事情，都是在下午发生的，一切都被我记录下来。

那是个很不错的下午，夕阳灿烂得凛冽。一个穿黑色西装的男子来店里找妈妈，他的皮包很精致，目光却在妈妈脸上驻足了很久，这让我充满敌意。每次有男人找妈妈搭讪，爸爸总会很恼火，爸爸不在时我替他保护妈妈。

妈妈仔细看过男子手中的文件后，在最末的一页郑重地签下了名字。男子走后妈妈告诉我，他是新来的保险业务员，有了那份文件，我们的生活将变得很有保障。妈妈说话的时候手放在我没有知觉的腿上，我想起文件上的几个字似乎是"续保合同"，而妈妈交给男子的支票上写着好几个零。

"我们哪来这么多钱买保险？"我问妈妈。

妈妈没回答，正好来了客人买东西，她把放在我腿上的手移开，张罗生意，直到客人走后，她也没有回答，仿佛我压根就没问过那个问题。生活和以前一样继续着，周末大家像归巢的鸟儿从外面飞回来，买东西的客人总是羡慕地看我们一家人围在小桌子前吃饭，菜很少，我们却吃得很香。

弟弟很乖，比同龄的孩子要懂事得多，所以我们都很疼他。但是，就在他从幼儿园回家的第二个下午，保险业务员来送续保收据时，出了意外。

危险的发生往往没有任何预示。

那天是星期天，姐姐去同学家玩，爸爸要加班，妈妈要去进货，临走前妈妈给我和弟弟喝了冰镇绿豆汤，然后交代我，如果她赶不及回来就让业务员等等，可以请他喝瓶一块钱的汽水。那天下午特别热，店里没什么客人，业务员迟迟不来，我竟然例外地打起了盹。

下午四点，业务员总算来了，妈妈还没回，我打开了一瓶汽水请他喝，也打开了他的话匣子，他和以前的业务员一样，好奇我们家的几个孩子竟然和爸妈长得都不像。我和平时一样沉默着不做回答。

见到妈妈回来业务员很高兴，他总算可以不和我这个自闭的怪孩子相处了。他把收据捏在手里对妈妈说：按照程序，最后需要确定我们家所有家庭成员是否都真的身体健康。

妈妈一边忙着把刚进的货搬进屋一边说，我们一家人都有健康证明，这一点在去年买保险的时候就听业务员说过，续保前我们全家人都去医院做过检查，她还说，检查结果就在我房间里的抽屉最里面，我可以去拿给他看。

搬货我是帮不上忙的，于是移动轮椅去了房间。我和平时一样推开房间门，正准备进去，一股刺鼻的血腥味随着热空气扑面而来，浓郁得刺鼻。我看见弟弟趴在地上，一动不动，身下是一大滩血。我听见自己失声尖叫，声音穿透屋顶。

听到我的声音，妈妈手里的箱子落到了地上，她跑过来，腿立刻就软了，瘫倒在我身边。业务员也跟了过来，他大着胆子进了屋，翻过弟弟的身体，只见，弟弟的左眼眶里深深地扎进一只圆珠笔，深已入脑。

一定是弟弟顽皮，不想午睡，趁妈妈走后偷偷下床找东西玩。弟弟脚边有只坏了的溜冰鞋翻倒，那是我捡回来给他玩的，看上去他正是踩着溜冰鞋滑倒的，眼睛扎中手中的笔，他是喜欢画画的孩子。他一定很痛，电视上的探索节目说过，有时候疼得厉害人会晕厥过去，他一定是疼得晕过去了，要不然为什么没有哭？如果是哭了我一定会听见的。

那一幕来得太突然，直到业务员冷静地打了急救电话，我和妈妈才开始哭泣。其实救护车来已经是徒劳，医生探过弟弟的脉搏后说，我们应该直接打电话去火葬场。

不过业务员坚持，对于弟弟的死因需要做一个全面检查，这涉及到金额数十万的赔偿。最后，弟弟还是被送进了医院里。

C

救护车走后家里围满好奇的邻居，大家指指点点议论纷纷，妈妈流着眼泪关了店门，整理地上的血迹，看不清底色的拖把被染成了深红色，经水一冲，整条水沟都变了颜色，血腥气传出很远。

弟弟人太小，没有开追悼会，妈妈把他的玩具和衣服打了个包，带去火葬场。他的死亡鉴定书出了结果，死因是那只该死的扎进他眼睛的原子笔，失血过多。

妈妈一身黑色的丧服显得人更瘦了，我看见为弟弟做鉴定的医生用余光看着她，还有保险业务员的目光也望着她，他们的眼里有种莫名的好感，而爸爸，却用锥子般的目光刺向她。姐姐在妈妈身后，眼里只有哀伤。

可爱的弟弟，有一双漂亮的双眼皮大眼睛，如今躺在冰冷的床上，下一分钟就要被推进逼仄的焚尸炉里。我把一切记了下来，在场的每个人，每一个表情，我都要写在我的本子上，我有种预感，生活里充满了危险，而危险来自谁，我并不知道。

从火葬场回家后，妈妈和爸爸吵了一架，他们关起房门，声音压得很低。不过爸爸的声音还是钻进了我和姐姐的耳朵，他在责怪妈妈，一定是进货时没有拒绝某个男人的搭讪，耽误了时间，才导致惨剧。妈妈边抽泣边说，如果不是她张罗店里的生意，家里恐怕连饭都要吃不上……

我始终有些怀疑，如果家里真的吃不上饭的话，哪来的钱付昂贵的保金。不过妈妈的话也是事实，爸爸尽管天天在厂里加班，收入却真的很少，他们的老板很刻薄。

妈妈抽泣过后，房间里安静了一会儿，毕竟弟弟的事情才办完，大家心情都不好。爸爸走出房间时手里拿着续保合同，第二天他带着我去了保险公司。由于保险业务员亲眼看到了弟弟出事的现场，医院也出具了死亡证明，而坐着轮椅的我给大家留下了深刻的印象，很快，他们给我们办了确认手续，只要等待几个工作日就能领到钱了。

事情的顺利让爸爸的心情很好，虽然他没有笑，也没有说话，但他的脚步是轻快的，我能感觉到。回家后，事情顺利的消息令大家的心都宽了许多。

晚上，姐姐睡不着，小声对我说：如果真能拿到那笔钱，妈妈可以去步行街盘下一家真正意义上的店，爸爸可以抽上他喜欢的烟，我也可以换辆新轮椅，她自己想去学钢琴，女孩子弹钢琴总是很漂亮……那晚，我们全家人都睡得很好，爸爸的呼噜声变小了，姐姐也在梦里笑出了声，大家似乎忘记失去的弟弟。

可是，希望归希望，现实还是现实。

那笔钱，并没有改善我们的生活，我们甚至没有亲眼见到。妈妈把它们全部用来缴了保费，她说弟弟的死让她更加意识到生命无常，脆弱的我们随时可能遇上危险。那晚，妈妈破天荒地做了一桌好菜还给爸爸买了酒，爸爸喝得脸通红，最后说，如果我们家再有人出意外，将得到近百万的保金。

我和姐姐原本很快乐地吃着平日难得一见的好菜，听到这句话，姐姐的筷子落到了地下。

"楠楠你说，他们会因为钱杀了我们吗？"姐姐睡不着。

"不知道。妈妈和爸爸对我们还是很好的，不是吗？"我打了个哈欠。

"我总觉得，弟弟的死不是单纯的意外。"姐姐翻了个身，背对着我。

"可那天，我在家，如果不是我打了瞌睡，也许弟弟……"我在黑暗中摸索着姐姐的手，这些年来，我已经习惯握着她的手睡觉。

"你别忘了，我们并不是他们亲生的。"姐姐最后抛下的这句话，让我彻夜未眠。

是啊，姐姐提醒了我，我们并不是妈妈亲生的，全是他们从福利院领养回来的。可是，所有人都能看出来，妈妈对我们好，她不舍得吃的都让给我们吃，从不打骂我们。爸爸对我们也不错，亲生爸爸能做的一切他都做到了。他们都是心地善良的好人！

如果说他们收养我们是出于其他目的，他们并不爱我们，我不信。即便是演技高超的演员，能演戏演数天或者一个月，但他能天天演年年演吗？他会完全不露出破绽来吗？

D

那天起，姐姐越来越少回家，她说快高三了，学习要抓紧。其实我知道，她是害怕，害怕弟弟身上的事发生在她身上。

一段日子后，来买东西的大婶神秘地对妈妈说，姐姐早恋了，经常看见她被男生的自行车载着穿梭在马路上。

妈妈总是会摇着头说，不会有问题的，我们米薇最懂事。其实我知道，妈妈只是为姐姐解释，因为老师的电话已经打到家里来了。好几次妈妈让我看店，自己却坐上了开往姐姐学校的公车，每次回来，脸色都不太好。

不过，我还是很期望能遇见姐姐的男朋友，我已经十六岁了，渴望看到真正的初恋。

我还记得那天，姐姐连续两个星期没有回过家了，周末她终于回来。正是傍晚，妈妈在厨房忙着做饭，我在店里坐着，远远地听着马路对面有熟悉的笑声传来，姐姐坐在一个男生的自行车后座上，脸上是飞扬的快乐。

远远看去男生外形不错，他的目光扫到了小店里我的张望，及时刹了车，在我视线模糊的距离停了下来，并抬起手看了看时间。姐姐的背对着我下了车，冲男生做了个我看不见的表情，男生于是笑着和她挥了挥手，算是告别。姐姐这才依依不舍地，一步一回头地朝家里走来。

就是在那个无比幸福的瞬间，一辆无牌无照的破面的给迎面撞向了姐姐，那辆车的速度太快，在她被撞离地面的刹那，我的大脑竟然好像电脑死机一般停止了思维。

那个男生也愣住了，不过他的反应还是比我快，在我发出尖叫前他已经跳上车飞快地离开了。我对他的好感度立刻降低到了零，让他见鬼去吧，竟然在关键时刻不去追那辆肇事车也不去看被撞倒的姐姐，而是拔腿就逃。

妈妈听到我的尖叫，扔下锅铲跑了出来。周围立刻围满看热闹的路人，姐姐已经不能动弹，没有出血，看上去，只是身上的白色连衣裙变得很脏，她的眼睛直直望着男生离开的方向，许久。

真不知道要怎样的身体才能承受那样剧烈的撞击，姐姐被送去医院后检查出几乎所有的内脏都碎裂了，随即停止了心跳，死的时候七窍流血。

家里再度围满了好奇的街坊，妈妈的眼睛哭到充血，和谁都不说话了，只一遍遍对我说，再仔细回想关于那辆肇事车的事情。可我把头都想疼了，怎么都想不出来，一闭上眼睛就是姐姐被撞倒的那一幕。那辆车快得实在离谱，我家门前的路上既没有电子警察也没有红灯，连巡逻的片警都很少，就算是偷来的车也没理由开那么快。

爸爸冷静地去了姐姐学校打听那个男生，他是见证人。男生最终还是找到了，可他完全不承认和姐姐是恋爱关系，也不肯说当天看见肇事车的一切，他只是低着头要爸爸别再找他了，他真的什么都不知道。姐姐如果泉下有知，一定很寒心。

那些夜里，我不断做着噩梦，满脸是血的弟弟，躺在地上再也站不起来的姐姐，他们同样苍白的脸孔充斥了我的梦，一个又一个黑色的梦。家里的两个孩子已经出了事，我不能不想起姐姐曾经怀疑过的问题，爸妈收养我们的目的。

我是唯一的孩子了，我的腿不方便，甚至不能逃。

E

保险公司的人觉得我们家发生事故的时间太接近了，而且赔偿数目巨大，表面上同意赔钱，实际上却用各种各样的借口搪塞，暗中调查。

没有领到保险金，妈妈很急，她每天推着我的轮椅穿过大半个城市去保险公司总部，她并不多说话，只是整理好一身黑色的丧服，问大堂小姐负责我们这个保单的业务员上班了吗，他的手机总是联系不上。大堂小姐每次都说他跑业务去了，妈妈就带着我坐着，默默拭去泪水，中午爸爸会送饭来，我们一等就是一整天。

慢慢的，在那些沉默的日子里我发生了变化，我变得很敏感，周遭的一个眼神，或者路人无意的一个动作，我都会试图分析出结果，那结果都是关于有可能降临到我身上的危险。平日在家里在店里，其实我一直都在试图分析每一个人，但是现在，我接触的陌生人太多了，又不能当着妈妈记录下一切，我是多么害怕会忘记某条细微的线索，我的神经极度纠结着，表面上我还必须把一切掩饰在平静之下，我不能让任何人看出来……

一天，两天，十天。每天都有不少人看到我们，有些是公司的人，有些则是客户。妈妈用眼泪和沉默面对所有人的目光。

终于，等到第十五天的时候，大堂小姐告诉妈妈，我们可以直接去财会部门办理赔款手续了。这一切都要归功于妈妈，她的悲伤看上去那么真切，当然，我的断腿也让大家看到了这个家的艰难。妈妈是个聪明的女人，她很明白女人示弱的时候力量最大。

我亲眼看着那价值数百万的支票被妈妈放进包里。我以为，噩梦应该结束了。房子，店铺，甚至别墅，一切想要的，只要妈妈点一点头就都可以买下来。我坐在轮椅上，期待着妈妈推我走出这栋灰暗的大楼。看妈妈用手按了按她的包，脸上是心满意足的表情，我久悬的心也落回了心窝。可是，妈妈并没有推我出去，她拐了个弯，带我上了电梯。

当我看见她用一百万再次增加我们家的保险金时，我的心再度落空。办理业务的小姐动作有些缓慢，狐疑的眼光朝我们看过来，妈妈的眼里是空洞的笑，似乎那里面欲望的深井永远都填不满，这让我的神经再次高度紧张。我低下头，继续保持以往的沉默，一切听从她的安排。

回到家，爸爸已经在等我们。当他看见那张少了一百万的支票时，脸上有种奇怪的表情，我分不出，那究竟是失望还是隐隐的高兴。我们的生活并没有本质上的改变，只是吃的比原来好了些，妈妈买了几件新衣服，爸爸也还在工厂上班，唯一的不同就是我的轮椅，妈妈为我买了一辆新轮椅。

爸爸的身体似乎比从前差了些，他不用再为了加班费而起早贪黑，请了长假在家休息。人一下子闲散了，身体却垮了，经常无精打采地睡着，倘若不睡，就一个人喝酒，醉了再睡。看见他这样，我甚至怀念起那些贫穷的日子来，那时候他总是笑的，看见弟弟，姐姐和我，他总是笑。

现在，一有点风吹草动都能让我紧张起来，我害怕，弟弟和姐姐身上的命运在我身上重演。我不想死，我还有个愿望没有实现。

又是一个下午，我照旧惴惴不安地看着店，卧室里却传来争吵的声音。爸爸和妈妈的声音都很大，一个黑色的小东西却被爸爸扔了出来，越过虚掩的门，在地上滚了滚停在我身边，我好奇地拾了起来，凑过门去想听听，声音却越来越模糊，我不得不更靠近些，把耳朵贴在门缝上。可是，我明明看见爸妈的嘴巴在动，可却像隔着异度空间般什么都听不见。

终于，妈妈发现了我，门被猛然拉开，轮椅被拖进房间，可我还是听不见他们说什么……

F

"宁雪，你能听清我的声音吗？"一个浑厚的男声穿过了我的空间，我听得很清楚。

我眯了眯眼睛，迟疑地把视线移到身旁，说话的是个头发花白的老头，穿了件很挺括的西装，有一双黑色水晶般深沉的眼。我不确定地看了看他，又朝周围看了看，面前是张不小的桌子，好几个陌生男人和这个老头坐在一边，这个房间里并没有其他女孩。

"你是叫我吗？"我小声问了问他。

"是的，你就是宁雪啊。"老头再次重复了这个名字。

"不，我是楠楠，你看，我的腿是不能动的，我不认识什么宁雪。"我的情绪显然有些激动，这让在场的人们略微不安。

"好了，这就是我诊断出的结果，患者有典型的多重人格分裂症、严重的自闭症和书写强迫症。"老头推了推鼻梁上的老花眼镜，接着说："长期的自闭心理承受不了严重的家庭悲剧，让她在家人都去世后精神分裂，她之前叙述中的每一个家庭成员都是臆想出来的自己，而她真正的身份却被舍弃了，她甚至忘了自己是家里的第四个孩子。她本是福利院的孩子，长期孤独的生活令她极度害怕失去温馨的家庭，于是不断重复这段自己创造出来的记忆用来逃避已经失去家人的现实，这才在混乱的家庭纠纷中，错手杀了自己的养母。"

那个黑色封皮的本子经过传阅后又回到了我的腿上。在场的人们都表示同意老头的说法，看上去他是这个房间的权威。

"原本健康的她以为自己是那个需要坐轮椅的楠楠，她被自己的意识强烈暗示，失去了行走的能力。现在，我们让她继续回到自己的臆想世界，等到她人格中杀人的那个有暴力倾向的人格最终被杀，她的多重人格将减少到一个，然后，再经过我的治疗，她将找回丢失的那个自己。"老头说完一番话后，打开了我腿上的本子，他在我耳边轻声念着本子里记录的内容，我的思路逐渐回到那个下午……

我的耳朵贴在门缝上，我能看见他们的嘴巴在动，也能听清他们说的话了。

"别以为我不知道，孩子们的事情都是你一手策划的，现在你又想来害我！"爸爸的嘴里喷着酒气，他也只有在喝过酒后才敢这么大声地对妈妈说话。

166

"你知道？我策划什么了？你有什么证据？"妈妈的声音盖过了他。

爸爸扔出了那个黑色的小东西，我认出，那是个电子变音器，妈妈曾经拿这个东西去公用电话亭打过电话。妈妈的脸色显然没有刚才那么自信了。

"一切都是你设计出来的，从小威的死开始！那天下午，你在绿豆汤里放了安眠药，小威和楠楠喝过后都很快睡着了，而你，假装出去进货其实根本就没走远。你看楠楠睡着后就回了家，你抱着小威俯身扎进了圆珠笔，然后制造了意外的现场，他根本就是死在你手上的。我不知道你用什么办法贿赂了医院里为小威做尸检的医生，让他没有记录下小威体内有安眠药的成分。"爸爸的脸色很难看，说着说着竟然哭了起来："还有米薇，多么乖的孩子，是你，用钱雇了那个男生，假装追求她，让大家都以为她不过是早恋的时候出了车祸。那个肇事司机也是你雇的，那辆没有牌照的车也是你找来的，是你告诉那个男生，出事那天在预定的时间送米薇回家，让所有人看见车祸现场。你和他们联系都用了变声器，他们一直以为和自己交易的是个男人，那个男生看见我还以为我就是那个谋杀自己孩子的人！害怕得什么都不敢说。"

"你又是怎么知道的？"妈妈脸上冰冷得看不出表情，却把手伸进了身后的枕头下面，我看见，那里藏着一把锋利的刀。

爸爸他颓丧地坐回椅子，声音小了些："其实你每天晚上都说梦话。白天做过的一切晚上你都说了出来，你知道吗？你的那些话几乎让我也变成了魔鬼，我眼睁睁看着孩子们一个又一个地死掉，却不能阻止。我是那么爱你……"

"爱我？你爱钱才是真的，你和我一样爱那些钱。我们毕竟是夫妻，当然是有共同的爱好。"妈妈的脸上分明是微笑，可说出来的话却冷冰冰。我看见她的手上已经握紧了刀，危险就要降临在爸爸身上，不过我还是没有动，我要等待最后的时机，贸然出现只能把事情变糟，说不定还会搭上自己的性命，妈妈已经是个没有人性的人了。

"我们是夫妻，那你为什么还要对我下手？我每天喝着你下了毒药的酒，明明知道这样会让自己死在你手上，然后让你拥有更多的钱，你敢说，我不是爱你的吗？我只是爱钱吗？"可怜的爸爸，看上去那么虚弱，连质问都没有了力量。

　　我万万没有想到，妈妈竟然先对爸爸下手了。就在爸爸的话刚说完，妈妈飞快地把刀抵住了他的胸口，冰凉的光芒刺痛我的眼，就在那个瞬间，妈妈发现了我，门被猛然拉开，我倾斜的身体失去重心跌落在地上。

　　"不，楠楠是无辜的，你不要伤害她！"爸爸捂着流血的胸口扑过来，却被妈妈的刀再次刺中。我快疯了。我的脑子飞快运转，爸爸，我不能这样让他死，我必须做点什么了。爸爸的力气已经渐弱，却还是比我更强一些，那把刀被我们三个人的手争夺着，混乱至极，我甚至来不及看清，那把刀就已经插进了妈妈的心脏，插得那么深，我甚至来不及分辨，究竟是爸爸还是我的力量。

　　我尽力让自己冷静下来，拨打了医院急救电话。爸爸被送去医院的时候，因为失血过多停止了呼吸。

　　一切就这样仓皇地结束了，那把刀上有我和爸爸的指纹，警察把我带走了……

G

　　"好，现在我们已经看到病患思维的发展方向，有谋杀倾向的母亲的人格已经死亡，现在唯一存在的，是有自闭症的楠楠。一目了然，她母亲的案子应该属于误杀，我认为现在她需要接受的，只有我的专业治疗方案。"花白头发的老头说完一番话回到了自己的座位上，显然他的话很受用，在座的各位沉吟片刻纷纷在一份文件上签下了自己的名字。

　　"再次感谢您从百忙中抽出时间，亲自处理这个案子。"一个看上去有些倦怠的保险公司高层的中年男子握了握老头的手，和大家一起谦恭地退出了房间。

　　"好了小雪，你可以站起来活动一下了，坐了这么久，腿都麻了吧。"何教授一边解开我的病人服袖子一边说。

　　"爸爸，这应该是最后一次鉴定了吧。"我揉了揉腿站起来，抬眼看了看窗外，太阳已经去了美国。我并没有被自己的意识暗示，我也并不是真的需要坐轮椅，我只是，在演戏！

看到这里，你是不是有些不明白？不用担心，让我把真正的一切都告诉你。

我，宁雪，在被警方送来精神病研究所做检查的时候，被验出了罕见的 RH 血性，这引起了研究所何教授的注意，他找自己的女儿已经好几年了。

多年前他和一名姓宁的年轻护士有过一段不伦之恋，护士还为他生了个女儿，秘密养育着，护士和何教授最终还是分手了，护士出国前把女儿送去了福利院。而这个女孩的出生资料和当初进入的福利院都和我吻合，何教授为我做了 DNA 检测，那些真切的数据证明，我就是他的亲生女儿，他当然会帮我。

况且我遗传了他的高智商，很容易就能把自己扮演成一名严重的精神病患者。我的身后还有一笔数目不菲的保险赔偿金，养父母全死了，我是唯一法定继承人，只要等"精神病"治愈，那些钱就都是我的了。现在要做的，只是再过一段时间由何教授再做一次权威鉴定，就能证明我已经痊愈了，而他，也将因为我独特的病例，在医学界再度风光。

关于我的养父母，我只能这么告诉你：他们是如假包换的演员，是这个城市话剧团的主演，在高雅艺术没落的时代，他们双双下岗，于是策划了收养孩子并且制造意外赚钱的一幕好戏，他们的好都是演出来的，因为演技高超，众人以为一切都是意外，保险金便一笔接一笔地存入家庭账户。

我在叙述这个故事的时候，可能稍微弄错了些东西。比如：妈爸最后争吵的那天，他们不可能很大声地说出来，这样会被邻居听见的，谁也不知道保险公司的调查员是不是还在周围。但是这些都不重要了，没人会去分析一个精神病患者说的话有没有逻辑。

不过有些事情是真的，比如：养母收养的第一个孩子是我，第二个是楠楠，楠楠进入家庭不久就为她买了保险，设计弄残了她的腿，因此获赔了一笔可观的保金，这也是我们家后来能购买数目不小的保险金的来源。那时楠楠还小，什么都不记得了，不过痛苦过后却变成了非常自闭的孩子。养母做事稳重，之后等了好几年，换了一家保险公司，又收养了两个孩子后才再次动手。我也真的看过楠楠的那个黑色本子，并且按照她的思路自己写了一本。

这一切都是为了我的那个愿望，我想，找到我的亲生父母，享受真正的家庭温暖。

尾 声

"小雪，我们走，该去吃饭了。"何教授，不，是父亲在叫我。我重新坐回轮椅，不能被其他人看出端倪。爸爸推着轮椅的手上已经有老人斑了，我看得心酸，一种久违的温暖在我心里蔓延，我帮他拈下手背上白色的头发，他拍拍我的肩，报以微笑："小雪，有件事情我要告诉你，其实，你还有位哥哥。"

哥哥？我木然。

"他患了很严重的肾病，我想……"他的欲言又止，其实我已洞如观火，"需要我做点什么吗？"我问。

爸爸抱歉地笑了笑，"我年纪大了，身体也不太好，你们的血型一样，我希望你能做个肾移植的手术。"

"我同意，爸爸。"我强忍住眼中的泪，点了点头。

"小雪，这些年来，委屈你了。"爸爸的话里似有深意，"另外还有一件事情想要和你商量，为了给你哥哥治病，这些年来花费了很多钱，我的研究所，目前也有些资金周转上的问题，所以……"

"爸爸，这个也没问题，如果保险公司那边顺利的话。"一滴泪落在我胸前，冰凉。

爸爸看上去释然了很多，"这绝对没有问题的。"电梯来了，里面站着刚才最后跟爸爸握手的男人，"爸爸。小雪。"

我惊诧地望着他，刚才没有细看，原来他也有双黑水晶般的眼，"小雪，他就是你哥哥，刚才人太多我不方便介绍，家里只有我和他了，从今天起，我们一起生活吧，等那笔钱到了，我们找找你妈妈……"

我心里有说不清的滋味，我的养父母利用了孩子们，我也利用了他们，原本想利用爸爸为我洗脱罪名，却没想到……

　　经历了这么多事，我倦了，也累了，更何况，天也黑了，我什么话都不想多说了。出了大堂，我跟着他们上了车。车正开往那个陌生的家，爸爸向我讲关于他和哥哥的琐事，路边的住宅楼里闪出点点橘黄色温馨的光，空气里有隐约饭菜的香气，能和真正的家人在一起生活，不正是我一直渴望的吗？曾经，为了这个愿望我不惜一切代价，隐忍地生活在恐惧中，甚至杀人，比起那些，现在我要付出的，并不算太多。

　　幸福是要付出代价的，我第一次如此心甘情愿的主动付出。父亲的人生苦短，我的青春却还长，这一次，我要把属于我的幸福紧紧抓住。

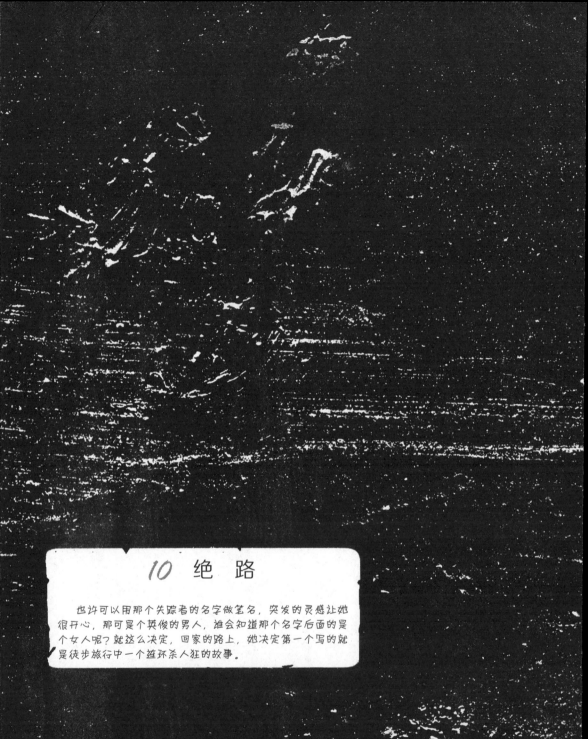

10　绝　路

　　也许可以用那个失踪者的名字做笔名，突发的灵感让她很开心，那可是个英俊的男人，谁会知道那个名字后面的是个女人呢？就这么决定，回家的路上，她决定第一个写的就是徒步旅行中一个连环杀人狂的故事。

楔　子

　　夜色四伏，屋里传出断断续续的敲击键盘声，墙上男人的背影被台灯拉得变了形，在他身边有些缭绕的雾影，没有幽灵，他只是在抽烟。

　　一阵急促的门铃声打破了夜的宁静，他皱了皱眉头，瞟了眼显示器右下角的时间，十点半。他很快想起快递员在下午打过电话，说有急事，下班后再帮他把包裹送来。他有点糊涂，不记得谁要寄东西给自己。这种事常有，说不定是哪个写手朋友或者编辑送来的新书，写书评做推荐，所以没多想就答应了，只是没想到，快递员居然十点半才下班。

　　开门前他对着镜子看了眼，蓬头垢面衣冠不整超大黑眼圈，无所谓了，写东西的人外表又不能卖钱。

　　咣当一声门开了，碰翻了门边的啤酒瓶，他皱了皱眉头，不喜欢刺耳的声音。快递员不高，穿宽大的 T 恤戴棒球帽和夸张的加厚口罩，在这个流感肆虐时期也算有职业道德。包裹不算大，分量不重，摸起来软软的不像是书。他心里正在纳闷，这里面是什么？

　　"拆开看看吧，万一坏了还可以退回去。"快递员见他迟疑便主动说道，一边说着一边掏出签字笔。难得快递员这么好态度，他也就没再多想，一把撕开了包装盒上的封条，一股淡淡的奇妙的味道涌入鼻息，是香还是臭不好形容，他的视线有些恍惚，盒子里装着的是一块白色的毛巾，而且这毛巾还是……湿的。他正想问问快递员这个包裹是从哪寄出的，忽然觉得舌头不听使唤，就像根本不是他的。短短的一瞬间，一种强烈的无力感击中了他，不仅是舌头，继而脖子，手，脚，还有脑子，全都变成了别人的。

有鬼，他心道不妙，可惜已经晚了。他软弱无力的双手试图去抓住快递员的胳臂时，只是悄无声息地滑过，最后他像条鲶鱼般软趴趴地躺在了地上，头歪着，正好看见一柄闪着寒光的匕首直挺挺地插入自己前胸，插得很深，直抵刀柄。

几秒钟后，那把刀又被利索地抽了出来，伤口变成了泉眼，汩汩的红色热流欢快地奔腾而出，快递员的身影也变成了两个，三个，甚至更多，视线渐渐朦胧，至死，他也没能认出这个要命的家伙究竟是谁……

A

昆明机场的候机厅里，一群背着超大背囊的年轻人很是引人注目，他们看起来肤色都很白，一个个细皮嫩肉的不像正宗驴友，可装备却很精良。

这次的旅行是诡谜杂志社主办的，看起来很叫好的悬疑文学其实并不叫座，毕竟是小众的路子，好在拥有固定读者，还算过得下去。为庆祝杂志发行三周年，特地组织了这次旅行，经费不多，怎样用最少的钱玩到最尽兴就要动脑筋了。出国开销太大肯定不行，国内热门的旅游地也不便宜，于是诡谜杂志主编莫东大手一挥，要玩就玩个性的，徒步。从丽江出发，先到金沙江畔看虎跳峡，再经过雨崩去梅里雪山。这点子得到了所有人认可，写手们都觉得这样玩一次肯定对写作灵感有帮助，读者们也乐得免费度假。

"你们确定林溪会来？"关荣简直不敢相信自己的耳朵，同为写手，林溪的低调是出了名的，从不在专栏和访谈上刊登照片，也从不参加笔会，没人知道她的真面目。

"她不是号称做一辈子居里夫人永不曝光吗？"罗雅沛是关荣的女友，插画师，对圈里人也算有些了解。

"归根到底她也是个女人，全世界的女人都不能免俗。"莫东是个如假包换的帅哥，虽然戴着金丝边眼镜，却掩饰不住那双精明的眼眸。

"女人怎么了？"编辑夏芝忽闪着大眼睛，扮可爱地朝莫东身边靠，她对莫东暗恋已久，编辑部人人皆知。

"女人都虚荣啊，喜欢听别人的称赞，号称不曝光，其实人家赞一句美女作家她肯定乐得飞上天。"莫东对林溪印象并不太好，脾气不好还经常拖稿，若不是她粉丝众多，文笔也确实了得，这才合作至今。

"我可不是那种庸俗的女人哦。"夏芝忙给自己贴标签，看穿她小心思的罗雅沛捂着嘴嘻嘻笑。

"林溪绝不是你们想象的那种女人。"坐在一旁的雷涛再也不能沉默了，钵子大的拳头紧紧地攥着，随时可能挥出去。他是林溪的铁杆粉丝，这次是以杂志幸运读者的身份参加旅行的，大学毕业后因为不善交际没找到合适的工作，开了家网店聊以维生。除他之外还有另外两名抽奖抽出的女读者，跟林溪同在一座城市，待会儿一起下飞机。

雷涛声音不大，却透着股威慑力，他个头不高体型壮硕，炯炯有神的眼里充满偏执的坚持。没人想在旅行开始前就结怨，大家都在他那句话之后保持了沉默。

尴尬就像传染病，莫东第一个掏出了手机玩起游戏，紧接着夏芝也开始摆弄照相机，最无聊的关荣和罗雅沛干脆一起整理行李，只剩下雷涛一个人继续保持着愤怒的表情。好在林溪她们搭乘的飞机准时降落了，广播里的通知让大家提起了精神，很快就能见到林溪的真面目了，她到底是美是丑是肥是瘦，马上就能揭晓。

"请问，你们是诡谜杂志社的吗？"一个戴着琥珀色宽边眼镜的马尾少女出现在大家面前，她身材娇小，笑容可掬，背上的旅行包比她人还高出一头。

"是啊，你是……"夏芝赶紧点头，不能让主编大人负责接待，忙前跑后和联络统筹的事全都是她负责，她也乐得在莫东面前显显能干。

"我是林溪。"马尾少女笑眯眯地冲大家挥了挥手，然后朝着身后招呼起另外两名一同下机的幸运读者小张和小赵，大一和大二的两个女生。

林溪显然超乎他们的想象，她应该阴沉古怪寡言沉默，极不好打交道才对，所有人都愣了。夏芝还知道她今年二十六岁，可眼前的美少女看起来最多二十，那身非常校园的打扮让她看起来格外清纯，不算特别漂亮，但绝对是极顺眼的那一型。

"你真是林溪？"雷涛激动地搓着手，像个等待将军检阅的士兵站得笔直，"我是滚地雷。"

滚地雷是雷涛在林溪粉丝群里的名字，他对林溪的好感从来就不加掩饰，曾放言不论她是美是丑是老是少，对她的爱和崇敬都不变。这种话放在网上说说还能接受，换到现实生活场景中就有些夸张了，好在雷涛尽量控制住了自己的情绪，没有失态。

"太好了，没想到这次旅行你也来！"林溪当着众人的面跟雷涛来了个熊抱，大方得就像多年未见的老哥们儿。接着她又跟在座的各位一一握手，那灿烂如花的笑颜让人想不起她那些黑色作品。

莫东预想的冷场根本没发生，以至于他和夏芝准备好用来为林溪暖场的话都没派上用场。林溪热情地为大家介绍另外两位读者MM，那活泼大方连夏芝都自愧不如。

气氛是和谐的，这次的旅行有个不错的开始，人到齐了，大家背起各自的旅行包登上了前往丽江老城区大研古镇的旅行车。此时的天空泛着斑斓的晚霞，看着那如梦似幻的玉龙雪山越来越近，仿佛进入了一幅真实存在的画卷。彩云之南，行程就从云之彼端开始。

B

客栈是在网上预订的，只住一夜，明天就开始朝圣之旅。在客栈老板的推荐下，大家找到一家口味很不错价钱也实惠的本地菜馆，东西便宜得难以置信，两百块不到居然上了满满一桌子菜，还有不少是从没见过的山珍，大家吃得不亦乐乎。莫东代表杂志社第一个端起酒杯："好的开始就是成功的一半，来，为了旅途顺利大家干一杯！"

每个人都举起了酒杯，雷涛一定是太激动了，只想跟林溪碰杯，结果身体一歪失去了平衡，忙着用手去扶桌子却碰倒了饭碗，咣当一声，碗砸了个稀烂。莫东的脸色有些难看，林溪却赶紧出来打圆场："碎碎平安，咱们一定平平安安。"

场面有些尴尬，莫东也不好发脾气，夏芝叫来服务员添了一只碗，大家喝下甜甜的青梅酒重新说笑起来。大家早就饿了，加上还惦记着逛古镇的四方街，这顿饭吃得很快。

人潮汹涌的四方街，到处都是欢歌笑语，密集如蚁巢的人流堪比前往耶路撒冷朝圣的信徒。四方街中心的广场上有篝火晚会，一大帮穿着各式真毛真皮民族服饰的本地人牵着游客们的手载歌载舞。小张和小赵兴奋得尖叫，牵着手冲进了圆圈舞的队伍，关荣则忙着帮罗雅沛拍照，几乎每个画手都狂爱摄影和自拍，夏芝也蠢蠢欲动，主动提出要跟莫东合影留念，让林溪帮忙拍了一张又一张。林溪笑得没心没肺，脸被火光映得通红，越发显得可爱，她很热心地帮所有人都拍了照，雷涛成了最体贴的跟班，帮她背着包，随时递上水和纸巾。

玩了好一会儿，除了小张和小赵外大家都累了，写手和编辑们坐在木椅上，雷涛再次殷勤地为大家买来了好喝的牦牛酸奶。

"听说了吗？最近有个很宅的写手出事了。"罗雅沛忽然说起这件不太相宜的事，据说死者是个网络写手，独居，被人用刀给捅死在自家门口，罗雅沛出发的那天看的报纸，警方很头疼，既找不出嫌疑人，也找不出半点线索。

"杀写手做什么，又没多少钱，十有八九是寻仇。"夏芝不愧是悬疑小说的编辑，一听到这种事马上就来了感觉。

"没那么简单，如果死者是知名写手不排除两种可能，一种是疯狂的读者，另一种是同行。"作为主编，莫东的思路显然比夏芝开阔得多，"同行的话有两种可能，一来可能自己太出众引起同行的嫉妒，二来可能曾因涉嫌抄袭之类的事结过怨。读者的话也有两种可能，一种可能是读者太爱慕作者，求爱不成反生恨，得不到的就毁灭；另一种可能则是某狂热读者对笔者某故事的结局不满意，找上门去要求对方修改，遭到拒绝后杀人泄愤。除此之外，还有可能是无动机杀人，死者是写手纯属偶然，再加上夏芝说的寻仇，总的来说，至少有六种可能。"

莫东眉飞色舞地说完后才发现大家全都瞠目结舌。

"别这么看我，还记得斯蒂芬金有部很经典的老电影《危情十日》吗？里面那个女读者就是因为作者不肯修改结局让女主角复活而差点要了他的命。"莫东的引经据典让大家对他更加佩服。

"你真是太敬业了。"关荣好不容易挤出一句，罗雅沛马上附和地狂点头。

"我得马上记下来，这件事足够写出四篇不一样的短篇故事。"林溪一拍脑袋还真的开始找纸笔，可惜包里乱七八糟的东西太多，找到笔记本，笔却半天没翻出来。雷涛立刻跑去一旁的小店给她买，夏芝的八婆之情油然而生，忍不住小声嘀咕："这小子对你还不错哦。"

林溪也不解释，只是笑眯眯地看着雷涛的背影，任由他为自己鞍前马后。在这个属于狂欢和快乐的夜里，关于死亡的不协调插曲就像一阵轻风掠过湖面，波痕很快散去，没有留下任何痕迹。

C

客栈的房间装饰得很别致，充满民族风情又不过分奢侈，站在开满鲜花的小四合院里能看到清澈的星空，一切都在提醒着游客们，这里的确是度假天堂。一夜好梦。

第二天大家还没起床，就听到外面淅淅沥沥地下起了雨，昨晚还月朗星稀，早晨这样的天气怎么好出发呢？积攒了一夜的兴奋被这阵雨浇得透心凉，大家不得不望天兴叹，这种天气怎么徒步呢。

"别担心，云南的天变起来比女人变脸还快，这雨下不长。"客栈老板懒洋洋地逗弄着猫，冲大家扔出这么一句。

说来也怪，吃完早点后雨真的停了，九点左右太阳也出来了，而且灿烂得无与伦比。大家差点要集体欢呼，一个个背好了行囊，登上了去桥头镇的中巴车。天气好心情就好，一路上大家说说笑笑，比起昨天初见时的陌生，现在却都变成了好朋友。

十二点左右到了虎跳峡的入口桥头镇，买完票，大家发现路边居然贴着张寻人启事，此人上个月独自来徒步后一直没有回家，也联系不上，至今生死未卜。照片上的男子很年轻也很帅，大概英俊的面孔都容易让人有种熟悉的感觉，只是生死未卜那四个字有点不吉利。

莫东很忌讳这种事情，昨晚雷涛碰碎了碗他都不高兴，现在大家全都围着一张可能是死人的照片仔细看更让他不高兴，赶紧拉着大家去吃饭。

售票点附近有间峡谷行客栈可以提供食物和住宿，大家美美地填饱了肚子，拿着地图，就正式踏上徒步之旅。满山都是五颜六色的刺杜鹃，高耸入云的山峰似乎触手可及，飘忽的云朵像是被钉在山腰上，许久也不动，空气里有着浓浓的绿意，就算是站在山脚下看看也是种享受。必须承认莫东的选择是正确的，当大家踏上这块神奇的土地后对莫东的感激更加强烈。虎跳峡是世界上落差最大的峡谷，号称长江第一峡，峡长 17 公里，江面落差 200 多米，海拔高差 3900 米。早在上个世纪三十年代，美国人洛克就曾三次驾机飞越这条峡谷，拍摄了大量的照片，从此让虎跳峡闻名世界。现在，这里也逐步为国内旅行者所熟悉，还被评为世界最经典十大徒步路线之一。

一米宽的甬道走了两个多小时就到了纳西雅阁，有家纳西族人开的客栈，这里是欣赏玉龙雪山的好地方，天色尚早，大家只在这里稍作停留就继续往前面的二十八拐走去。景色美是美，可毕竟大家身上背着几十斤重的大背囊，这帮人不是写手就是编辑，三个读者也都是大学生，除了雷涛强壮外，其他的人都算体质弱的，再加上这里也是高原地带，海拔都在两三千米左右，稀薄的空气加重了运动的负担，重新出发后，没多久大家就叫苦不迭。

"难怪徒步的都叫驴友，再这么走下去可真要变驴子了。"夏芝身娇力弱，更后悔的是背囊里还带着好些很可能穿不上也用不上的衣服和化妆品。

"夏芝姐，看我家小关表现多好，你还是早点找个男朋友吧，你这么漂亮，追的人一定很多吧。"罗雅沛不失时机地八卦,因为有关荣承担了大部分重量,她只要背着个轻便的双肩包带点水和干粮就行,一边走一边拍照,还可以赏花弄草,队伍里数她最闲。

"像我们这种天天要加班的人,哪有人追啊。"夏芝脸泛酡红,含情脉脉地看着莫东。可惜落花有情流水无意,莫东却只顾着看路,夏芝只能轻叹一句:"林溪,我觉得自己好像'花与爱丽丝'里的爱丽丝。"

"花与爱丽丝"是林溪早期投稿的短篇小说,女主角暗恋男主角未果,最后落得悲情结尾,这篇文夏芝很喜欢,可莫东却嫌故事感情戏份太多不够惊悚,最后给撤了下来。

"爱丽丝?"林溪的表情有些懵懂,显然没有马上想起夏芝的所指。

"怎么,你不记得了。"夏芝的表情有些复杂,那是林溪的稿子第一次被撤,她解释加安慰费了很多口舌。

"原来是那篇啊!"林溪恍然大悟,爽朗地笑起来,"很早的文了,你不提我都忘了。"

就在这时,小张提出想上厕所,此话一出,所有人都想上厕所了,中午的汤格外鲜美,大家喝了不少,还每人干掉一瓶啤酒,早就憋坏了,雷涛和莫东还有点肚子疼,需要大大地方便一下。活人不能被尿憋死,荒郊野外的没有厕所只能就地解决。

讨论了一下,几个女生把背包集中放在一起,走到山上树荫浓密视线不及的地方去,莫东和雷涛也分头上山,不过是跟女生们完全不同的方向,关荣则躲到路边的大石头后面。为了避免尴尬,几个女生上山后分别朝着不同的方向爬上了山坡,上山前关荣还特意提醒过,要是遇到蛇或者小野兽什么的可以随时朝山下喊,男生们随时准备救援。

蛇倒还没真没遇到,几个女生有说有笑地上了山,这边的山上植被稀疏,只有低矮的荆棘,要躲到下面人看不见的地方方便要爬到山腰上才行。很可惜,没有尖叫,当然也不方便英雄救美,男生们失望地在山坡下吹着口哨。

几分钟后,罗雅沛和小张最先下山,又过了一会儿林溪和小赵也下来了,十分钟后，夏芝还没下来。莫东有些不耐烦了，天色开始暗淡，距离中途休息站half way 还有段距离，这里可没有路灯，如果天黑前赶不到的话，路可就不那么好走了。

"夏芝，别逗我们玩了，快下来吧，我们得赶路了。"林溪劝莫东别着急，大声地喊起了夏芝的名字，山谷里传出阵阵回音，一种不祥的预感笼罩在所有人的头上。林溪嗓音清亮，就算在对面山顶都能听到，可只有沉默，夏芝的声音渺无音讯。

"会不会出事了。"罗雅沛的话说出了大家的心声，但这绝对是大家不愿听到的，在这人生地不熟的高原山川，就算出点小事也是最麻烦的大事，大家宁可抱着侥幸心理。

"要不再等等？"关荣写起小说来智勇双全，现实生活中的他却跟书里的自己完全两样。

"还等什么，赶紧上去看看吧，要真出事了，一分钟也足以致命。"林溪狠狠地剜了莫东一眼，很有主见地从自己的旅行包里找出急救包，再次冲上了山腰，跟在她身后的还有雷涛和面色讪讪的莫东和关荣，最后除了留下小张看守东西外，所有人都上山去找夏芝了。

奇怪的事发生了，夏芝就像人间蒸发了一样，踪迹全无。不论大家怎么喊，怎么找，她也没再出现。天色越来越暗淡，大家也越来越担心，这种情况下十有八九是真的出事了。可究竟该怎么办呢？一边是万丈深渊，奔腾的金沙江在咆哮着，一边是高耸入云的原始山林，幽深难测。没有路，也没有向导，谁也不能确定夏芝的方位。

山上流下的小瀑布溅出不少水花，路边随处可见的巨大滚石更让人觉得此处不宜久留。退回去肯定不行，天就要黑了，就算打道回府也赶不回来，大家又没带帐篷，不能露营，最好的办法就是早点赶到 half way，跟熟悉路的本地人商量一下，明天再来。考虑良久，莫东不得不遗憾地宣布这个决定。大家虽然担心，可眼下也没有更好的选择。

D

接下来的路上，没有一个人说话，早晨的愉悦全都变成了莫名的恐惧。这神秘莫测的山谷深涧，究竟隐藏着怎样的秘密，夏芝的下落真让人牵挂。

half way 是这一路风景最美的中途客栈，没有手机信号，没有多余的废话，没有网络和电视，但这家小小的客栈在全世界徒步爱好者的心目中都有着神圣不可侵犯的地位。几栋简朴的红砖房，配着青色的琉璃瓦和高高翘起的飞檐，加上房后苍翠的大山，有种别样的美，不仅如此，这里还有着号称天下第一的厕所，可以面朝近在咫尺的玉龙雪山飞流直下三千尺。白天，这里的风景一定有种会当凌绝顶的壮烈，可夜里，玉龙雪山却像一座无时无刻散发着阴冷的冰封王座，那终年不化的雪顶悄无声息地吸取周围所有热量，巩固自己的根基。

莫东他们一行人踏进客栈大门就感觉到一阵阴冷，放下行李，坐的时间越久越是感觉寒气刺骨。如果不是老板给大家端上一壶青稞酒的话，那种阴冷还会继续往骨头里爬。莫东把夏芝失踪的事告诉了老板。客栈生意不错，就在莫东说话的当儿还有另外一拨老外驴友也刚好进来，店里其他住客也跑来要吃的，老板倒是个热心人，但眼下忙于生意顾不上这许多，只说明天带着狗去找，一定能找着。

开好了房间，大家来到餐厅吃东西，客人很多要等很久，而且菜的味道不中不西，夏芝的事也很影响胃口，这顿饭没人吃好。莫东说既然明天还要去找夏芝，大家还是早点休息。客房全都是木制的，每人一个房间还有热水供应，林溪洗了个热水澡，却怎么也睡不着，陌生的朋友们漫长的徒步旅程，一切才刚刚开始，将来还会有出人意料的事发生吗？她翻来覆去毫无睡意，想起吃饭的时候老板介绍说餐厅上头有个叫做"爽死你"的露台，便披上外套，一个人出了门转转。

站在石板铺就的院子里，对面乌压压的雪山宛如黑山老妖的巢臼，四周缠绕着片片白得妖冶的云朵，时间仿佛凝固，人在大自然面前永远是微不足道的渺小，林溪呆呆地望着，不敢挪步，生怕惊动那摄人魂魄的美。

清冷的晚风吹来，带来一阵烟味，这里还有别人。林溪抬头一看，气味的来源正是爽死你露台，那露台完全是木头搭建的，四周有原木的栏杆，中间是全实木的桌椅，古拙的式样与这里的一切都十分和谐。林溪正想登上露台看看老板号称爽死人不偿命的露台究竟有多美貌，还没走出几步就听到有窸窸索索的谈话声传来。

"你说那个雷涛究竟是什么人，我总觉得以前见过他，眼光邪得很。"

"被你这么一说，我也觉得不太对劲，他那种俗气的人居然会喜欢看悬疑小说，有点扯。"

"疑点就是雷涛和莫东也都上了山，如果夏芝是被人谋杀的，那凶手也应该在山上。"

"可这也不能排除他做手脚的可能，要想杀一个人，办法可多着呢……"

寂静的夜里很容易分辨出说话的人是关荣和罗雅沛，看来今夜无眠的人不仅仅是林溪，小情侣讨论的也正是大家担心的事情。林溪裹紧了衣服，正准备登上露台，一只手忽然从背后伸出来拍了拍她的肩。林溪惊得心都要从嗓子眼里蹦出来了，刚才聚精会神地听着上面的人说话，完全没留意身后还有人。她屏住呼吸，慢慢地回过头，一股热乎的气息却涌上耳侧："天冷，早点进屋吧，别冻着。"

是雷涛的声音，林溪头也不回了，长长地松了口气。虽说她也不太喜欢雷涛，但他毕竟是自己的铁杆粉丝，就算长得比较抱歉也可以接受，更不能因为人家生得丑就把他当成杀人犯。雷涛的眼神是炙热的，带着与雪山截然相反的热度，那热度逼得林溪不敢跟他直视，低下头乖乖地往回走，虽然心存感激，可最后还是什么话也没说。

高原地带的气候果然变化无常，后半夜里下起一场毫无征兆的暴雨，大家躺在各自的床上不得不为明天的旅程更加担心。

E

真是应了那句老话，福无双至，祸不单行。

第二天大家都早早起床，在院子里集合，等着老板把狗牵来后，好一起去找夏芝。

等啊等，等了很久都不见关荣和罗雅沛，小赵主动提出跑个腿，去他们的房间看看。有了夏芝的事情在前，莫东不能再放松心情，跟着小赵一起去了，谁知刚一敲门，门就开了，屋里没人，背包和冲锋衣什么的全都放得好好的，被子乱糟糟地摊着，桌上还摆着一个拉开拉链的化妆包和开了封的面膜包装袋，烟灰缸里还有一颗烟头。

既然还在敷着面膜，人就不会走得太远。可这里移动和联通的信号都没有，通讯基本靠喊，大家站在院子里最高的爽死你露台上，朝着四面八方大声地喊。可惜，除了回音依然毫无收获。

山脚下有狗叫的声音，客栈老板带着一条大狗回来了，那是条正宗的边境牧羊犬，最近买来养的，怕吓着客人暂时寄放在山下的亲戚家。狗有两亿个以上的嗅觉细胞，人类只有区区五百万个，狗可以分辨两万种不同的气味，绝对是寻人利器。老板带来一个坏消息：昨夜的暴雨导致来时路上某处塌方，至少两天才能疏通，就算翻山去报警来去也得两天。

老板听说客人在自家客栈里失踪后马上决定先找这对小情侣，牵着狗去嗅过了关荣和罗雅沛的衣服，边牧是所有狗中智商最高的，这条狗显然很聪明，在老板的手势下很快明白了任务。它嗅完了衣服，低着头向门口走去，咻咻地呼吸着，捕捉着空气中残留的气味分子。边牧在院子里走了走，后来居然走上了爽死你露台。但线索似乎就在露台暂停了，昨晚的大雨几乎带走了所有能带走的东西，当然也包括那些微不足道的小小气味。

边牧站在还湿漉漉的木椅子上，看着下面的万丈深渊，汪汪地叫了两声，又扭回头朝大家叫了两声。边牧果然聪明，它的眼神里分明有内容，可惜它不会说人话更不会写字，表达不了心里的想法。

"它是不是想说，关荣他们从这里跳下去了？"林溪扶着栏杆朝下面看去，脑子里忽然冒出一句不知道从哪看来的话：你在看着深渊的同时，深渊也在看着你。她有些恐高，只觉双腿发软两眼发花。

"跳下去，你疯了吧，就算你疯了关荣也不会疯，我了解他，也了解罗雅沛，他们两口子对自己不知道多心疼，再说他们最近才订婚了，双方家长也很支持，没理由殉情。"莫东皱着眉头也朝深渊看去，透过眼镜，他能清晰地看到山下奔流不息的金沙江，那江水已经呼啸了千万年。就算真的有人跳下去，也会被滚滚的江水冲走。

"跳下去也不一定自杀，还可能谋杀。"雷涛冷不丁地冒出一句。

"谋杀？为什么，钱，还是情。我刚才看到房间里罗雅沛的戒指还放在化妆包里，如果为钱对方那个不会不拿走，可要是为情的话，这里除了我们几个人知根知底，谁也不认识。总得有个理由吧。"莫东从一开始就不喜欢雷涛，不论他说什么，都想反驳。

"我们真的彼此都知根知底吗？"话是小张说的，声音小得像蚊子哼哼。她和小赵手牵着手，胆怯地看着大家，遇上了这种事，不得不重新认识面前这群心目中的偶像。

"你们看，这里有些奇怪的痕迹。"雷涛发现了栏杆上的一处磨痕，切口还很新鲜。

"是绳子磨出来的。"老板把边牧唤到身边，自己则伸手摸了摸那个地方。

"老板，你知道谁上来过吗？"莫东暂时忽略了这个线索是雷涛发现的事实，赶紧问道。

"我可不知道，这个露台谁都可以上来，就算不是客栈的客人还有过路的朋友也可以进来，拍拍照，看看雪山，这里是看风景的地方，又不是银行，没必要安监控摄像头。"老板显然不喜欢莫东的问题："在你们之前，我这还从没发生过这种事。"

老板的口气不好是可以理解的，在这种地方开店做生意就是图个赚钱又开心，谁也不想惹麻烦。可事情已经发生了，也只有想办法解决，他决定先带着大家去找夏芝，不管能不能找到，下午还得让莫东他们继续往前走，经过中虎跳后直接去中甸，那里有公安局。

大家悻悻地离开了露台，时间不早了，还得寻找夏芝。

F

老板准备得很充分，不仅带了狗，还请了好几个本地村民帮忙搜寻，从早上的乌云滚滚一直找到中午的艳阳高照，终于找到了夏芝。

夏芝躺在一大丛陈年的枯枝败叶里，苍白的脸颊上还残留着惊惶的恐惧，两只眼睛大大地睁着，仿佛不敢相信发生在自己身上的事，昨夜的雨让她的睫毛膏完全花了，变成黑黑的小溪流淌在脸上，说不出的诡异。她的手指和耳朵全都残缺不全，一定是夜里被小野物们给咬的。

她是被人谋杀的，脖子上有一道深紫色的勒痕。小张和小赵吓坏了，抱头痛哭，林溪赶紧搂着她们，安慰着。

"小子，一定是你把夏芝杀了！"莫东两眼都红了，夏芝对他的暗恋他一直放在心里，虽然没有接受，但夏芝在他心中的地位远远高于旁人。

"你也上山了，凭什么说是我，证据呢？"雷涛也不是好欺负的，杀人的罪名可不轻，他不能任由莫东诬陷自己。

"昨天你上山时距离夏芝的方向最近，除了你还会有谁？"莫东这句话简直是吼出来的，他气急攻心，朝雷涛猛地挥出一拳。雷涛也不甘示弱，灵巧地避过拳风，蹲下身子抱起莫东的腿就把他整个人都给撩翻了。

从雷涛的身手来看他显然占了上风，莫东也不甘示弱，汹汹的怒气和两天来对雷涛的不满使他用尽全身力气朝雷涛扑去，雷涛失去平衡，两人倒在地上翻滚扭打起来。

"别打了！"老板一声大吼，把大家都镇住了："凶手就在你们之中，谁都别想走。"

老板本就是个敦实的汉子，生得五大三粗，这么一吼还真有效果，地上的两个人都住了手。老板冲旁边的村民们说了句听不懂的本地话，那些人一拥而上，把莫东和雷涛全都围了起来。

"你们想干什么？"莫东人还躺在地上，却被反扭了双手，用麻绳捆了起来，跟他享受同样待遇的还有雷涛。

"干什么？这可是人命关天的大事，在警察到来之前你们谁都不能走。"老板严肃地说完，又吩咐村民看紧林溪和两位女读者，虽然没用绳子捆住，但她们也有嫌疑，不能排除是凶手或者帮凶的可能。

重新回到客栈，老板安排把雷涛和莫东关在一间柴房，背靠着背用绳子捆着，捆得很死，还打了个结实的大结，根本挣不脱。尽管女生们强烈抗议，老板还是很强势地把她们几个关进另一间房里，门从外面锁了起来。

没有电视，没有网络，连一本书也没有，世界上最无聊的事莫过于此，好在三个女人还可以自由活动，说说话。

"别担心，反正我们没做亏心事，不怕的，就等警察来好了。"这两天接连不断地出事，实在让人紧张，林溪挑了个话题，帮大家放松："你猜，那些人会不会把我们卖给山里的人当老婆？"

"天啊，不会吧。"小张惊得张大了嘴。

"怎么不会，我就觉得有可能，这里山区那么穷，很多男人讨不到老婆的。还有可能把我们卖给那些藏人，他们游牧民族，东奔西走的居无定所，到时候警察都找不到。"林溪嘻嘻一笑，半开玩笑半认真的态度，让大家绷紧的神经终于松弛下来。

"为什么我觉得好浪漫，听说那些藏人也很有钱哦，一头牦牛价值上万，随便养一群都是百万富翁，而且他们对老婆都很专一呢。"小赵吃吃地笑着，脸都红了。

"说正经的，其实昨晚上我看到了一点东西。"小张却不笑，心事重重的样子。

"你看到了什么？"小赵好奇地问。

"记得不是很清楚，当时我起来上厕所，回来的时候发现窗户没有关严，飘雨，就过去关窗户。就是那时我看到院子里有一个人影。"小张的声音越来越小，她的眼看着虚空，也许正在回忆着当时的情形。

"是谁？"林溪也被小张的话吸引了。

"雨太大，没看清，不过我觉得那个影子很眼熟。"小张的话让林溪和小赵很是失望。

"要不咱们睡一觉吧，待会儿他们会送饭过来，咱们吃饱喝足就是了。"林溪提议大家先休息。

话题换到了吃上，可小张表示这里的菜吃不惯，小赵也立刻表示同意，这问题昨晚大家就取得了共识，当时风景好，吃什么都无所谓。现在就算菜好大家也吃不下，毕竟夏芝死了，关荣和罗雅沛失踪，半晌无语，大家各自想着心事。

过了好一会儿，外面忽然传来一阵喧哗，山里静，声音很清楚，帮厨的工人奉了老板的命令去报警了，现在又来了两拨儿客人，又要整理空房间还得做饭，老板和老板娘忙得团团转。林溪灵机一动，赶紧冲着外面喊："老板，放我出去帮忙做饭吧，保证不跑，你要不信我就穿拖鞋下来好吗？"

G

出了客栈外面全都是泥泞的山路，穿着拖鞋跑不远，林溪又是女生，老板对她还算放心，想了想，还是来开了门。柴火灶里烧的是真正的木头，熏得林溪满脸的灰，好在食材不错，那些不打农药不施化肥的小菜们在她手里一鼓捣味道还真不错，尤其是蘑菇汤。昨晚一场好雨，山上漫山遍野都是肥美的蘑菇，老板娘早早采了一筐。老板娘尝了尝蘑菇汤，连声称赞。忙完了客人的饭菜，林溪又为自己人做了几个菜，葱煎土鸡蛋，凉拌地木耳，辣椒炒腊肉，当然还有蘑菇汤。

林溪忙得脚不点地，莫东和雷涛都不便活动，照顾大家的任务就落在了她身上，她得张罗着给小张和小赵端茶递水，还得把饭菜送到柴房里，老板特意叮嘱，千万不要把莫东他们身上的绳子解开，她只能像照顾小孩那样一人一口地喂着。

"你也吃，你也该饿了。"偶像亲自喂他吃饭，雷涛很激动，自打林溪走进柴房，他那双黯然失色的眼里又焕发出光芒。

"没事，你们都吃饱了我再吃。"林溪显出同龄人身上少有的周全和乖巧。

"按照推理小说的逻辑，每个连环杀人局里总会有人不停地死去。"莫东从被关进柴房后就没说过话，"如果我猜得没错，还会有人继续死去，而凶手，就在剩下来的人之中。"

"这是生活，不是该死的小说！"雷涛火了。

"你想说什么？"林溪手里的勺子停在半空中，她发现莫东眼中透出异样的冷静，不愧是主编，在这种时候也能保持思考。

莫东的嘴张了张，最后并没发出声音就闭上了，毕竟指认一名真正的凶手跟玩纸上智力游戏是不同的，也许他没有太大的把握。小小的柴房充满了浓郁的饭菜香和沉甸甸的沉默，就在这时，三个人同时意识到安静得过分了，外面老板和客人们的说话声，甚至狗叫都消失了，静得连雪山上云朵飘动的声音都能听见。

"出事了！"莫东马上反应过来，他伸长了脖子想从门缝里看看外面发生了什么。

"快把绳子解开，我们别死在这儿都不知道。"雷涛的脑子比莫东要灵活些。

林溪赶紧给他们俩解开绳子，三个人跑出去一看，果真出事了。老板，客人，还有小张和小赵，全都脸泛青色口吐白沫翻倒在地。

"怎么办，她们可不能出事啊。"林溪急得都要哭了。

"糟糕，该不会是吃了什么有毒的东西吧。"莫东想了想，跑回了柴房，地上的几个碗里只剩蘑菇汤还没动，那蘑菇颜色很像香菇，并不是人工栽培的那种灰白色棉籽蘑菇。如果猜得不错，十有八九就是蘑菇有毒了，幸好他们还没来得及喝汤。莫东又跑去小张和小赵的房里，摸了摸她们的鼻息，还有气，但已经很微弱。

　　"咱们还是先离开这里吧，我怕再不走，麻烦更大，已经死了一个人失踪两个了，这里又躺下这么多，他们会怀疑我们投毒的。"林溪彻底慌了，找不到香皂，手忙脚乱地用洗发水兑了些皂液，想灌进小赵的嘴里帮她洗胃，可她处于昏迷状态，很容易呛住。

　　"还是别弄了，我们不是专业医护人员，万一弄不好人没被毒死，反而被你搞得呛死。"莫东心急，口气很不好。

　　"那不用救这些人吗？要是再不赶紧送医院，他们都会死在这里。"雷涛也不知该如何应付。

　　还是莫东最冷静，他提议大家先通知附近的村民，然后再走，来之前他看过地图，这里已经属于迪庆藏族自治州，眼下路还封着也不能按原路退回去，只能朝前方走下去，下一站是中甸。而中甸、维西、德钦三个县加起来就是香格里拉了，前方的风景会更好，也有森林公安局，没准路上还能碰到老板派出去报警的帮工。

　　没有更好的选择了，事情有些失控，这种局面并不是二十出头的人可以摆平的，发生在任何同龄人身上都只能更慌张，林溪和雷涛选择了无条件服从。他们背起背包，又带了些干粮，匆忙地走出客栈。

　　下到山下，三五座简陋的农舍里黑漆漆的，大部分村民都外出务农了，没办法，只好写了张纸条贴在大门上。

　　三个年轻人就这样再次踏上征途，匆匆又匆匆，没有向导，没有 GPS 导航，也没有指南针，莫东只有一张从客栈带出来的手绘地图。沉重的背包和比背包还沉重的心情让大家无心交流，似乎只有不停地往前走才能让心情稍微缓和点，毕竟还在做些什么，离那些死人和将死之人越远，越有种不道德的安全感。人在这种时候大多还是想到逃避，这是本能。

　　一定是莫东带错了路，从大路走上小路，最后连路都快消失了，树越来越高越来越密，人却没有见到一个。除了鸟声和风声，就只有三个人疲惫拖沓的脚步声，世界似乎把他们三个给忘了。眼看日薄西山，再美的景色也无心欣赏，惊吓加上一整天的体力透支，让三个人累得随时可能趴下。

"不行了，我得休息。"林溪把背包扔在地上，一屁股坐在了地上。有了第一个就有第二个，雷涛没理由不跟偶像一起休息，一路上，他还抢着把林溪包里最重的大件全收到了自己的包里，他也早就累了。

莫东还想继续拼命，赶在天黑之前找到有人的地方落脚，但他早已大汗淋漓，孱弱的身体微微地颤抖着，显然不喘口气是不行的了。三个人围在一棵大树旁席地而坐，喝了点水，吃了些牛肉干。一歇下来就再也不想起来，浑身上下没有一个地方不痛的，好在有东西进了肠胃恢复了一点力气。

"我能感觉到，这几天的事情绝非偶然，凶手就在我们之中。"莫东再次拾起柴房里的话题，这一路上他的思考没有停止过。

"你凭什么这么说？难道蘑菇中毒也是安排的？"雷涛敏感地回过头，莫东一直很针对他。

"我可以用性命担保自己的清白，如果人是我杀的，我就死无葬身之地。"莫东不惜发毒誓来证明自己："一个人死可能是意外，一连串的死亡和意外就绝非意外了。我想得很清楚，夏芝出事的时候，凶手肯定在山上。关荣和罗雅沛的失踪因为不能确定准确时间暂时不能确定凶手，但可以肯定凶手住在客栈里。而最后蘑菇中毒事件，当时只有一个人有可能下手，如果把第一个设定里面的嫌疑人套用在最后这个人身上可以并列的话，真凶就出现了。"

"你在解数学题吗？"林溪不屑地看了一眼莫东，眼神流露出前所未有的冷漠。

"嘘，你们听，这是什么声音？"雷涛显然没有注意莫东的话，他竖起耳朵，隐约听见了什么。他站起身来，循着声音往前走，很快就消失在密林中。这突如其来的变故让莫东不能继续话题，没了听众，他的话要说给谁听呢。两分钟后，林子里传出雷涛惊喜的声音："快来，咱们有希望了。"

H

雷涛果然有大发现，山涧中奔腾的正是金沙江。有水的地方就有人家，只要沿着江边走总能找到出去的路。把绳子结在树上，三个人小心翼翼地爬下山谷，没想到下到江边，他们居然见到了关荣和罗雅沛。暴露在外的皮肤几乎全都被沿途的石头磨破，被水泡了太久，他们的皮肤呈现出极度的白皙和皱缩，两人的身体被绳子连着，胸口处还有一截绳子已经断裂，看起来像是曾经坠过重物。不用摸脉搏和鼻息也能确定，他们已经死了，而且死了很久。

"承认吧，你就是凶手。"莫东抽出了求生刀，尖锐的刀锋正对林溪的胸口。

林溪也不解释，嘴角牵出一个不置可否的笑。

"把刀放下，你一定是搞错了，不可能是她，她没有杀人动机。"雷涛挺身而出，用自己的身体挡在林溪前面。

"对啊，我可没有杀人动机。"林溪淡定地说。

"从我看你的第一篇小说起就已经发现你是个变态，根本不需要杀人动机。"跟林溪的相比莫东的激动有些失控，身边就摆着好友的尸体，他再也不能保持冷静。眼看雷涛坚定不移地护住林溪，他再也不能废话解释了，如果林溪不死，下一个死的肯定就是自己。他一声怒吼直扑上去。雷涛机敏地一把把林溪推开，凭着一股蛮力，单手握住了莫东的手臂。

人在非常时期总是会爆发出非常的力量，单瘦的莫东使出了超乎寻常的力气，他也看出来了，如果不能除掉雷涛这个绊脚石，就没法要林溪的命。他用力抽回手，疯子一般朝着雷涛砍去，刀身劈空而吟，碰到江边大石铿锵出火花几星。

空手对白刃，本来就落了下风，再加上此时的莫东红了眼，整个人都处在癫狂的状态，雷涛一躲再躲，差点逃不过去。眼看刀锋就要劈进雷涛的后脑，就在这时，莫东一声怪叫，手里的求生刀应声而落。

是林溪，她在紧要关头搬起一块石头砸在莫东的头上，他头上出现了一个血窟窿。

莫东捂着伤口瘫倒在地，林溪却饶有兴趣地蹲下，欣赏着他痛苦的表情。

"你……你真的是凶手？"雷涛不敢相信自己的眼睛，这个纤纤弱质需要他保护的小女人居然是杀人真凶。

"他说的没错，你却让我太失望了，居然没猜出来，也好意思说自己是林溪的头号粉丝。"林溪拍拍手上的灰，轻描淡写地说。

"我不明白，你为什么要这么做，为什么要杀人？"敦厚的雷涛被眼前的一幕惊呆了，两具尸体就在面前，还有一个马上要变成尸体。

"你问错了问题，其实你该问我究竟是谁。"林溪慢悠悠地捡起莫东掉在地上的求生刀。

"你，究竟是谁？"变故超乎雷涛的想象。

"我不是林溪。"林溪抬起眼皮，说出一个雷涛再熟悉不过的网名，稀饭。

跟雷涛一样，她也是林溪的粉丝，读者群就是她为林溪建的，她也是所有读者中，唯一一跟真正林溪说得上话的人，也是他唯一谈心的朋友。正因如此，她才知道林溪其实是个男人的秘密。为了在男性写手多如牛毛的推理界更快打响自己的名号，才有了林溪这个女性化的笔名。

现实生活中的稀饭是个生化系的大学生，活泼开朗却也有内向的一面，典型的双子座个性。她喜欢林溪这个名字，也喜欢林溪的每一个故事，爱之深切，她甚至希望自己就是创造出这一切的那个人。无数次幻想着自己就是林溪，靠编织故事生活，可在现实生活中却屡屡碰壁，她用自己的笔名写下的故事每次都被莫东毙掉，那些故事就像她的孩子，辛辛苦苦孕育成形却不能出世，而林溪只需要随便构思一下就能妙笔生花顺利得到主编甚至读者们的肯定。林溪越红，她越崇拜他，也越恨他，同时越希望变成他。听到杂志社要组织一次旅行的消息后她立刻敏感地察觉到机会来了。可惜，她没有抽中幸运读者，绝望的她决定做一件改变命运的事：杀了林溪，取而代之。

反正没人知道林溪的真实身份，也没人知道他是男是女，既然大家都以为他是女的，那就让他变成女人吧。在这次旅行前一个星期，她谎称要送礼物给林溪，告诉他注意快递电话。几天后，她化妆成快递员跟林溪见面了。使用电子变声器，林溪甚至没发现半点端倪。她成功了，她杀了林溪，并且以他的身份加入了这次旅行的队伍。可惜，她太早暴露了破绽。

夏芝在跟她的谈话中发现她并不熟悉"花与爱丽丝"，那篇没有发表的小说只有真正的林溪知道，虽然被她打着哈哈含混过去，但她很怕夏芝会发现些什么；关荣和罗雅沛在午夜的谈话中开始怀疑真凶的身份；还有小赵在半夜里曾见到过她杀人后的身影；客栈老板对他们所有人都怀疑，这怀疑也包括她。她不甘心，这次旅行对她来说是次全新的开始，她甚至在林溪的家里找到了一些他构思成熟尚未完工的新作品的大纲，拿着那些大纲她一定能写出更好的小说，她已经计划好了，回去后就以林溪的笔名重新投稿，她也要像林溪那样成功，获得读者的认可。

趁着大家上山方便，她悄悄地摸到夏芝身边，用绳子勒死了她，推下悬崖。那夜在院子里遇到雷涛后，她回房后一直没睡，熄了灯，在窗户里看到雷涛离开后又走出来，给关荣和罗雅沛两口子的水杯里放了速眠灵，等他们晕倒后，把他们扔下山涧。学生物化学专业的她当然认识毒蘑菇，发现夏芝的尸体回客栈的路上，她就采了几朵以备不时之需，没想到正好派上了用场。

"太可怕了，你这个骗子。"听罢她的话，雷涛的眼神复杂起来，可惜，他没能再多说些什么，更不能做些什么。求生刀从她手里飞了出来，准确地插进他的胸口，插得太深，肌肉因为剧烈地疼痛而收缩，连血都没有流。

"忘了告诉你，我家里是开武馆的。"林溪踩住雷涛的胸口，用力拔出了刀，滚烫的血喷涌而出。她看也不看地转过头，用鞋子碰了碰已经停止了呼吸的莫东的头："主编大人，其实你说得很对，每个推理故事活到最后的那个人就是凶手。"

尾　声

天边最后的一抹光明也消失了，明媚的月亮照亮了山涧，带着冰冷的意味，让一切都肃然起敬。

这场游戏最终以她的绝对优势胜出，从此以后，她就是"林溪"了，世界上所有知道她秘密的人都已经死去，只不过，现在使用这个名字倒有点不合适。这次旅行，人人都以为林溪也来了，可最后她没死，就让那个不存在的"林溪"背

194

上凶手的恶名。没想到做出这么多努力，到头来还是不能用这个名字。她长长地叹了口气，背起行囊，往前走去。

后来，她碰到了本地的村民，使用原本的名字在村民家留宿，再后来，她跟随另一支驴友队伍，顺利地走到了梅里。雪山的景色美得震慑天地，可让她永生难忘的还是在中虎跳看寻人布告上失踪青年的照片，总觉有几分面熟，不知他的灵魂是否依然游荡在这片土地，进入路人的梦境。

也许可以用那个失踪者的名字做笔名，突发的灵感让她很开心，那可是个英俊的男人，谁会知道那个名字后面的是个女人呢？就这么决定，回家的路上，她决定第一个写的就是徒步旅行中一个连环杀人狂的故事。

11 邻人绑票事件

全世界大大小小的绑票案中，最关键，难度最高的部分，就是赎金。

赎金该怎样安全接手，又不暴露自己的身份，还要把警察和私家侦探统统甩掉，全都是关系成败的重要问题。

Chapter 1

全世界大大小小的绑票案中，最关键，难度最高的部分，就是赎金。

赎金该怎样安全接手，又不暴露自己的身份，还要把警察和私家侦探统统甩掉，全都是关系成败的重要问题。

马小丽跟罗晨在三四天的时间内，几乎看遍了所有关于绑架的警匪片，经过仔细研究反复讨论，最终找到了最理想的计划。

总计两笔五百万的赎金，四只最大号的旅行箱才能装下。马小丽和罗晨将以绑匪的身份发出第一个指示，这笔钱必须不连号，旧钞。筹措这么大一笔钱，他们只给家长一天时间。一来为防夜长梦多，二来，让家长们忙起来，会忽略掉其他的细节问题。

交款日，马小丽和罗晨分别以绑匪身份联络两家家长，指示他们开车在市区兜上几圈。收钱地点一改再改，就是预防警方提早埋伏布控。摆脱警方的控制后，两人再次做出新的指示，让两家的家长去本市最大的两家金行，把五百万全部换成金条，为防造假，还要把金行出具的发票放入箱子里。

这突如其来的指令，为的是预防那些旧钞提前拍过照，登记过号码。

警匪片中，警察永远不会放弃在赎金里设下埋伏，定位器，隐形墨水，电子探针，甚至假钞，防不胜防。只有让对方来不及反应，措手不及，才能赢得主动。此外，金子还有个纸币难以相比的优点，接下来很快就会用到。

双方家长拿到金条后，马小丽和罗晨会进一步指示，让他们继续在市区里兜圈子，一方面消磨斗志，令他们烦躁不安，另一方面好争取时间，马小丽和罗晨也要展开行动。两人在两位家长车行的前方，制造一起车祸，所有的车都会堵住，接下来，戴着头盔的摩托车手，娴熟地穿越众多被堵汽车，从车窗里抢走装有金条的箱子。

纸币的缺点在于面额太小，携带不便，五百万就够装满两只大号旅行箱，而同价的金条，不过十几千克，总价一千万的金子加起来，也不超过五十斤，便于转移。

最后让两位家长兜圈子的路线，也是事先计划好的，两辆车会被堵在的十字路口两端，摩托车一路开过去，两家的金子就正好全都到手。笔直往前冲，就是计划好的逃跑之路。

这里是城市主干线，四通八达，每一个路口都有数个可能，把摩托开进没有摄像头的小巷子，扔掉摩托，头盔和外套，露出里面普通的衣服，把金条换到另两个背囊，就可以大摇大摆地离开了，然后钻地铁，再步行，不出半个钟头就可以安全回到出租屋。而两边的家长和警察，可能还被堵在市中心。

现在，这个计划马上就要实施，让我们回到一周前，看看马小丽和罗晨为什么要搞这出这些名堂。

Chapter 2

平安夜，马小丽和罗晨在电梯里做了个大胆的决定：玩一次绑票。

马小丽一个月前搬来，小区位置不错，美女多豪车多多，不过，这小区有个不雅的别名，不少人管这里叫"二奶区"，其意不言自明。

马小丽很羡慕那些拎铂金包，开豪车的女人。朋友说这里除了二奶，还有不少富二代，她从中介那打听到对门住的是开发商家的阔少，于是跟模特朋友花高价合租这套房。

罗晨不算帅，却有种独特的魅力，打扮低调，车却是林宝坚尼。

马小丽留意罗晨的行踪。他出门，她也出门，他扔垃圾，她也扔，就为制造见面机会。罗晨对她并不感冒，哪怕她有意露出胸前的事业线，也视而不见。

马小丽不是他的菜，可她不会轻易放弃。平安夜那晚，她打扮得格外漂亮，在猫眼里瞅准罗晨出门，忙追出去，两人共乘电梯，想制造一次单独相处的机会。说来也巧，电梯出现了故障，忽然失速往下坠，马小丽吓得脸都白了，还好罗晨冷静，赶紧按紧急按钮，电梯下坠一段后，卡在两层楼的中间，门也打不开了。

　　保安赶到，也无法打开门，只好隔着门喊话，让里边的人不要激动，已经联系电梯公司的人。

　　"靠！"罗晨烦躁地踢了一脚电梯门，焦急地掏出手机，可惜没信号。

　　"看来咱们得在这里待一会儿了，别急，急躁会增加氧气消耗。"马小丽稳定情绪，开始套近乎："你见过我吗？我总觉得在哪见过你。"

　　"是吗？不过我好像没见过你。"罗晨却不领情。

　　"你一定不怎么看杂志。"马小丽已经懂得跟男人说话的技巧，搭讪还不丢面子。

　　"哦，你是模特？有艺名吗，叫什么？"罗晨开始感兴趣。

　　"别笑哦，我叫——玛丽苏。"马小丽歪着头，扮可爱。

　　"文艺女青年啊。"罗晨微微一笑。

　　"文艺有屁用，都快穷死了。"马小丽开始抱怨。

　　"你，穷？不像。"罗晨摇摇头。

　　"其实我家不缺钱，是爸妈反对我当模特，闹翻了。平时大手大脚惯了，最近堕落到要卖包包换钱的程度。"马小丽刻意强调了一下家庭，做有钱人的朋友，最好自己也是有钱人。

　　"唉，都一样。"罗晨叹了口气，用同病相怜的眼神看着马小丽，"家里人让我出国念书，我不想去，他们就停了我的卡。"

　　罗晨说完，两人相视一笑。

　　"不瞒你说，长这么大，第一次为钱烦恼，找朋友借开不了口，怕他们笑。你有包可以卖，我只能卖车了。"借着酒劲，罗晨倒也坦率。

　　"不如，我们互相帮忙，解决金融危机。"马小丽突然提议。

"好啊，怎么解决？"罗晨认真起来。

"我们来——绑票！"马小丽神秘地笑了。

Chapter 3

绑票的事，是马小丽随口一说，罗晨却当真了，两人顺着思路聊下去。这晚物业的人也出去玩了，等到电梯门打开，已是四个钟头后，罗晨也不出去玩了，送马小丽回家。

好在两人只是受了惊吓，并没受伤，不过回到家马小丽却有些意外，原本出去是帮好朋友买卫生棉的，两人打算一起出去玩，可好朋友不在家，手机也关了。可能她等得不耐烦，自己玩去了，马小丽猜道。管她呢，她已经没心思想这些，一个足以改变经济现状的重大决定诞生了。

原本她想跟富二代攀关系，为的就是钱，只要能弄到钱，未必要谈恋爱。

对于大多数纨绔子弟来说，从家人手里弄钱最方便，效果好风险低来钱快。马小丽和罗晨认定，只要有人绑架自己，开口要钱，家长肯定会乖乖就范，绝不会报警。

绑票的数额是值得商榷的，少了显得掉价、假，太多了又怕家长受惊，报警。两人商量一番，最后定在五百万。

确定了目标，剩下的事就好办了。两个人互相绑架彼此。当然是假的，为了把戏演得更真，还可以录制一段视频或者求救录音。接下来的这段时间内，找个地方躲好，给家人打勒索电话。再接下来，就等着拿钱了。

讨论完毕，罗晨仔细打量着马小丽的闺房，似乎在考察合作者的品位，他在厨房里的大冰箱前停下脚步，看从杂志上撕下来的大特写近照。

"你在找什么？我没有男朋友，不然，也不必跟你联手玩绑票了。"马小丽心里有点发毛，生怕他看出自己的穷底。

"冰箱挺大，你一定喜欢烹饪，事成之后，请我吃大餐吧。"罗晨收回目光，微微一笑。

"一言为定，祝我们马到功成！"马小丽笑眯眯地点头。

就这样，两个原本没交道的年轻人，经过一次电梯事故，变成了同谋者。

马小丽躺在床上，翻来覆去睡不着，五百万，足够买套拿得出手的小户型，再买辆拿得出手的车，结余还够开家服装店。这一切真跟做梦一样，如果顺利，就可以少奋斗十年，今晚的事故真是出得太及时了！

第二天一早，罗晨就来敲马小丽的门了。罗晨善于计划，为研究绑架全程，花好几天时间，参考全世界范围内所有绑架题材的警匪片。接下来，他又找了中介，在对面的小区挑了套位于顶楼的一居室，租期一年，租金一次性付清。罗晨不愧是富二代，瘦死的骆驼比马大，没让马小丽付一分钱。

用一周，租一年，划算吗？马小丽心里很有点疑问，不过看到罗晨刷掉几万块眼睛都不眨一下，最终什么也没说。

"租一年显得比较正常，从现在开始，我们需要避免一切不必要的嫌疑，尽量减少外人的关注。"罗晨似乎看穿了马小丽的疑问。

两人又去超市买了一大堆吃的喝的，日用品。马小丽和罗晨房里的一切东西都不动，另外买了两个睡袋，赎金到手前，他俩将在新租的屋里过彻底隔离的生活。

准备好一切，绑票最关键的第一步终于要开始了！

Chapter 4

所有绑架，都是从勒索电话，或者一封神秘的勒索信开始。

马小丽和罗晨找来几本旧杂志，按照电影里的样子，剪出大大小小的字符，戴上手套，小心翼翼地贴在信纸上。

"想要贵公子安然无恙回家，请准备好五百万现金，不要连号钞票，不要报警，否则贵公子性命难保。手机请二十四小时开机，等候我们的指令。"

两封信如出一辙，除字体不同，只有称呼不同，给马小丽家的那封写的不是贵公子，而是令千金。

按照常规，除了信，还得附加照片，才有说服力。

罗晨有个拍立得相机，马小丽有一手化妆的好手艺，很快，两张双手被绑，鼻青脸肿的凄惨相拍了出来。

勒索信怎么寄？叫快递员来家里取，会留下地址当然不行，扫描下来发送电子信箱，会留下 IP 也不行，最好的办法也就是最原始的办法，直接回家，趁没人注意，把信扔进去。

说干却不能马上干，为避耳目，两人等到夜色最浓时才动身。

"我想保留点隐私，这封信，我自己去送。"出门前罗晨忽然说，显然，他不想让马小丽知道自己的住址。

"正好，我跟你想的一样。"明明没抱另外的期望，马小丽却有点失望。

于是，出大门后，两个人朝着不同的方向走去。

从正式行动开始，罗晨和马小丽已经把原来的手机卡都给剪断扔了，家人收到信后联系不上，肯定会着急。为保持联系，罗晨花高价从不知名的朋友手里买来两张别人的身份证，新开了好些个手机号码，还有两张银行卡，用来短期周转和办理租房手续。

天亮前，两人先后回到出租屋，信已送达，接下来能做的就是等待。

年轻男女独处一室，为免尴尬，马小丽洗完澡，赶紧钻进睡袋："赶紧休息吧，养足精神才有精力把全部计划完成。"

话虽这么说，她却睡不着，睁大眼，看着天花板。今晚的月亮可真亮，到处都是明晃晃的，宁静祥和，有种别样的浪漫。

"在想什么？"罗晨也睡不着，问道。

"在想，我爸妈会不会吓坏，会不会报警。"马小丽说的是真话，第一次干这种事，心里没底。

"你怕吗？"罗晨问道。

"怕，万一他们知道了真相，怕他们生气，伤心。"马小丽的心跳和血压，一直保持在比较高的水平，"你呢，怕吗？"

"不怕，我在想拿到钱怎么花。"罗晨显得坦然些。

"你想怎么花？"

"我要环游世界，然后找到真命天女。"罗晨意味深长地看了马小丽一眼。

一股异样的温暖，爬上了马小丽的心。

Chapter 5

等待总是紧张的，好在有个同谋者相伴，只要看到罗晨，马小丽的心总是安定些。

孤男寡女朝夕相处，难免有些小暧昧，罗晨似乎对马小丽也开始关心起来，帮忙煮面洗碗，多泡一杯咖啡，不过这些都是不经意地，他并不想把交往深入。

马小丽很失望，从小到大拜倒在她裙下的男人多不胜数，罗晨对她太不感冒。她的自信源于容貌，在比她见过更多世面的男人面前，这份自信会大打折扣。

说不定他是个深藏不露的情场高手，深谙谁先开口示爱谁就输的游戏规则。马小丽自欺欺人地想着，罗晨却宁可看新闻也不愿多瞧她一眼，好胜心被激起，她暗下决心，等五百万到手，哼！

一切都按部就班地进行，起初，马小丽有种做梦的不真实感，毕竟是绑票，是犯罪。是罗晨的谨慎和认真，令这计划切实可行。他运筹帷幄，一步步推演各种出现的可能，小心避免各种风险，短短相处的几天，马小丽对他的好感越来越多。

家长们的反应，比预计更好，接到勒索电话后，他们的声音都在发抖。几十岁的人，阅历比普通人更多一些，绝不是装出来的，而是真的担心孩子的安危。

罗晨作为绑架者，给马小丽家长打电话，轮到被绑者说话了，马小丽接过电话却转过身去，显得有些别扭。事后罗晨问她，为什么要转过身，她解释特别紧张，眼里全是泪，又怕家长起疑。

也不知双方家长是否报警，按照罗晨的完美计划，警察是否出现，都不会影响拿到钱的结果了。

终于到了最关键的这天，马小丽紧张得彻夜难眠，她甚至瞒着罗晨做了 B 计划，准备了应急包，预定了一张机票，万一事情搞砸，立刻闪人。

这天天气也很是理想，二人换好衣服出发，一次又一次换卡打电话，发出指示，并远远地守在这一城区最高的楼上，用望远镜看车的走向。果然，家长们还是报了警，远远地能看到每辆车后都有两辆便衣的车在跟着。

按照罗晨的计划，把家长们搞晕后，命令他们去金行把钱换成价值五百万的金条。家长们虽然骂骂咧咧，为了孩子，却还是照做了。望远镜里，罗晨远远看着十字路口两边的两位家长的车，已经按照原定计划一步步进入可控范围。

接下来，就是整个过程中，最令人担心的部分，制造一次事故，造成交通堵塞。

马小丽不知道罗晨怎样安排，问过好几次，他总说到时候就会看到。

下楼前，罗晨打了个电话，不过并未真正接通，而是响了三声就挂断了。马小丽惊讶不已，问道：你还找了其他人？

"放心，从网上雇的，不会出卖我们。"罗晨神秘一笑，拉着马小丽赶紧下楼，他们必须在三分钟内，赶到负一层的停车场，骑摩托。

此时的二人全都换上了黑色的外套，外套内，穿上了加厚棉衣，用以模糊身材线条。为保险起见，头盔之下，再加一层黑色头套，只露出两只眼睛。

罗晨的驾驶技术很不错，左躲右闪一路狂飙，边开车，边通过蓝牙耳机给两位家长打电话，借口信号不好，让他们把车窗打开。马小丽紧张得绷紧了所有神经，满脑子问号：一路的车全都停了，究竟是谁制造了事故，这人是否真的可靠？家长们是否会如约打开车窗？

"腰带系好，加速了。"罗晨头也不回地吩咐道。

马小丽要倾斜身体，去够装有金条的箱子，为稳住重心，罗晨预备了一根加长加固的腰带，把两人身体绑在一起。

摩托在停滞不前的车流中穿行，距离前面的白色宝马只有不到三十米，罗晨再一次叮嘱马小丽，千万稳住。

这辆车是罗爸爸驾驶，车里只他一人，为分散注意力，罗晨发布下一个指令，让他尽快赶到下一个路口。罗晨爸爸都快急哭了，路上堵得厉害，除非插上翅膀，否则……

话还没说完，只见车外边冒出一个黑影，箱子就往外窗外飞。罗爸爸吓坏了，忙去抓箱子，不料车手反手就是一刀。那是把尺余长的西瓜刀，寒光一闪，刀没砍在罗爸爸手上，倒也吓得他缩手。趁此机会，绳索一收，箱子飞了出去。

这动作，罗晨和马小丽练过上百次，她手里有根绳索，绳头系着改装过的安全扣，一勾上箱子提手，会自动锁住，绳子和安全扣的牢固程度足够承受装了金条箱子的重量。

"你还带着刀？"马小丽再一次震惊，看来罗晨对自己保留的部分不仅仅是那个制造车祸的路人。

罗晨没工夫回答，继续往前飞速驶去，十字路口，只见一辆小货车横在路中，车后的塑料桶绳索断裂，大大小小的桶滚得遍地都是，交警正帮忙收拾那些桶，司机不知所踪。

看来这就是大堵车的源头了，马小丽打起精神，还有下一个五百万在前边等着她。

Chapter 6

有了第一次的成功，第二次显得更顺手，马小丽从爸爸手边顺利夺走另一个装有金条的箱子。

成功的狂喜冲淡了一切担忧。五百万的感觉是沉甸甸的，马小丽提着属于自己的箱子，分别时忍不住亲了罗晨一口，"我喜欢你，你喜欢我吗？"

罗晨认真地看了她一眼，报以微笑，"这是我的钥匙，你收好。做戏做全套，现在我们得回家报平安，假装绑匪收到钱，放我们走，不然的话，大人们还会报

邻人绑票事件

警的。"

钥匙实在出乎马小丽的意外，她完全没有料到罗晨会这样对自己，钱和人，都要落入她的囊中。

跟罗晨分手后，马小丽并没有回家，原因很简单，她并不是真正的马小丽，她的真名是苏玛丽。马小丽，是跟她合租的姑娘，真正的富二代。现在，马小丽就待在公寓的大冰箱里，这姑娘是跟家人吵架搬出来住的，原因是家人极力反对她当模特，任性的她并没把现在租房的地址告诉家里。

马小丽知道苏玛丽暗恋罗晨，却笑说门不当户不对。这戳中了苏玛丽的伤心处，她早就嫉妒马小丽的优越家庭，一怒之下，拿花瓶砸了她的头。血流出来，马小丽昏了过去。苏玛丽却吓坏了，万一她醒来，怪罪自己，有钱人家的小姐可惹不起。苏玛丽手忙脚乱地，把她塞进了大冰箱的冷冻室。

为制造不在场证据，她瞅准时机，跟罗晨共乘电梯。至于电梯的故障，对于工科毕业的高材生苏玛丽来说，并不是很难。

那晚，两人困在电梯里，她鬼迷心窍地忽然提出绑票，没想到罗晨居然感兴趣，闲着也是闲着，干脆把整个过程都计划一遍。结论就是，这办法可行。再后来，她也就顺水推舟地把计划进行下去。

给马家送的勒索信那晚，她偷偷回去一趟。一来取走马小丽的手机，掌握她家人的联系方式，二来给马小丽拍照——勒索信的照片必须用本人。马小丽已经冻死了，照片效果挺差，好在马小丽的电脑里有大量照片，PS出睁着的眼睛并不难。后来给马家打电话时，她转过身去，是要捏着嗓子学马小丽的声音。

好了，现在所有危险的困难的步骤都结束了，只要把马小丽的尸体处理后，就能带走这箱金条远走高飞。

尸体怎么处理？冻硬了的尸体石头一样硬，分尸，除非用电动切割机。

苏玛丽早就想好了办法，如果罗晨没给她门钥匙，可能会麻烦点，至少要叫个急开锁的师傅。现在，连开锁师傅也不用请了。

她想干什么？很简单，栽赃。

没有什么比把尸体扔到别人家更容易。谁让那个姓罗的自以为是，随便就给钥匙，把自己当成什么人了，由他召之即来挥之即去吗？呸，苏玛丽没钱时都不会那么下贱，现在有五百万，更不必看任何人脸色。

苏玛丽费了很大的力气，才把冰冷又沉重的马小丽搬到罗晨家里，好在这里是顶层，几乎没有路人。

把尸体放到浴缸里，苏玛丽打开了水龙头。一来给尸体化冻，二来，积水漫到楼下，自会有人找上门来，无论罗晨来不来，物业都会来查看。到时候，连报警也不必，绑票加杀人的罪名自然而然地落到房主的头上。

苏玛丽搓搓冰冷的手，有种无事一身轻的轻松，警察最后会在这里找到尸体，无论如何，都跟她无关了。这套公寓也是用马小丽的身份租下，她只是分担了三分之一的租金。

反正再也不会回来了，苏玛丽决定最后看看罗晨的豪宅。

话说，罗晨的品位并不高，好几百只玩偶和满柜的潮牌，走到书房时，苏玛丽的脚步停下了，这是什么？照片墙上全是一个陌生帅哥拥着各色美女的合影，没有一个是罗晨！苏玛丽有种不好的预感，她决定再看看电脑，这里边多少能看出点线索。

没想到，电脑居然没关，一碰鼠标就退出屏保。屏幕上，是一个监控镜头，镜头里的场景，看起来格外熟悉。

啊——苏玛丽惨叫一声，忙不迭地跑了出去，就在对门，自己的公寓，大门洞开，她把放金条的箱子藏在冰箱里，现在冰箱里空空如也！

谁？究竟是谁进来过？苏玛丽眼前一黑，差点晕倒。本能告诉她，金子已经不重要了，得赶紧逃。从十八楼下去，最快的办法当然是电梯。苏玛丽钻进电梯里，大口大口深呼吸，让自己保持冷静。就在电梯运行到十楼的时候，照明灯忽然黑了，电梯卡住。

该不会这种时候停电吧！苏玛丽气急败坏地使劲拍门，扯着嗓子大喊救命。

外面，刺耳的警笛声由远及近。

尾　声

"怎么样，我制造的大堵车还行吧？"说话的人，正是苏玛丽在罗晨家照片上看到的阔少，此刻正守在停车场里，黑色的林宝坚尼旁，"你怎么知道这女人会把尸体扔我家去？"

"上大学时，睡在我上铺的兄弟追了她四年，我也算了解她。"罗晨打开车门，把两个装有金条的背囊放好。

"报警也就算了，你把她那份金子也拿走，会不会太过分？"阔少问道。

"不拿走的话，警察也会没收，不要浪费嘛。"罗晨微微一笑。

"你可真狠得下心，好歹她也对你示爱了，就一点都不动心？"

"这就是孽缘了，帮你看房子无意中碰上她，她把我当成你，我干脆把戏演到底。"罗晨一边说，一边打开笔记本电脑，通过远程控制，把楼上电脑里储存的监控视频录像中，自己出现过的部分删掉，只留下苏玛丽搬运尸体的片段，"打她冒充马小丽，我就觉得有问题，没想到她心狠手辣，为了骗钱真杀了人。我们也不过是唱唱双簧，假装而已。"

"不说这些了，想想今晚去哪儿庆祝，这些金子，够好好乐上一阵子的了。"阔少回头看一眼后座上的两个箱子，掩不住的得意。

"来，抽根庆功烟，现在去机场正好来得及。"

罗晨帮阔少和自己点燃了香烟，林宝坚尼朝着机场高速飞快地开去。

"这几天我住在酒店，早就憋坏了，不过你说，我不回去打个招呼就走，合适吗？老爷子脾气可是越来越坏了，唉，怎么回事，我的头好晕……"阔少的脑袋像灌了铅一般沉，渐渐地声音也小了，头也耷拉下来。

"罗少爷，就这么走是不合适。我这就给老爷子发信息，让他们来接你。有老爷子出面，你不会有麻烦。我先走了，金子我拿一半，我只是个打工仔，放心，我什么都不会说出去，你也不会再见到我了。"

"罗晨"把车停在休息区，带着一个箱子下了车，他翻过栏杆下了公路，消失在小路上。

　　大概三分钟后，"罗晨"又回来了，他带走了另一个的箱子，把车门敞开，阔少还在昏迷中，看起来这辆豪车就像刚刚被坏人抢劫过。

　　他抹干净自己的指纹，头也不回地走了。

　　这一次，他不会再回来了。

12 24 小时

　　我发现自己有了强迫症的迹象：不论去到哪里，开门关门都必须三次，开灯也得三次，一紧张就抠手指，只要见到镜子就想去它的反面看看，看那究竟是单面玻璃还是真的镜子。如果不能钻到镜子的背面，我就会有股把它砸烂的冲动，哪怕是赔钱，我也想看看那究竟是不是真的镜子。

楔 子

石老师：

　　上个月我听过您的讲座后，觉得您就是我一直等待的那个人，值得信赖的人，也许，您能帮助我脱离苦海。

　　我有个秘密。我患了强迫性穷思竭虑症，脑子里总会出现了许多不可抑制的强迫思维。直到现在，我在给您写信的同时，脑子也乱糟糟的，被很多无关紧要的问题纠缠着：客厅里的吊灯会不会掉下来；坐在窗前别人会不会从窗户里观察自己；即便音乐的声音放到很小，也担心吵到别人。我其实知道思考那些问题没有丝毫意义，可就是控制不住。我还会思考很多看起来没有任何必要思考的问题：坐在教室里担心会挡住别人看黑板，担心老师认为自己坐得不够端正；担心自己的表情看上去是否聚精会神；做了一道题，总会怀疑没做对，一遍又一遍地去检查；微观世界到底是怎么回事；人为什么会有第六感；真的可以穿越时空吗；1+1为什么会等于2……你看，就在我给你写信的时候，这些念头也包围着我，让我变得颠三倒四。就这样，每天杂念如排山倒海向我袭来，我现在完全被包围了，全部精力全消耗在解决杂念上，明知没必要，可就是控制不住。这些思维非常琐碎，范围很广，有的极难忍受，严重影响思维，有的程度较轻，持续时间长短不一。

　　一直以来，我都在努力克制自己，希望病情会有所好转，可最近，症状居然更严重了。我开始无时不刻地注意有没有关门，即便是在自己家里，也必须关上门才能正常说话和做事，即便是关好门了，我也还会怀疑门到底有没有关好，差不多每隔几分钟就得起身检查一遍，这念头甚至让我失去了正常睡眠。

　　我知道自己没疯，可是强迫症让我自己都觉得自己不可理喻，最近过得很糟糕，已经到了考虑休学的地步。这个暑假导师推荐我参加夏令营，我也认为一个人独自待在家里会很危险，也许我承受不了压力会想到自杀。听过您的课后我知道您是个内心坚强的人，直觉告诉我您能帮我，衷心希望您会接受我的请求，请您跟我一起去参加这个夏令营，我们可以好好谈谈，相信我的病情会有所好转，为此我愿意付出相当于您讲课费十倍的月薪，并承担您所有开销。

　　祝您身体健康工作顺利，期待着您的回音。

一个处于崩溃边缘的学生

　　我叫石萧，其实算不上老师，只是个写悬疑小说混饭吃的。成绩不算好，工作也难找，三次考研后我终于如愿以偿地成为了研究生。研究生的日子很宽松，所以我有大把时间码字赚外快，因为写多了杀人放火的故事，也看多了恐怖片鬼片阴谋片，自认为神经够大条，平时常以胆大自诩。其实我在圈子里的名气不算大，只是出版了两本销量平平的书而已，如果不是东海学院担任副校长的师兄大大，客座讲师这种好事根本就轮不到我头上。

　　客座讲师需要的时间不多，收入却比写两万字破杂志稿收入还高，我很有点沾沾自喜。大概是这阵子鸿运当头，送钱的买卖又找上门来了，一个超有钱的学生请我陪他参加夏令营。

　　那小子我记得，老爸是校董，从头到脚都是名牌，开奔驰 SLK 敞篷车，比校长还拉风，每每风驰电掣必引无数少女竟回头。有一次无意中看到他停车后人还围着车转上三圈，然后又重复三次锁车门的动作，当时就觉得这小子有点奇怪，没想到居然是个强迫症患者。都说没什么别没钱，有什么别有病，这小子命好，虽然有病但也有钱，还让我给碰上了。

　　酬金相当诱人。当客座讲师每个月要开五六次讲座，收入有两三千，十倍酬金那就是两三万，首印一万册的书也赚不了这么多，好机会当然不能错过。师兄说这次夏令营主要是为了创收，组织那些钱包发胀又闲得无聊的富家子弟去度假村住一个月，费用不比旅行社低，当然，伙食和住宿都很好。就当是体验生活公费旅游，也许我还能利用这段时间好好充电，让沉寂已久的灵感苏醒。

AM 09:42

我驾驶一辆借来的 SUV 车行驶在前往琅嬛村的公路上。琅嬛村就是这次夏令营的目的地，据说此村后山上有个山洞，山洞里有许多形似书本的天然钟乳石，酷似传说中天帝藏书的琅嬛福地，因此而得名。

出了市区，空气就清新了许多，沿途入眼的全是满当当的绿色，路边不时有赶着水牛和鸭子的村民经过。车上载满了火腿熏肉和罐头鱼巧克力之类的生活物资，校方知道我也要参加夏令营，让我帮忙带这些东西先过去。光是车上吃的这些东西，就能看出夏令营的生活水准不低。不过我也不能光顾着吃，人家是请我做心理辅导的，有必要认真研究一下关于强迫症方面的知识。

"强迫症，以有意识的自我强迫与有意识的自我反强迫同时存在为特征，患者明知强迫症状的持续存在毫无意义且不合理，却不能克制的反复出现，愈是企图努力抵制，反愈感到紧张和痛苦。病程迁延者可以仪式性动作为主要表现，虽精神痛苦显著缓解，但其社会功能已严重受损，通常大部分强迫症患者都有一定程度的自闭症和自卑，并不具备攻击性，相对来说，与患者相处比较安全……"

我一边开车，一边听着从网上下载的有声资料，脑子里还在想着该怎么跟那位有钱又有病的公子哥儿相处，跟有钱人搞好关系总是没错的，不是我势利，而是经历过太长时间的没钱人生活后我实在是腻味了，我也渴望拥有自己的车，而不是像现在这样借朋友的。

"嘿，请等等。"路边一位背着牛仔布背囊的年轻人冲我挥手，脸上堆满了讨好的笑。是想搭便车的，他自称在南方打工，眼下是双抢时节，回乡帮忙做农活。小伙子长得很敦厚，圆圆的脸黝黑的皮肤，看上去比较老实，听说他是琅嬛村人后我让他上了车。原因很简单，我不认识路。这破车都没安个 GPS 卫星导航，村道上也没有路牌，眼看着天就要黑了，前方又有个三岔路口，我都不知道该往哪儿开。

别看我在小说里写着那些孤胆英雄们凭着一枚指南针就能走出原始森林，其实全都是瞎掰，就眼前这种坦荡的村道我都犯迷糊。

"大哥，你去俺们村做什么呢？"小伙子操着本地土话，套近乎地冲我笑笑。

"去参加夏令营，听说你们村有个风景不错的度假村，我们就住那里。"我也冲他笑笑，没准一个月的假期内我们还会见面。

"度假村？哈哈哈哈……"小伙子笑歪了嘴。

"你笑什么，有什么不对吗？"我被他笑得心里发毛。

"哪儿有什么度假村，不过是政府援建的一栋住宅楼罢了。去年俺们村遭山洪，好多房子都被冲垮了，据说有个大老板出钱给咱们盖了栋大房子。据说当时也是形象工程，还有电视台的人来做报道，所以房子修得很漂亮，像外国人住的式样，电视台的人一宣扬，就出名了。咱们村小，人也少，一大半的年轻人都出去打工了，房子也空出许多。老弱病残的和女人们住着，也干不了重活儿，就把楼变成度假村的法子赚点钱。在院子里挖了个两眼池塘，一个当游泳池，一个养了几条鱼，再盖了个茅草亭子，就变成度假村了，哈哈，城里人的钱挺好赚。"小伙子倒是直言不讳。

"原来是农家乐啊，呵呵。"我倒没感觉有什么不妥，毕竟这一趟来的主要目的倒不是享乐，而是赚钱，之前也听师兄说了，夏令营的主要目的是创收，所以校方选择这里也就不难理解了。

小伙子跟我一起笑了起来，他厚厚的眼睑下浮肿的眼睛忽然精光一闪，流露出一丝让人警惕的精明。我心里忽然有种不好的预感，越看他越可疑，一分神，没注意前方忽然蹿出来的一条大黑狗，就在那条狗跟车距离只有不到一米的时候，我条件反射地猛打方向盘，试图避让。车身的方向立刻打乱，重心不稳，很快滑进路边的水渠里，水泥路面距离水渠大概有一米五左右的落差，车身在下滑的过程中翻了个个儿。好在我系着安全带，但也觉得天旋地转头晕恶心，车重重地栽进水渠的那一秒爆发出极大的轰鸣，我眼前一黑，昏了过去。

PM 04:33

头好痛。意识似乎恢复了，却睁不开眼，空气也很憋闷，鼻子里像有东西堵着。周围似乎有人在说话，嗡嗡的，像是隔着堵墙。

"叔，光是那些东西也够咱们吃上好一阵子的了。"

"不错，你小子也有能耐了。"

"叔，你看他身上能弄到钱不？"

"应该能弄点儿吧，自己开车的人再穷也穷不到哪儿去。没听那些城里人说嘛，现在油价那么高，养台车的钱都够养个人的了，咱也不要他太多钱，弄个十万二十万就行。"

"叔，还是您懂得多，要不怎么能当上村长呢。嘿嘿，咱们现在动手还是？"

"不急，都关在那屋里了还怕他跑了不成？咱们先去准备准备，一会儿旅游车就到了，那些孩子们就要来了，你让他们给学校打个电话，那些吃的没送到，让学校再送一车来，要不就加伙食费。"

"叔，我真服了你了，招儿真高。"

"少拍马屁了，赶紧该干嘛干嘛去吧。"

对话过后随即响起一声重重的关门声，周围重新陷入一片死寂。那一声关门声倒是彻底惊醒了我，眼睛忽然睁开了，我发现自己身在一间相当逼仄的屋子里。屋子的长度倒是正常，应该有六七米，宽度却只有一米五的样子，呈现出极为修长的长方形。房间的另一头是个迷你卫生间，抽水马桶，洗脸台盆，一切的尺寸都是最小的，还放了一张长沙发和一个小桌子，以及一个带锁的小柜子，空间之窄以至于一个人在屋里走动都比较局促。

诡异的倒不是这屋子奇怪的户型，而是屋子的两边墙壁上居然有两个一米见方的大窗户，窗户不能打开，而且是全透明的。透过窗子能看到两个房间差不多大小，每间房都是那种类似酒店公寓的两张单人床，一张桌子，奇怪的是镜子那边都是两个梳妆台，台面上还摆着梳子之类的东西。难道这就是传说中的密室？这两扇窗户也根本不是窗户，而是单面玻璃。

这样的事在电影和小说里出现过，但只有出现在生活中我才能体会得到，那种紧张和压抑的情绪难以用笔墨描摹。难不成我这个专门写谋杀的人就要亲身体验密室谋杀案了，真是个大笑话。

是谁把我关在这里？刚才说话的两个人是谁？他们为什么要这样对我？我的车呢？难道他们想在我身上弄个十万八万？天啊，如果他们看到存折上那可怜巴巴的数字就会明白我为什么肯放弃码字来这里陪某个自闭症学生了。干写手这行实在是没钱途，不过是徒有虚名罢了。

我无助地躺在沙发上，仰起头，忽然发现沙发上方靠近天花板的地方居然开着一个小小的气窗，一尺见方的口子上安装了换气扇，窗口还用铁艺装饰框焊了起来。没看见换气扇的电线，但它的确在高速旋转，开关一定在另一间房里。密室里没有灯，两边的房间也还没进人，窗外的天空正在变黑，过了好一会儿我才适应里面幽暗的光线。忽然想起，我的手机呢？摸了摸口袋却空空如。真笨，如果人家有心要绑架，怎么还会把手机留给我呢。

就在这时，右边房间的门打开了，穿着黑色T恤黑色牛仔裤的美少年拎着旅行袋走了进来，我马上就认出来了，他就是请我来参加这个夏令营的富家小开沈茁。

这小子果然有强迫症，他进门后关门就关了三次，然后开灯也折腾了三次，他认真地查看了一遍地毯和花瓶，连墙上挂着的装饰画也摘下来查看了好几遍。

在他查看那些东西的时候，我不停地猛敲玻璃，希望能用发出的声音引起他的注意。可完全没有效果，玻璃被我拍得砰砰响，但他却好像听不见。我急了，顾不了安全不安全，抓起小桌子就往玻璃上猛砸。惊人的事发生了，玻璃非但没碎，那个不锈钢的小茶桌却因为我用力太大而反弹回来，砸在额头上钻心的疼，还出了血。

我真傻，真的，既然是密室当然不会用普通的玻璃，这肯定是防弹玻璃。我疼得几乎晕倒，不得不把手撑在墙壁上，软绵绵的墙传递过来一个信息，这是隔音墙纸，这间密室是隔音的，可为什么我能听见隔壁的窸窸窣窣声音呢？这时沈茁已经开了灯，我这里也亮堂了许多，仔细在墙壁上查看了一番，原来左右两边墙壁上都有一个指甲大小的扩音器，就像银行柜台上安装的那种，只是，声音的传递是单向的，我能听见他们，他们都听不见我。也许在这间密室的设计之初为的就是偷窥或者监视。

沈茁没发现可疑的东西，终于消停了，坐在床上掏出手机。

他会打给谁呢，告诉他的父母已经平安到达了？还是……不用猜了，那个电话居然是打给我的，我听见墙角里那个带锁的小柜子里传出瘆人的鬼叫声。写悬疑小说的我，把鬼片中女鬼的叫声给设置成了铃声，我急了，猛地站起来，不顾头疼和头晕，冲向那个小柜子。用脚踢，用手掰，用肘子撞，几乎所有能使上的招全都用上了，除了把自己弄疼外，该死的柜子却稳如泰山。

现在能救我的人就在身边，可我却无能为力，甚至不能为了自救而做出任何有价值有意义的举动。

气急败坏的我用尽全身力气飞起一脚，可还是没能踢开那个柜子，鬼叫声还在继续，像在嘲笑我的失败。

"怎么回事。"沈茁自言自语了一句，然后看了一眼手机屏幕，最后挂断了电话。我趴在那个柜子上哭了，自信心前所未有的低落。

PM 06:17

过了好一会儿，沈茁的房间有人敲门。另一名拎着旅行袋的男生进来了。

看得出沈茁很紧张，他一定是不习惯跟别人同住，不停地擦手心的汗，不时回头观察对方有没有偷看他。好在那个男生大大咧咧的，似乎没发现沈茁的不安，反倒跟他聊起天来，不知道为什么，带队的老师好像找不到了。男生下车前在车上睡着了，醒来后发现就自己一个人在车上，天也黑了，他只好自己拎着包去找带队的老师，但找遍了整栋楼都没找到，只好一间间房地找过来，总算找到了自己的房间。

"我总觉得这地方怪怪的。"沈茁神经质地翕动着鼻子，仿佛是闻到了什么恶心的气味，皱了皱眉头。

"唉，手机怎么没信号了？"男生掏出手机，正准备打电话。

"不会吧，刚才我手机有信号的。"沈茁赶紧看了看手机，"不好，我的也没信号了。"

两人对视片刻，面露忧色。

"我们去看看别的同学吧，现在也该吃晚饭了。"沈茁说道，脸上露出和他富家子弟很不相符的紧张神色。

男生同意了，两人一起出了房间，灯熄灭了，黑暗中传来三声关门的声音。

我又重新陷入黑暗中，四周那么安静，连血管里血液运行的声音都能听清，听到他们说晚饭，我才开始感觉在全身的疼痛之中，胃痛是最迫切的。我有胃溃疡，不能饿，医生说如果饿狠了，会因为胃酸分泌过多而穿孔。天，真是太可怕了，自己分泌的消化液把自己的器官给消化掉，我脑子里出现了胃镜时看到的如同霉烂变质水果皮一般的胃壁。

我跑到洗手台盆那里，顾不上水干不干净，一阵猛灌。浓烈的锈腥味又让我吐了个翻江倒海，胃里的酸水倾囊而出，连喉咙都被那浓度超高的酸液弄得痛苦不堪。即便是痛，我还是等那锈水流干净后，又大口吞下几口生水，有点东西在肚子里总会感觉踏实些。双手撑在台盆上，我保持着一个比较奇怪却能让自己舒服些的姿势，也不知道过了几分钟，在这个如同黑洞般没有色彩和声音的空间里一切都不重要了。该怎么逃出生天，我得好好想想，这绝对要比写出一本密室谋杀的小说更难。

就在这时，左边房间的门打开了，一个被五花大绑的中年男人被两名村民打扮的男人推进屋里，最后进门的人居然是在半路上搭便车的那小子，我马上警惕起来，像只壁虎般趴在镜子前，仔细看着他们要做什么。

中年男人的脸上挂着个大口罩，手被宽边透明胶贴得死死的，他们取下大口罩后我才发现，这人居然就是带队的老师刘老师。今天早上我们还见过面，就是他让我把车上那些吃的东西先拉到度假村的。刚才沈茁和同学说的带队老师一定就是他，原来他并没失踪，而是被这伙村民绑架了。

"老子在村里就是杀猪的，如果敢叫救命我就一刀捅死你，看是你的皮厚还是猪的皮厚。接下来我要提问了，你给我老实回答。"说话的人正是搭便车那小子，他从兜里掏出一柄闪着寒光的匕首。

这小子心好狠，一边说还狠狠地踹了刘老师一脚，刘老师痛得眼泪直冒，赶紧点点头，表示愿意配合。

撕拉一声，那个大口罩被取下来了，我凑近些才能看清，原来口罩的背面全是那种黏性很强的双面胶，胶带上还粘着好些胡子，难怪刚才刘老师发不出声音。这么一来，刘老师疼得更厉害了，嘴角有两处地方还冒出了血珠。我虽没亲身体会到那种感觉，但也觉得浑身不自在。

"我要你老老实实把这批孩子的姓名，家庭住址，家长的姓名和联系方式，还有家长的身家全都列一个清单，不许有错，如果写错一个数字，我就要你一个手指。听清楚了吗？"搭便车的小子恶狠狠地说。

"你……你们想干嘛？"刘老师疼得声音都变了。

"哼，我们只想弄点钱花花，村长送那么多回扣给你们，当然是要赚回来的。赚了这笔大的，我们就人间蒸发了，不会牵连你们。"搭便车的小子皮笑肉不笑地说。

"你们想绑架这批孩子？不，不行，这样绝对不行。"刘老师顾不上疼了，跪着扑过去求道："求你们放了他们吧，回扣我们双倍返还了，请千万不要为难这些孩子，万一事情传出去，我们学校还怎么招生，学生家长也不会放心的。"

"怕个毛。眼前这么好的机也不会珍惜，整整五十个富家子弟，每个人家只要一百万，那就是五千万，还不用交税。你赚多少钱一个月，如果好好配合我们，我们可以把你一辈子的工资一次性付给你。"搭便车的小子口气大得很。

"不，这样是行不通的，你们不知道这些孩子的家长都有多么强大的背景，没有一个是我们招惹得起的，不行啊，如果我把这些告诉你们，我的命都保不住的。"刘老师几乎是跪在地上磕头了，抱着搭便车的小子大腿拼命哀求。

"靠！你是读书读多了脑子读傻了吧。我们都不说，事后再跑掉谁会知道。"

"不行，我真的不敢。"

"敬酒不吃吃罚酒，关你两天禁闭，我看你说不说。"

说完，搭便车的小子走到一个我看不见的角落，按下某处机关，我听见轰隆一响，旁边迷你卫生间居然旋转了起来，亮出一扇小门。刘老师被那小子一脚踢在屁股上，摔了进来。那小子关门前发现了我，这才说："忘了还有个你了。我们的话你都听见了？现在没空收拾你，你先想好怎么给我们弄十万块买命钱吧。要不然，我们会给你买上一份天价的意外伤害保险，受益人的名字当然是我们，哈哈哈哈。"那个混蛋大笑着关上了门，甚至没留给我回答的机会。

PM 07:02

刘老师像是吓傻了，蹲在角落里瑟瑟发抖，不住地嘟囔着：怎么办怎么办。

我也着着实实地被吓坏了，同样杀人赚钱的手法我在小说里不止一次地写到过，但自己真的遇到，却怎么也不能保持冷静了。

但此刻，我脑子里浮现的，却是曾经看过和听过的一些事。这些人打起架来完全不顾生死，可以冲到仇人家里拉响身上的雷管引线，这些人要杀人绝对不会心慈手软，随处可见的剧毒农药，锋利的农具，全都是杀人利器。甚至在这荒山野岭挖几个深坑，还有村后那个深不见底的溶洞，全都是抛尸弃尸的绝好地方。需要的话这些人还可以做彼此的时间证人，同村的村民大多有着血缘关系，他们团结无比，下定决心做什么，就没有做不成的事。

可我到哪里去弄十万块钱来？父亲还在住院，医药费都还在排队等着那个倒闭单位报销，母亲的退休工资只够他们凑合着买点小菜过活，我不能向他们伸手。去借？也行不通，我认识的同行写手大多跟我差不多层次，每个月干巴巴的两三千块钱稿费，只够糊口的，有些人混的还不如我，朝不保夕。真正的大牌谁会把我这样的小角色当朋友，只有在需要做宣传写书评的时候才招呼一下而已，求他们芝麻豆子大的事还得求爷爷告奶奶，借十万块，想都别想。这个世界就是这么现实，我早就知道了，最好的考验就是向对方借钱，正因为我知道很多人经不起这个考验，也就不用提这事了免得伤了和气，今后还得在圈子里混，尴尬。

但我弄不来十万块，就会死？我的命就值十万块？这真是个很不错的笑话，可惜，知道的人只有我一个。

他们真的会去为我买份意外伤害保险吗？如果我真的弄来了十万块，他们怎么可能还会饶过我，我都听到了他们的秘密，他们要绑架这群学生的大秘密，这可是价值五千万的秘密啊。这一定之是缓兵之计，他们暂时没空杀我，于是想在我身上多弄点钱罢了，就算是我真的弄来了十万块，他们还是一样要我的命，如果没人来救我，我就死定了！

想到这里，我心灰意冷，连身上也开始发冷。可这么下去不行，我不是自认为神经够粗吗，不能坐以待毙，我得发动刘老师跟我一起逃跑，两个人的力量总比一个人的大，事情不到最后一分钟我们谁都不知道结果！

"刘老师，刘老师，你好些没？"我推了推他。

"原来是你，小石，你也被关在这里了？你说咱们会死吗？这群人真是……心狠手辣啊。一群莽夫，莽夫啊！"刘老师的确有点读书读多了的迂腐，都什么时候了，还在长吁短叹。

"刘老师，咱们得想办法逃。"我也顾不得许多了，发动群众才是当务之急。

"逃？逃得出吗？你看他们的样子，一定是早就计划好了的，我也想到了，就算我把那些孩子的资料都告诉他们，他们也不会给我钱，更不会让我活。我死定了。"刘老师居然这么悲观，这可是我没想到的。平日里和他打过的交道不多，但他看起来还是挺阳光的一个人，没想到一出事就没种了，连抗争都不想一下。

"刘老师，相信我，只要咱们还活着，就会希望的。就算他们有计划，那也肯定有漏洞，只要咱们保持住体力和精力，抓住机会就逃！"我尽量帮他树立信心。

"唉，没办法的，还是想想怎么写遗书吧。"他这副样子太让我失望了。

见他不配合，我也不好多说什么，只好回到沙发上，继续想着可能出现的情况以及如何应变。刘老师像是万念俱灰的样子，只是抱着腿窝在角落里，动也不动，我能听到他在不住的叹气，以及，用手指抠那个带锁小柜子的缝隙。

很多人都有某种习惯性的态势语言，尤其是在这种无助的情况下，这种语言的表达往往更明显。刘老师的态势语言就是抠东西，他一思考问题就爱做这个动作。以前我见过一次，他喜欢在讲课的时候抠讲台上的缝隙，那些粉笔灰被他抠得每个指甲都是，然后他轻轻地弹掉，接着抠。我曾经怀疑过，如果不让他抠是否连课都讲不了。

但现在，刘老师的这个动作就有点强迫症的症状了。这密室里的小柜子当然是没有粉笔灰的，而他的指甲已经被木刺扎得出血了。他难道不疼吗？

"刘老师，你不疼吗？"我看不下去了，叫了他一声。

"疼，但是疼的舒服。人在痛苦的时候大脑会分泌一种内啡肽，其作用甚至超过咖啡因，被称为脑内鸦片，不仅提神，还会带来某种愉悦感。我现在也顾不得疼了，我得让自己保持精神，万一睡着了那些人冲进来，我什么时候死都不知道。"刘老师在黑暗中冲我笑笑，解释道。

"你能如此有条理地分析什么内啡肽，根本不像会死的人嘛。"我忍不住说出了心里话。

"死这种事，谁又能说得清呢。唉，生死有命也罢了。"没想到刚刚才精神了一下，他马上就陷入了悲观中。

我什么也不想说了，就算是真的出事了，保有求生意志的人也会比他这种悲观的窝囊废活得时间长！我躺回沙发，准备打个小盹保持体力，既然不能吃，那就只能睡了，眼下那些暴民也不会马上回来，学生们也在吃晚饭，第一天到达的晚上，一定有很多话要说吧。

　　不知不觉中，我闭上了眼睛，想让自己尽快进入睡眠恢复精神。手指却不听使唤地朝着沙发旁边的墙壁抠去，指甲摩擦着墙纸，颗粒状的花纹，小小的疼，但绝对不致命。果真有种痛并快乐着的神奇体验，肌肉不自觉地放松了，额头上那一块撞坏的伤口似乎也没那么疼了，身上那些酸痛的地方也没那么难受了。内啡肽，以前也在书上看到过，没想到居然是真的。脑内鸦片，名副其实！

PM 08:45

　　我这是在干什么，也是强迫症吗？等我发现手指上一层表皮已经被磨破的时候，我才忽然意识到这样做不对。

　　但是已经晚了，只要一停止指甲的摩擦，那些被忽略被掩盖的痛感重又回到了身上。不行，不行啊。这样下去我不能维持正常的思维，也不能保持最佳状态，痛就痛吧，如果能活下去，这点痛又算得了什么。

　　就这样，我用痛苦麻醉着自己，终于进入了睡眠状态。身体仿佛漂浮在一片黑色的大海上，天空也是黑的，没有云也没有雨，甚至没有海浪，身体轻飘飘的，宛如回到了婴孩时期的子宫母体，所谓的黑甜梦境不过如此吧。我在醒来后很满意这段睡眠，没想到由痛苦带来的睡眠居然如此美好。

　　我是被右边的房间灯光和一股浓浓的饭菜香唤醒的，灯被沈茁开关了三次后才大放光明，两碗白米饭和一碗绿油油的小菜摆放在沙发旁边的小桌子上。天知道那些人是什么时候进来的，我一定是睡得太死了居然没听见。

　　刘老师还窝在角落里保持着最初的姿势，他的手指却还搭在小柜子上的，柜子的木纹缝隙已经被他的指甲生生磨掉了一块，他的指甲也同样磨得秃了，指甲和肉接触的部分出了一些血，不过已经凝固了。不过他一定不疼，我看到了他脸上同样安详的睡相，已经多了份理解，多亏了他那无伤大雅的强迫症，在这样的时候让我们拥有了最好的睡眠。

既然他还没醒，那我如果把两碗饭都吃掉他也不会发现吧。我知道这样做不太好，但生死攸关，他已经认定了自己要死，就算给他吃不也是浪费吗，我恶毒地想着，也这么做了。我轻手轻脚地走过去端起饭菜，开吃，尽量不发出声响，并关注着沈茁他们的动向。

　　"你不觉得奇怪吗？那些人专问咱们的家庭情况。"沈茁又开始了繁琐的检查，地毯、花瓶、枕头，甚至还有马桶盖下。

　　那个男生一定被他的神经质吓到了，愣了好一会儿才说，"是有点奇怪，而且，今晚的伙食很不好，几乎全是素的，连肉丝都没看见一根，出发前不是说这里的伙食都跟三星级酒店差不多吗，这么黑，难道我们学生好欺负？"

　　"还说什么宽带维护不能上网，座机也打不通，越想越觉得不对劲。"沈茁皱着眉头，忧心忡忡的样子。

　　"不过，他们就一帮农民，还能把我们怎么样？"男生还没起戒心。

　　"这个可难说，我以前在新闻里看到过，有些越狱的逃犯或者在逃犯专往这种村子里躲，改名换姓，谁也不知道他们究竟是谁。"沈茁分析起来头头是道，看得出他有点小聪明，只是被强迫症给耽误了。

　　"你说得太可怕了，有那么严重吗？"男生也提高了警惕。

　　"我只是想，如果这些人在我们吃的饭菜里下点迷药什么的，然后趁我们昏睡后再窃取人体器官我们可能都不知道，心肝脾肺肾哪一样都能卖钱，还有眼角膜什么的。来的路上我就发现了，这个所谓的度假村很偏僻，距离最近的村庄也相隔好几里地，就算他们在这里弄死我们，也不会有人发现。"沈茁紧锁眉头，越说越害怕。

　　"你怎么会想到这么多。刚才我听他们一个劲地问咱们家里的情况，也就想到他们可能会绑架咱们，然后向家里人勒索。"男生原来也想到了，只是没敢说出来。

　　"也许就是现在，他们就已经向某位同学动手了。"沈茁打了个冷战。

　　"天啊，不会吧。"男生被吓住了。

　　"八成就是了。他们可以向我们的家人勒索，然后再卖器官，我们见过他们

224

的真面目，他们怎么可能会放我们走，等我们的内脏都被掏空了就扔山里面去喂野兽。"沈茁忽然目光一沉，像是确认了一样。

"天啊，不会是真的吧，太可怕了，你别吓唬我，今晚都不敢睡觉了。"男生被沈茁吓坏了。

"现在我们不能保证这些不会发生，为了安全，咱们得尽快离开。"沈茁终于做出了决定，脸上也露出少有的坚毅："咱们现在去把情况跟其他人通个气，同意离开的人都去到楼下集合。"

"可是，没车怎么办？这里回城差不多有百把公里。"男生有些担心。

"怕什么。相信这栋楼里有屏蔽手机信号的机器，等到我们离开了屏蔽范围就报警，还可以通知家里人过来。"沈茁到底是名门出身，遇到问题还是比较冷静的，我也有些佩服这小子。

两人统一战线后，再次离开了房间，这一次，两人都带上了自己的旅行包。

随着门被关上，我的心不由得再次紧缩，虽然我拼命地用拳头敲打着玻璃，直到精疲力竭可他们完全听不见。他们可是我的希望啊，他们离开，希望就没了。

门被重复关了三下，那三声关门声里，我感觉死神距离又更近了一步。

PM 09:36

"这是……怎么了？"刘老师被我吵醒了，一双迷蒙的小眼睛透过酒瓶底眼镜盯着我，忽然，发现了我旁边的小桌上放着没吃完的饭菜，他立刻来了精神，以恶狼扑食的势头迅速冲了过去。

"您慢点儿吃，我都不知道这饭菜有没有问题，所以没叫醒您，打算先试试。"为了不被他责怪，我必须这么说。

"反正都是要死的人了，还怕他们下什么毒呢。"刘老师这会儿倒是挺明白，三下五除二，比我吃的还快。

看到他的样子我不禁有些后悔，刚才也吃太慢了，一碗饭还没吃完，结果菜就全都被刘老师扒到自己碗里去了。我也不甘示弱地端起碗，重新大嚼起来。吃完饭，我们的精神都好了很多，刘老师问我情况，我把听到的那些原原本本地都说了一遍。

"好在沈茁那小子够机灵，他就是我们的希望了。如果他们能逃出去，没准警察还能找到我们。"刘老师叹了口气道。

"可是，他们真能逃出去吗？咱们要是能看见就好了。"我不免有些担心，脑子里甚至出现了好些乱七八糟的念头：他们会不会被抓住？因为惹恼了那些人大家都死得更快吧？如果他们真的逃走了，也许村民会更快杀死我们吧？如果警察找不到我们怎么办？如果他们的手机没电了这么办？如果……在这样恶劣的环境下，我似乎也换上了强迫症。

"小石，我们能不能站到那上面去看看？那换气扇停了，没准能看到下面的情况。"刘老师发现了新大陆。

我一抬头也看见了，窗外似乎有月光透进来，铁艺的窗棂在天花板上映出一个很诡异的影子。

我和刘老师想了很多办法，把桌子放在沙发上，或者把小柜子放在沙发上，或者把小柜子和小桌子堆一起，但不论怎样都不行，不是沙发太软不能保持平衡，就是高度不够，够不着天花板。这间密室又那么狭窄，随便折腾了一下就是满身臭汗。最后刘老师提了个建议，让我踩在他肩上，他是个胖子，以我的体力是很难承受他的体重的，所以他主动吃点亏，让我踩。

两个人的身高加在一起，倒是刚好够得着天花板，就在刘老师慢慢起身，我也伸长脖子去够那个气窗时，脑子里又钻出了奇怪的想法：这样好像在上吊。

传说鬼要害人的时候就隐了身在人的面前画一个圈，人看到圈子就像是一个漂亮的窗台，窗台对面有着异常美丽的景色或者姑娘，如果想多看两眼，就得把头伸进那个圈子，在这时，鬼就会把圈子一缩，人的脖子就套死绳子里了。

我当然知道这不过是传说，只是，在这样的时候这念头冒出来实在是有点奇怪，难道我也得强迫症了？开始为些不用担心的事情而瞎担心了。一定是压力，我给自己解释，在这样幽闭的非常环境中，产生压力而胡思乱想一定是正常的。

终于看到窗外了，我极力伸长脖子，果真能看到一部分外面的情况。这里应该是楼上，距离地面有五到十米左右的距离，远远的全是黑压压的树林，这栋楼的前面有左右两个水池，一个水池的水比较清澈，应该是游泳池，另一个水池的水则呈墨绿，应该就是养鱼的地方，在两个水池的中间，有一个草帽似的东西，一定就是亭子了。那个搭便车的小子说的差不多就是这样。

月光明亮，我能看见一群背着包的学生们正偷偷摸摸地朝外面走，可惜，窗子太小，我能看见的部分有限。只听见外面传来一声大喊，应该是被发现了，那声音是本地的土话。接着，学生们就炸了窝，一个一个全都跑乱了。再接着，外面传来了狗叫声，不止一条狗，至少十来条。那些狗的叫声在夜里听起来就像饿狼，有人打着手电往外面追去，手电的光偶尔碰到了狗的眼睛，在夜里看起来绿幽幽的，我只觉得冷汗不住地朝毛孔外钻。

刘老师支持不住了，我不得不下来。不过听外面的动静，那些逃走的孩子们应该是被他们抓回来了。

"这下可全完了。"刘老师悲观地倒在沙发上开始哭，"也许这些暴民把人杀了后，肉和骨头都拿去喂狗。我知道，有些猪也吃人肉。"

"您在说什么呢。"我有些恨刘老师了，他说的话让我骨头发毛，虽然知道继续想下去不好，可我忍不住朝他说的方向往下想。也许我们真的没救了，现在才知道这些农民还有狗啊，即便是我们逃出去了，又能逃出多远呢？这条村道上几乎没什么汽车经过，仅仅是步行的话，那些狗很快就会追到我们。

又过了好一会儿，右边的房间门打开了，被粗麻绳捆得像粽子样的同学们一个个被推了进来，一个年长些的壮年人走了进来，板着面孔喝道："给你们一个晚上的时间做思想准备，明天一早我就要你们把所有的家庭资料全都说交代出来。说一个，我打一个电话，谁敢说谎，我就剥了皮扔进狗窝喂狗。相信你们刚才都看见了，那些狗可不是吃素的。要是再逃跑，哼哼，老子就把他的心挖出来下酒。"

一屋子的年轻人都被吓坏了，几个女生嘴还被胶带纸封住，眼泪却一个劲地往下掉了。沈茁也在其中，不过隔得比较远很难看清。屋子里一共关了十多个学生，应该还有其他的房间也同样关着人，只是，逃跑过一次，这些村民的警惕性一定会变强很多，要想再逃，机会就渺茫了。更何况他刚才还放了狠话，应该不会再有人想尝试了。

我好着急，怎么办，怎么办，那些人什么时候会来找我们？

我的手指甲无意识地开始抠墙，完全没意识到皮肤已经破了，指尖开始出血。

AM 03:24

在担惊受怕中度过了很久，也许是三四个小时，也许时间更长，那群人应该是去休息了一会儿，还可能开了个内部会，但我没有表，不知道时间。

窗外的月亮已经落到看不见的方向去了，大概是后半夜了，可我无论如何都不敢睡，也睡不着。刘老师歪在沙发里，不知道睡着没有，很久都没翻身。我也不想跟他说话，一说话肯定都是怎么死和什么时候死之类的话题，排遣时间的办法就是不停不住地用手指抠着墙纸，直到一根手指皮开肉绽鲜血直流，接着换另一个手指抠。这个动作已经越来越病态，但它却是能证明我还活着的唯一证据，窸窸窣窣，就像一只渺小的老鼠在打洞，可我现在比老鼠还不如，随时可以被那些农民捏死。

左边的门开了，五六名农民进了屋，有人按动了机关，密室之门再次打开。

"考虑得怎么样，你们两个。"搭便车那混蛋再次出现了，我恨不能扑上去咬他两口，好心好意让他搭车，没想到他居然要我的命。

"我想好了，你们还是让我死吧，反正我就算说出来也肯定是死。"刘老师到了关键时刻反而视死如归了。

"好。俺们就成全你，这条路是你自己选的，到时候上了奈何桥可别埋怨谁。"搭便车的混蛋从牙缝里蹦出这句话："你呢，姓石的，想好没。"

这小子一定是从我的身份证上看到了名字。

228

"我，我也想好了，我没有十万块，那车还是借人家的，反正都是死，我就跟刘老师一起死吧。"我很想哭，跟个又丑又胖的老男人一起死，太窝囊了。

"想明白了？也好，我也就不啰嗦了，我们请的医生已经在楼下等着了，他会给你们做一点点小手术，在你们死之前把身上那些有用的器官都取走，将来还可以用在其他有需要的人身上嘛，即废物利用还能给俺们创造点财富。哈哈。"搭便车的小子笑得很难看，龅牙上变了颜色的牙龈肉都露出来了。

我只觉得恶心，但更多的是害怕，难道真的就要死在这里了？我求助地看着刘老师，没想到他已经浑身直哆嗦了，很快一股异味从他身上传出，脚底下湿了一大片，他被吓得尿裤子了。有了如此惨状的刘老师做参照物，我心里更是说不出的紧张。

那帮农民居然还有对讲机，我简直想骂三字经了，但在他们的喊话后，很快就上来一位拎着箱子穿着白大褂的医生，看起来非常年轻。该医生就像检查牲口一样拨弄着我和刘老师，听过心跳和肺部，又给我们量了血压。

"虽然比囚犯的身体差些，但还算不错。"检查过后，医生居然来了这么一句。

"您是给囚犯当医生的？"刘老师紧张地问，两只眼睛瞪得眼珠子都快掉出来了。

"我只是给死囚犯摘取器官的。"医生耸耸肩，不以为然地说。

天啊，死囚犯，我知道，死囚犯中有很多人都会被动员然后签下器官捐赠的文书，在执行死刑后，医生在第一时间内把那些还带着体温的器官摘取下来，就像收割成熟的果实。可是，他平时动手的全都是死人了，今天就要给我们两个大活人动手术。

"我们是先死再被开膛破肚，还是活着就被开膛破肚？"我不得不提出这个问题。

"这个嘛，先不急，得等一等，我的护士还在厨房准备冰块，等冰块全都准备好了才可以动手。"医生不理我，转身出门，出门前，还在搭便车那小子耳边耳语了几句。

这一等，就足足等了两三个小时，天似乎已经亮了起来，气窗上有清晨的阳光透了进来，一只小鸟站在窗棂上叽叽喳喳，充满了生气，新的一天就这样开始了。我却心如死灰，这个美好的世界就要永别了，可我没能给家里人打最后一个电话，我的新书版税还没拿到，还有十万字的稿子躺在我的电脑里等待着修改，还有，我甚至没来得及好好谈场恋爱，我还想吃一次炭烧牛排，还想再去海边晒一次太阳……我有太多太多的事情还没有做，我不甘心就这样死。

怎么办，怎么办？随着这些问题在脑子里不断积累，我的十个手指居然全都磨破了，但我完全感觉不到疼，也许我已经死了，或者痛神经被刺激太久，已经麻木了。

"让你们久等了，冰块才做好，现在我们可以开始了。"那个年轻的医生迈着轻快的步伐走进了房间，他身后还跟着一名很苗条的护士，两人手里拎着四个大大的保温箱，不难想象，箱子里全都盛满了冰块，待会儿我和刘老师身上那些热乎乎的内脏就会被放进冰块里，跟冰冻猪杂一样。

他们开始动手，把我和刘老师的上衣全都给脱了，我们不配合也没用，他们手里拿着剪刀，不论是剪开衣服还是剪开我们的肚皮他们都不会在乎，折腾只会自讨苦吃。护士在两张单人床上各铺上一层塑料隔离垫，我知道，那是为了不让血弄脏这床单。

四个身强体壮的农民分别按住我和刘老师，医生戴上口罩，开始为我们注射药物了："为了尽量保持器官的活性，我就不注射麻醉剂了，只注射肌松剂，保证你们不会乱动就行了，有点疼，你们能忍就忍，不能忍就别抗着，很快就会过去的，我手艺还不错。"

天啊，只注射肌松剂？我肯定会活活疼死，却至死都不能发出半点声音，更不能挪动半分。这样做太过分了，这跟法西斯有什么区别，我……

"你们不能这样！我死都不会放过你们的！"我再也忍不住了，刘老师更是涕泪横流。

"谁先来？"医生就像没听到我们的声音，"不如尊老爱幼，先从年轻人开始吧。"

"小石，你等着，我就来！"刘老师眼泪涟涟地看着我，声音在颤抖。

医生的手隔着冰凉的塑胶手套在我肚皮上划过，我全身都打了个哆嗦，这就开始了？更冰凉的是护士把大量医用酒精涂在我的肚皮上，从胸口直到肚脐眼，全身都凉透了，手脚上就像有千万只蚂蚁在爬，死神已经在俯视我了吗？

我仿佛已经见到了那血流遍地开膛破肚的场面。冰冷的刀在我眼前放出刺眼的光芒，在那刀触碰皮肤的瞬间，我昏死过去。

AM 09:40

"前辈，前辈，你醒醒！"

有人在摇晃我的身体，鼻子里闻到一股极其刺鼻的味道，那气味直冲头顶，我被熏得睁开了眼睛。

"呵呵，你没事就好。我还担心您醒不过来呢，那可真得送医院了。"说话的人是沈茁，此刻他正在我的床前微笑着。

"我死了吗？你也死了？"我环视四周，发现自己还是躺在那张床上，甚至身下铺着的塑料隔离垫都没撤掉，但上面并没有血迹。

"这小子还以为自己真死了。"声音来自刘老师，他叉着腰站在床边，正看着我笑。

"对不起前辈了，其实这只是我的一个实验，为了达到最佳效果，事前没跟您沟通。"沈茁的眼中完全没有了郁郁之气。

实验？我用手撑起身体坐了起来，不解地看着周围。天啊，我这才发现眼前那张梳妆台上的镜子居然是透明的玻璃。天啊，那不是单面玻璃，那真是透明的玻璃！密室里的人可以看到外面，外面的人也可以看到密室里面，甚至可以站在这间房看到密室另一半的那间房。这根本就是个实验室。难道我只是只小白鼠？从一开始，大家只是在演戏？

"其实我没有强迫症，我只是在研究强迫症，研究这种心理疾病能够在人身上究竟产生多大的效力。之所以选择您作为我的实验对象是因为您是写悬疑小说的，心理承受能力肯定比普通人强很多。来帮忙的同学都是我们心理研究小组的成员，老师还有村民其实也是我请来的，这栋楼是我爸的公司去年援建的，所以村民都肯帮我这个忙。夏令营是假的，医生也是假的，只是同学而已。我们之前设计过全部的台词，让您担受惊了，真是不好意思。"沈茁说得很真诚，但这显然不能消灭我的怒火。

"有钱就可以不顾他人死活吗？有钱就可以为所欲为地玩人吗？"我拍案而起，再也顾不得对方是校董的儿子。

"前辈，我会给您合理的赔偿。"沈茁似乎料到了我的反应，很平静地说。

最后，我还是得到了他许诺的两万块钱报酬，虽然受了一天的惊吓，但日薪两万块，这样的好事打着灯笼也找不到，更何况他是校董的儿子，连校长都得看他脸色，我这个小小的研究生又能怎样。我放弃了打官司，甚至找人揍他一顿的念头，乖乖地拿钱走人。千万不能得罪沈茁，万一他不高兴，随时可以把我像只小白鼠样玩死。

他们所有人的演技都太好了，尤其是沈茁，怎么可以当着我和刘老师的面假装看不到我们呢？而且他那些所谓的强迫症状全都是在演戏。

有一次我看到他独自进实验室，根本就没有开关门三次开关灯三次，那些全都是他装的，只是他专业太好了，足以骗过我。还有那间密室，绝对是早在那栋楼的建设之初就被设计好了，也许，我根本就不是第一个试验品，也不是最后一个。退一步说，如果那天在度假村里真的把我给杀了，并不是不可以，更不是不可能。越想越觉得沈茁这人可怕，将来他肯定是要子承父业做生意的，还有什么比可以掌控人心的对手更危险？

也许两万块钱根本就不能弥补我的损失。因为从那以后，原本就所剩无几的灵感连渣滓都不剩了，我被吓坏了，生活远比小说更可怕。每天躲在屋子里像只惊弓之鸟，再也写不出故事来，讲课也取消了。

更严重的是，我发现自己有了强迫症的迹象：不论去到哪里，开门关门都必须三次，开灯也得三次，一紧张就抠手指，只要见到镜子就想去它的反面看看，看那究竟是单面玻璃还是真的镜子。如果不能钻到镜子的背面，我就会有股把它砸烂的冲动，哪怕是赔钱，我也想看看那究竟是不是真的镜子。脑子里还无时不刻地冒出那些毫无意义却占用大量脑细胞的无聊念头：我在密室里的表现是否会被人嘲笑？他们有没有录像？录像的话会不会发到网上，让更多人取笑我？如果我的读者知道了我这么懦弱，谁还会看我的书？我该怎么办？自杀的话，怎样的方式比较合适……

13 杀杀人，跳跳舞

　　一辆电车，但"我"——也就是你们各位，不再是司机，而是个站在高架桥上从上往下看的人，目睹悲剧即将发生，马上要撞向五个工人。很巧的是，正好"我"身边有个非常胖的人，而且他站得十分靠近栏杆。就算是普通人用点力推上一把，这个家伙也会从桥上掉下去，硕大的身躯足够阻挡这辆电车撞向五个工人。请问，是否应该把这个胖子给推下去，用他一个人的命，换取另外五个人的命呢？

楔　子

阴云蔽日的下午，空气里透着尘土的腥，大雨迫在眉睫，气温比平时低了至少五度。

一辆奔驰车驶进市郊汽车旅馆的停车场，西装革履风度翩翩的男士打开车门却迟迟不肯下车。这里地处偏僻，霓虹灯招牌的铁架也生了不少锈渍，摇摇欲坠的样子，店内的装潢什么的看起来也不靠谱。

真的是约在这里吗？男人掏出手机确认一遍，没错，漂亮的小美女发来的短信中的确是说要在这里把自己作为生日礼物送给他。俗话说，色胆包天，男人嘴角浮出一丝微笑，还是下了车，抖擞一下衣服，朝着旅馆接待处走去。

一推门，温暖的热气扑面而来，让人好生舒服。男人想纵然里面再不堪，这么暖和也待得下去。没想到的是，这里生意似乎不错，吧台前坐了好几个人，一旁的沙发上也有几个人。男男女女，有老有少，不过从打扮和彼此的姿势来看，应该都是素不相识，没人交谈。

"请问，这里的老板呢？"男人把鼻梁上的墨镜扶正了些，对着身边一名妖娆的熟女问道，其实他觉得这里人多是好事也是坏事。好事么，当然是因为既然有这么多客人，这里的卫生和安全情况应该不是太差，而坏事，当然是人多眼杂，容易被狗仔发现。

"老板有事去了，一会儿回来。让我们先自己喝东西，今天他生日，随便喝，他请客。"熟女妩媚一笑，端起高脚杯朝男人晃晃。

桌上已经开了好几瓶酒，杰克丹尼，芝华士 12 年陈威士忌，甚至还有一瓶芬芳诱人的香槟。在座的每一个人手里，也都端着一杯酒，不喝酒的，也可以随便饮用冰柜里的饮料。

看来自己赶上了好时候，男人微微一笑，不过他对占小便宜这件事没什么兴趣。来这里本就不是为了喝酒，可那个小妖精久不出现，打她的手机也总转到语音信箱。

"等谁呀，瞧把你给急的。来，喝一杯再说。我叫晓雯，朋友们叫我雯雯。"身边的熟女忽然转过头来，风情地笑道。

"不好意思，我不喝酒。"男人摆摆手，拒绝了对方的好意。

"贱货，人家看不上你，送上门也是白费力气。"角落的沙发里，一个体形臃肿的男人不屑地说道。他的声音不大，却足够屋里的人都能听到，一下子，大家把注意力都集中在熟女身上了。

"哎呀，你这么说就是不给我面子了。"熟女被拒绝又被奚落颜面无光，脸色立刻黑了下来。

"您误会了，我只是不太舒服不能喝酒，还是陪您喝杯咖啡吧。"男人虽然觉得这个自来熟的女人有点讨嫌，但他平日里习惯了绅士风度，不愿让女人难堪。主动去冰柜里找了瓶咖啡，倒在杯里，煞有其事地与熟女碰了一下："认识您很高兴。"

那个叫雯雯的女人满意地笑了，两人相视一笑，各自喝下杯中的东西。空调的温度显然太高，让人容易渴，嗓子干，东西自然喝得越多。男人找来找去，也找不到空调的遥控器，只好作罢。热总比冷好。屋里的气氛恢复和谐，有人喝水，有人喝酒，有人喝果汁，每个人都喝下了不少。

两分钟后，男人觉得有些不对劲，一层纱慢慢爬上了眼睛，看什么都是模模糊糊的。紧接着，脑子就像被人敲了一下，天旋地转。是真的在转吗？为什么刚才还巧笑嫣然的熟女从高脚吧椅上滑到了地上，熟女旁边一个闷声不吭的家伙也把头磕在了吧台上，就连刚才嘲笑熟女的胖子也歪倒在一边……

糟糕，男人心道不好，可来不及再看了，眼皮仿佛粘上了万能胶，一旦合上怎么也打不开了。

囚　禁

深邃无边的黑暗中，刺骨的痛楚悄无声息地爬上身体，像蛇一样蜿蜒前行，无法摆脱。男人觉得浑身酸痛，尤其是手腕，痛得像要断掉一样。半昏迷的状态中，就像被人催眠了一样，无法动弹身体，却意识逐渐清醒。

"啊！"一声凄厉的女声尖叫，就像破解催眠的咒语，带着刺耳的尖锐令他皱着眉头睁开了眼睛。

"这里是什么地方？喂——有人吗？快放我们下来。"大声呼喊的正是之前吧台旁对饮的熟女，此刻的她花容失色，脸上的妆也被眼泪给冲花了，和男人一样的是，她的手也同样被绳子牢牢捆住，整个人被吊起来，脚尖刚好点地却不能完全受力。

这是个相当折磨人的姿势，不好受力，脚尖可能会因绷紧太久用力多度而抽筋，可如果把体重完全放在手腕上，手腕又痛得不行。

男人的神志稍微恢复，环视四周，这里已经不是汽车旅馆了。同样被吊起来的人一共有八个。这些人，正是之前在那间汽车旅馆接待室里见到的。

"嘿！是谁在开玩笑，请不要玩了好吗？"一个跟男人一样穿着西装打着领带的中年男子龇牙咧嘴地喊着。他身上的衣服显然不够档次，身高也不高，最多一米六五，很不起眼的容貌，显得有些猥琐。

"一定是个没胆色的孬种，敢做又不敢当，所以才把我们吊在这里，我猜，一定是个变态。"站在猥琐男旁边的是个相貌堂堂十分威武的家伙，现在他脱去了外套夹克，身上只有一件警察制服衬衫。不过，他是否真警察值得怀疑。

"求求你了，行行好吧，我老太婆什么也没有，请放我走吧。"在警察衬衫旁边的是个头发花白的老太，穿着廉价花衬衣黑裤子，鞋也是最便宜的老款黑布鞋。老太太一口的外地口音，两眼淌泪声音发抖，让人看了心里难受。

"别喊了，人家摆明要玩我们，要出来早就出来了，还是省省力气吧。"说话的是个年轻女子，身材苗条，眉目中却显出一份比年龄更成熟的泼辣和自信。

"我看大家还是想想为什么会被弄到这里来吧，这家伙总不会是个神经病，

杀杀人，跳跳舞

没来由地干这事。"年轻女子身边的是个打扮得体的中年妇女，虽然同样被吊起来，显得比较淡定，看得出年轻时也是位美人。

"你怎么知道他不是神经病，这年头神经病多了。"胖胖的家伙就是在接待室里嘲笑熟女的男人，此时他的脸因痛苦而憋得通红，嘴里却还不忘顶上一句。

"你少说一句会死吗？"叫雯雯的熟女好像很看不惯胖子。

"要你管，你是我什么人啊。"胖子像是吃了枪药，跟谁都呛。

"大家还是少说几句吧，不如看看有没办法互相帮忙，解开这个绳子吧。虽然咱们素不相识，但人多力量大，希望大家齐心协力，早点离开这个鬼地方。"男人终于吭声了，不仅他的形象最大方稳重，声音也格外好听，厚重的男中音，透着股天然的说服力。

男人的话让大家安静下来，重新打量起这个地方。是啊，只要大家齐心协力，说不定能逃出去，可周围黑黝黝的，根本看不清周围的环境。

忽然，远处传来"啪"的一声，头顶上的灯被人打开。

那是亮度极高的舞台灯，投射在这圈人的头顶，每人身上一束追光。有了光，大家才发现，原来自己被吊的地方是个半圆形的舞台，舞台不大，地上铺着木质地板。舞台下黑洞洞的，看不清有没有人。舞台上，只有八根悬着的绳子和八个人。这八个人围成一个圆圈，彼此之间相隔一米左右，这个距离内不论是手还是脚，都不能帮身边的人做半点小动作。刚才风度男带给大家的希望，肥皂泡般破裂。

"见鬼了，到底搞什么名堂。"最爱发牢骚的胖子忍不住说了句。

话音刚落，从舞台侧面走上来一个人。那是个穿着夸张小丑服的男人，鼻子上夹着个大大的红鼻子，脸上抹得惨白，却又画了张笑得夸张的猩红大嘴。小丑踩着大得夸张的皮鞋歪歪扭扭地走上台，像是要表演一番，对着大家深深地鞠了个躬。

"大家好，今天把请大家请来非常荣幸。我也不是平白无故请大家来的，曾经有件事跟诸位都有莫大的关联，如果今天能找出事情的真相，我就会放大家走。不过这是有时间限制的，每当乐曲终了，就是一个回合结束。希望大家把握机会，认真思考，好好配合。要知道你们是逃不出去的，要是真想试试的话，后果嘛……"说到这里，小丑像是表演魔术般，取下了头上的大礼帽，做了几个夸张的动作后，对着帽子吹了一口气，帽子里忽然钻出个长耳朵的兔子。

那是只雪白的活兔子，大大的眼睛短短的腿惹人怜爱，被小丑揪着耳朵放到地下后撒腿就跑。可惜它没能跑掉，小丑嘻嘻笑着从口袋里掏出一把枪来，对准小兔子就是一枪，小兔子应声倒地，身下流出一摊鲜红的血来。

大家都被吓坏了，这小丑居然有枪，真枪！

小丑若无其事地继续表演，拎起兔子看了两眼，又把它扔在地上，对着枪口故作潇洒地吹吹，这才把枪收好。临走前，把帽子带回头上，歪歪扭扭地走了。最后走到幕布旁，还不忘回过头来恶作剧般地一笑，打了个响指。

第一支舞曲

欢快的舞曲随即响起，轻盈的曲调与众人的紧张形成强烈对比。那是支大型乐团才能演奏的曲子，很耳熟，似乎人人都听过。

"这是春之声圆舞曲，经典的华尔兹舞曲。"风度男说出了舞曲的名字。

"嘿，都到这时候了，大家就别顾着听小曲儿了，赶紧想想刚才那个神经病说的话才是正经。"心急的猥琐男开始嚷嚷，"我们每个人都介绍一下自己，好看看是不是有共同认识的人，或者有没有过共同旅行或者工作的机会。能找到一个线索都好，否则的话，那疯子有真枪，我不想死！"

"他说得对，我们得抓紧时间，这曲子时间不长。"刚才一直比较冷静有风度的中年妇女第一个介绍起自己："我先来说说自己吧，我叫卓兰，现在是电视台舞美编导，曾经做过几年杂技教练。"

"您是卓老师？刚才还真没认出您来，还记得我吗？我叫钱妙惠，以前上过您的课，现在我在新星杂技团，表演空中飞人。"苗条的妙龄女子见到了熟人。

"对不起，我当了二十年的教练，帮人编排的节目也有好几百，教过的学生没有上千也有好几百，不是每一个都记得。"卓兰有些不好意思。

"没事，我也就上过一个月的课，您不记得是正常。"话虽这么说，但钱妙惠的脸上还是有一丝不悦掠过。

"我，我是个清洁工，叫刘祥琴，在很多地方工作过，体育场，医院，学校，还有少年宫，超市什么的，每天要见那么多人，也不知怎么回事，居然会跟你们扯到一起。"哭得涕泪横流的老太太埋怨道。

"我叫欧晓雯，是个护士，在市第一人民医院工作。"妩媚的熟女接在老太太的后面说道。

"我是保险公司的，理赔售后部，我叫刘群。"猥琐男没好气地说。

"我开的士，也包长途，我叫陈家才。"胖子的脸憋得更红了，肥肥的手也被麻绳箍出了深深的血印。

"我是个私家侦探，以前干过警察，要是需要找老公包二奶之类的活儿都可以找我，我叫方刚，叫我老方就好。"穿着警察制服衬衣的家伙很和气地说，虽然他长得还挺威武，但从他的衣着来看经济情况不容乐观，大家都猜，想必他是被警队开除，实在没办法才干私家侦探的吧。

"我，我姓洪，是省文艺批评家协会的。"最后一个介绍的是那位风度男士，在众人面前，他显得不够坦荡，只说了自己的姓，连名都没有讲。

"什么？文艺批评家协会，还有这种单位？"猥琐男不淡定了。

"哎呀，人家好歹有正经单位，你瞎吵吵什么，你也开奔驰车的吗？"曾经的警察老方不经意地表现出他的观察力。

"您说得不错，我们那个算正经单位，有工资发的，我还经常担任一些选秀节目和国家性比赛的评委。"洪评委不好意思地解释道，似乎在担心别人怀疑他的收入。

"你们单位效益真不错，能开得起奔驰，比中石油还强。"猥琐男的话里带着羡慕嫉妒恨。

"一般一般，我写过几本书，有些稿费收入。"洪评委还是比较低调的。

"洪老师，如果我没记错，您是不是担任过好几届全国杂技锦标赛的评委？"卓兰大姐盯着洪评委的脸看了又看，揣测道。

洪评委不好意思地点点头，没有否认。

"难怪看你面熟，我们应该见过面。"卓兰大姐的眼睛继续盯着他看。

"我想问问大家，为什么你们会去那个破旅馆？也许这个小丑是我们大家都认识的人，只要知道他是谁，我们就有希望了。"洪评委很快就把大家对他的注意力重心转移到其他问题上去。

"洪老师说得对，我们应该坦诚相待。我先来说，我去那里是因为有人约我谈生意，一家有实力的老字号杂技团想高薪挖我，在市里谈又怕遇到熟人，于是在网上约好去那里谈。"钱妙惠落落大方地说出自己的理由。高薪挖角，似乎是个值得炫耀的好理由。

"我，我也是为了工作，有人打电话给我，说是中介所的，那家旅馆要请个钟点工，每个星期干两天，收入不错，我就去看看，没想到就喝了一杯茶……小便宜真是贪不得。"老太太后悔莫及。

"我是去谈工作的，有个阔太约我调查她丈夫，市郊当然避人耳目。"老方也说。

"我也是约了人。"洪评委的脸有一丝不自然，其实他约的是个选秀女选手。

"我……"胖司机还没来得及说话，刚才一直在想着的乐曲声居然戛然而止。

"哈哈，我又回来了！怎么样，亲爱的朋友们，你们有什么结论了吗？"小丑蹦着跳着，从舞台的一侧出现了，那本该给人带来欢笑的可笑脸庞在这时候透着难以言说的怪异和阴鸷。

"时间这么短，我们怎么可能想出来。"猥琐男刘群和胖司机陈家才异口同声地喊道。

"是啊，时间也太短了。"卓兰大姐也着急了。

"不行，这样不公平！不公平！你算什么男子汉。"老太太急得说不出理由，一个劲地喊不公平。

"不公平是吗？"小丑环视一圈，画成两个黑色星形的眼睛忽然睁大了，饶有兴趣地围着这八个人走了一圈，"那好，我多给你们一次机会，如果你们能给我一个标准答案的话，我就放过你们其中的一个，否则的话，我就要你们中的一条人命！"

"我抗议，这还是不公平。谁知道你会给我们出什么题，万一是我们根本不懂的高等数学或者翻译外语什么的，那我们怎么回答。"钱妙惠反应很快，马上提出了自己的意见。

"抗议无效，游戏规则我来定，你们没有发言权。放心，我不会给你们那种听不懂的问题。"小丑夸张的笑脸上露出一丝严肃过分的正经："听好了,下面我就要说了,如果你们不能给我标准答案,我会说话算话,要一条人命。"

问题是这样的:有一个电车司机,驾驶一辆电车正开在路上,忽然刹车失控,铁轨的一边是五个工人,另一边的铁轨上只有一个工人,方向盘没有失灵,还可以马上转向,请问,正确选择撞向是哪一边?思考时间是一分钟,一分钟后,每个人都要给出答案。

"当然是一个工人的那边。"刘群第一个发表观点。

"明摆着可以少死四个人,不用牺牲更多的人。"陈家才是司机,这个问题他也有发言权。

"可是,那一个人也是无辜的,没准他是个好人。"老太太大概是觉得自己年纪最大,跟周围的人身份也有差别,比较同情弱势的一个。

"那谁知道那五个人就不是好人了?"钱妙惠伶牙俐齿地反驳道。

"我弃权,这么残忍的选择,选谁都不合适。"卓兰大姐皱着眉头不愿多说。

"无论如何五条人命都比一条人命值钱!"老方也这么认为。

"五大于一,不论是数学理论上,还是人道主义上,都该选择一。"欧晓雯连大道理都搬出来了。

"还是撞一个人吧,大部分人都选这个,这就是我们的正确答案。"最后做总结的人是洪评委,他看起来最有身份,也最有发言权。

"这就是你们的结果?"小丑迈着一对夸张的大脚,围着八个人走了一圈,换上了一副夸张的笑脸:"好,既然是游戏我就先不揭晓答案,至于我满不满意,等我先跳支舞再告诉你们。谁愿意陪我跳第一支华尔兹?第一个报名的送小礼品哦!"

"我!我陪你跳!"欧晓雯生怕别人抢了她的第一,使劲扭着身子喊道。

"你还能再下贱点吗?"陈家才看不下去,恶狠狠地训到。在场的各位也觉得这个女人太随便了,大概她是以为第一个跳的可以提前离开这个地方吧。

"好,就是你了,我就喜欢好合作的。"小丑笑嘻嘻地来到欧晓雯身边。

原本欧晓雯以为自己真的恢复了自由身,没想到脱离绳子之前小丑居然从那条宽大的萝卜裤里掏出一副手铐。

242

"手都锁起来了，这可怎么跳？"欧晓雯有种上当的感觉，使劲挣扎着避开那双手铐。

"这是礼物啊，别太认真，只是个游戏。"小丑依旧笑着，让人摸不清他的真实想法，他的力气出奇地大，只三两下就把手铐套在了欧晓雯的手腕上。

小丑从萝卜裤里掏出个遥控器，按了一下，刚才的那支曲子又飘荡起来。小丑拉着欧晓雯的手套在自己脖子上，两个人随着音乐的节拍跳了起来。

华尔兹讲究华美飘逸，气质高雅，追求那种雍容的意境，被称为舞中皇后。

但是此时，小丑那古怪的扮相和风度翩翩的舞姿与欧晓雯的惊惶不自然形成鲜明对比。一连好几个节拍，欧晓雯不是踩了小丑的脚就是走错了步子。小丑起先兴致勃勃，被踩了脚也就吐吐舌头做做鬼脸，但他越是这样欧晓雯却越是害怕，扭扭捏捏地，越来越不配合，一曲终了，那张白脸上的表情笑容不复。

"是你主动要陪我跳的，但你觉得跳成这样就能过关吗？游戏结束，你可以去死了！"小丑一边说着，已经飞快地拔出枪来，对准欧晓雯的胸口就是一枪。

"砰！"的一声，这一枪太突然，震得木地板里的灰尘纷纷扬扬，女人饱满的胸膛上绽开一朵血红的花，在场的每个人都惊呆了。欧晓雯自己也惊呆了，她像是不敢相信似的盯着胸前看了一会儿，两眼一翻，整个人朝后倒去。她是丰满型的熟女，体重颇为可观，一百多斤落在木地板上，再次震起缝隙里的灰尘。

"好了，希望她的死会让你们每个人都更认真一点，虽然这是个游戏，但我希望你们抱着更认真的态度来参与。因为，我说的每句话，都是真的。请继续讨论关于真相的问题，只有早点得出答案，我才会停止杀人。"小丑若无其事地耸耸肩，把枪收起来，摇头晃脑地离开了。

那个本应该带给人们欢乐的角色，那个在马戏团里最不被人看重的小丑，此刻成为整个剧院里最恐怖的黑影。

第二支舞曲

黑影离开舞台的同时，第二支舞曲开始演奏。那是名为《我们很快乐》的波尔卡，一首俄国老舞曲，狐步舞中最经典的舞曲。可惜现在，没人有心思好好欣赏。大家都被地上那具鲜活的尸体搞得绷紧了所有神经。

"这个疯婆娘，谁让她自己送上门去。见个男人就勾搭，不死才怪！"一直很针对欧晓雯的胖子陈家才忽然眼泪汪汪，比谁都激动。

"喂，又不是你老婆，干嘛这么认真。"钱妙惠觉得挺奇怪。

"她，差点成了我老婆。"陈家才哭得很伤心，此言一出却吸引了大家所有人的注意。

"你们认识？"猥琐男饶有兴趣地看着陈家才。

"何止认识，我们还谈过两年恋爱。要不是她太喜欢勾搭男人，我们差点就结婚了。"陈家才泣不成声地看着地上的女人，她已经丝毫不能动弹了。

"等等，你们是怎么认识的？也许刚才我们怎么被约到这里来的问题是错误的方向，没准这才是那个所谓真相的关键。"洪评委的思维很敏锐，作为一名职业批评家，他博览群书，看过几本推理小说。

"以前我帮 120 开救护车，她是急诊科的护士，我们共过事。要不是她嫌我赚钱少，我还不会辞职去开的士，没想到她跟药剂科的主任搞到了一起，我们吵得很厉害，后来就分手了。"陈家才显然对欧晓雯是有着深厚感情的，说得有些哽咽："以前我不胖的，跟她分手后每天暴饮暴食，吃成了现在的样子……"

"打住，你们在医院认识的，那么我想，那个真相很可能跟医院有关。"老方忽然灵感迸发，激动地说道："我当警察的时候，也经常去医院，总是有些打架斗殴之类的事情，还有民事纠纷之类的，都会跟医院打交道。所以大家都想想，会不会是出了什么冤假错案，枉死了人命啊。"

老方的语速很快，竹筒倒豆子般，现在这节骨眼上，每分每秒都涉及自己的生命，大家不可以再客气了。

"对，一定是这样，谁谁谁冤枉死了。我经常在网上看到类似的报道，微博里经常有人发帖求救，什么暴力拆迁，非法征收，可怜钉子户之类的消息特别多。"钱妙惠在这些人里年纪最轻，反应最快。

"被你这么一说，我也觉得这种事可能性比较大。不是有人洗脸死，睡觉死

244

的嘛，这个真相很可能就是关于什么奇怪死法的，大家都来说说，有没有遇到过。"卓兰大姐也回应道。

"我在一家私人医院也干过两个月的保洁，几乎每天都有人死啊，可他们的死真的不管我的事，要怪也只能怪医生们的水平不高。我最多就是拿点他们不要的空饮料瓶回去卖钱罢了。"老太太不紧不慢地说。

"要是这样的话，那我也跟医院打不少交道，这种事几乎每个星期都会遇到。可是……"猥琐男第一次正经地说话了，说到"可是"，他面露难色。

"还请您不要再考虑所谓的职业秘密了，您要再保密的话，很可能我们这些人都要死掉，这支曲子没剩多少时间了。"洪评委的话带着威严，大家都期待地看着猥琐男，希望能从他嘴里说出点真正的秘密来。

"其实，我的工作，就是尽量把责任推到投保人身上，想尽一切办法推脱责任，好让公司少赔或者合理拒赔，省下的钱里，有一部分是我的提成。"猥琐男扭捏了一会儿才说了出来，尽管声音不大，但在场的每一个人都听到了。

"呸！我一看你就不是什么好东西，这么丧尽天良的事情也做！"卓兰大姐正气凛然地朝着猥琐男呸了一口，众人也都朝他投去鄙夷的目光。

"这能怪我吗？这是份正当职业，全世界只要有保险公司的地方就有人做这份工。现在物价这么高，我也要讨老婆要吃饭要供房子，我又没多大本事，如果不干这个，买不起房子谁嫁给我。"猥琐男振振有词据理力争。

"好好好，现在我们的范围已经缩小了。如果我没猜错，这个真相应该是跟医院有关，又跟保险公司有关的。但是让我奇怪的是，我本人除了给车买了交强险外，全家人都没有购买任何商业保险，为什么会扯到这件事里面来。"洪评委显然很用心地在思考整件事。

"您说的是。我干临时工的，就连五险一金都没有啊，能不被拖欠工资就要偷笑了，不被开除就更是万幸，更别说自己买保险了。"老太太也附和。

"我倒是买了点保险，但跟医院的人也很少打交道，学生们受伤倒是经常有，不过也大多是肌肉拉伤之类的小毛病，都是训练或者练功的时候受的伤，很少需要住院治疗。"卓兰大姐也很投入地讨论着："对了，你呢？小钱，你有没有住过院碰到过什么事情呢？"

"我……不能说没有住过院，但是，我住院的事跟肌肉拉伤没关系。"钱妙惠不好意思地低下了头。

"呵呵，我猜，一定是为了男朋友住的院吧，现在的女孩子啊。"猥琐男话没说完，似有深意地笑了一笑。

"喂，就算人家是去拿掉孩子，那也不关你的事，你这么得意干什么。"一直在听大家讨论的老方吭声了，他早就看不惯猥琐男。

就在这时，乐曲声又停了。每个人都打了个寒战，那个恐怖的家伙又要来杀人了吗？

"大家好！"小丑的头歪歪地露出幕布边，不知道他是怎么做到的，他只露了个头，但那个脑袋却可以上上下下地移动，看起来就像是头已经断掉了一样，可他却还在朝大家挤眉弄眼地吐着舌头。

"别紧张，我的工作是给大家带来欢乐，即便诸位都要死，我也会让大家死得很开心的。"小丑表演一番，这才大摇大摆地走出了幕布，走向舞台正中，笑眯眯地问："怎么样，这次找到真相了吗？"

"你给的时间还是太短，不过我们已经很接近了，求你，再多给我们一点时间吧，只要再多下下，我们很快就能找到真相的。"钱妙惠央求道。

"不行的，阎王要人三更死，谁敢留人到五更。我虽然不是阎王，但说话也是算话的，你可不要逼我当个撒谎的人啊。"小丑玩笑般地摆摆手，环视一圈："好吧，我也不是那么无情的，既然这次也没有找到真相，那你们再回答一个问题好了，这次，请给我标准答案，同样，答不出的话，你们还要死一个人。"

问题是这样的：同样是一辆电车，但"我"——也就是你们各位，不再是司机，而是个站在高架桥上从上往下看的人，目睹悲剧即将发生，马上要撞向五个工人。很巧的是，正好"我"身边有个非常胖的人，而且他站得十分靠近栏杆。就算是普通人用点力推上一把，这个家伙也会从桥上掉下去，硕大的身躯足够阻挡这辆电车撞向五个工人。请问，是否应该把这个胖子给推下去，用他一个人的命，换取另外五个人的命呢？

小丑话说完了，可是剧场里沉寂良久，没有人说话。眼看着大家都不做声，小丑恶作剧般地开始玩点兵点将的游戏了，一边拿手指点着，一边还念念有词："点兵点将，点到谁就是谁，点到谁谁就死！"

小丑的手指胡乱点着，眼看就要点到猥琐男的身上，猥琐男吓得双腿直抖："我选推下那个胖子！理由跟上次一样，死一个人换取五个人的命，是公平的。"

小丑收回手，露出不置可否的笑，回头问："你们呢？是否也跟他一样？"

"不，我不会推下那个胖子。他是无辜的，要是把他推下去就等于在杀人了。"卓兰大姐脸色煞白。

"我会推下那个胖子，牺牲他一个，换取五个人值得，而且，他那么胖没准一身的病，根本就活不了多久。"老太太的眼里放出了精光，显出一丝跟刚才截然不同的内容。

"如果法律不会判我有罪的话，我也觉得可以牺牲那个胖子，但是如果我会因此而坐牢，或者背上杀人的罪名，那我绝对不干。"洪评委显然很爱惜羽毛。

"我，我想我下不了手，当过警察的人，下不了手杀一个无辜的人。"老方皱着眉头，显然也很为难。

"我也下不了手，我力气那么小，万一没把胖子推下去，把他给惹恼了，那我就自找麻烦了。"钱妙惠最后一个表态，她谨慎地注意着小丑的表情。

"你呢？死胖子，告诉我你的答案。"小丑依然笑眯眯地，问起刚才一直低着头默默哭泣的陈家才。

"哼，根本就没有正确答案，你给的问题不论怎么选都是错的。"陈家才的双眼红红的，说这话时，他还在看着地上一动不动的欧晓雯的尸体。

"哈哈，你有种，没错，我给你们的问题全都是哈佛大学的迈克桑德尔教授，在上法学公开课时提出的关于公正的问题。这些问题连哈佛的高材生都给不了正确答案，因为人性本身就是矛盾重重的。但是，距离真相越近，你们就会越明白我问这些问题的原因。"小丑仰天笑道，笑完，他又恢复了那种恐怖的顽皮表情，让人难以猜测他下一步要干什么，"接下来，我继续请大家跳舞，有人报名吗？"

上一支曲子，欧晓雯的惨死已经给大家做出了样板，这一次，没有人回应。

小丑噘着嘴不满意地围着大家走了一圈，摇摇头道："太不给面子了，既然你们看不起我，那我就只好自己挑。"

"胖子！"小丑打望了一阵，忽然看向了刚才顶嘴的陈家才，所有人都盯着胖子，都以为他就是下一个要死的人了。

没想到小丑摇了摇头，埋怨道："你身材也太差劲了，这回先不要你。我还是找个苗条点的人吧，来，陈先生，你平常工作那么辛苦，今天我陪你放松放松。"

小丑玩笑般地故意把话说得很慢，大家听到不要胖子时，心一下子提到了嗓子眼，直到小丑指向猥琐男后，这才喘了口气。

"不要啊，我不要死，我不会跳，我真的不会跳，您饶了我吧，我把我的钱全给你。真的，我存了五十三万了，打算买房子的，全给你，求你饶了我吧。"猥琐男被小丑戴上手铐解绳子的时候，哆嗦着哀求。

"如果你的命值五十三万的话，我会考虑的。"小丑不再继续说下去，拉着猥琐男被铐在一起的手套在自己的后脖子上，按下遥控，跳起了狐步舞。

国际标准舞中，摩登舞的精华都在狐步舞中，潇洒大方，温柔从容，高手跳起来形如流水，十分耐看。可现在，最难堪的事情发生了，猥琐男几乎是被小丑拖着走，大概刚才小丑的话让他想到了什么，跳着跳着，他尿裤子了。一大摊腥臭的液体被他踩得到处都是，小丑不乐意了，乐声没停，他已经掏出了枪，揪着猥琐男的领子怒道："人渣，就是你这样的混账让这个世界变得臭气熏天！"

小丑没有马上开枪，他后退两步，把枪口对准猥琐男的胸口，另一只手潇洒地插在口袋里，这才开枪。枪响之后，猥琐男胸前同样绽开一朵鲜血之花，他双膝一软，整个人向前跪倒在地上，这个可怜的家伙，倒在了自己的尿里。

"不想死的都给我听好了，我的耐心是有限的，最好在我没有改变主意前把真相找出来，否则的话，我怕我忍不住要把你们一起杀掉！"小丑脸上没有了刚才的笑意，取而代之的是一股浓浓的杀气。

无须怀疑此话真假，两条人命已经摆在了眼前。

第三支舞曲

第三支舞曲很快响起，世人皆知的卡门，经典的台词：爱情不过是一种普通的玩意，一点也不稀奇，男人不过是一种消遣的东西，有什么了不起……

徐小凤低沉的嗓音在玩味地吟唱着，那戏剧化的曲调却让所有人毛骨悚然。没有人说话，整个剧院里都只有徐小凤的声音。

"这曲子可以用来跳探戈，一共四分四十三秒，我曾为一对年轻人编排过。"卓兰大姐打破了沉默，虽然想不出有价值的东西，她只能提醒时间的短暂。

"我想，也许我们都搞错了方向。可能跟医院有关，也跟警察有关，跟保险公司也有关，更重要的，这件事跟我们每个人都有关，不如，我们来说说，大家都做过些什么错事。"洪评委眼里含着汪汪的泪，他强忍着没有流下来，并不因为觉得猥琐男死了可惜，而是为自己的命运在担心。

"谁没做过错事？就算孔圣人和毛主席都做过错事吧。"老太太冷漠地看向死相不堪的猥琐男。

"你说得对，也许是因为我们曾经的无心之失。"老方的表情有些落魄，他埋着头，声音很低："我这个人，你们大概都看出来了，现在混得很不好。我曾经做错过很多事，我不是个好男人，老婆跟别人跑了，一事无成。要是说我做过最错的事，就是不该跟一个有夫之妇搞在一起，而且，我们还是同事。我害她离了婚，自己也丢了工作。"

"好了，没人想知道你的私生活，我们只是在考虑，大家是否有关于某一个大家都认识的人，我们对他做了什么不好的事。"洪评委纠正他的方向，毕竟时间有限，大家没工夫耽误了。

"那我先说吧，我不是个好老师。我老公在外面有别人，我们总是吵架，吵了好几年了，很多次我收了人家的钱却没有尽心尽力，有时候我还把工作推给助手去做，很不负责。也许，某个学生原本可以得到更好的前途，却因为我的不负责任，没有拿到该拿的名次。"卓兰大姐是个善良的女人，她坦诚了自己一直不敢承认的事实。

"我，我也说几句吧。其实我也不是个好女人，我有三个男朋友，他们一个有钱，一个爱我，一个是我最爱的。为了我，他们三个都放弃了很多好女孩，也有人为他们自杀过。也许，是某个因为我而伤透了心的女孩……"钱妙惠没有把后面的话说下去，但她的意思大家已经都明白了。

"我也说几句吧，其实我赚的钱里，有不少是见不得光的。有人请我当枪手诋毁其他竞争对手，有人请我当托，不论是选秀比赛，还是帮人写书评，我总能想出让人多给我钱的好办法。而且，我的私生活也不够检点，我跟几个女学生……"洪评委红着脸说出了这番话，不过随即他又抬起来头："我坦诚了自己的错事，希望各位也跟我一样坦诚，千万不要有所隐瞒。任何隐瞒，都只会害了大家，我看出来了，那疯子把我们带到这来就没想过要留活口，谁也不知道下一个要死的人会是谁。"

"我……我也做过点不太好的事。有时候看到人家不注意，会摸走人家的手机和钱包什么的，就是因为这个，我总是被炒鱿鱼。"老太太不好意思地说。

"你呢？陈老弟，请告诉我们你做错过什么？"洪评委不太满意大家的答案，把注意力放到了一直在沉默的陈家才身上。

"我？我做错的最大一件事就是没有珍惜晓雯！如果我当初没跟她分手，如果我接受她跟药剂主任在一起的事实，我们肯定早就结婚了。不就是绿帽子吗，只要她肯跟我，我还怕这个吗？"陈家才似乎还沉浸在痛苦里不能自拔，说出来的全都是没有价值的话。

"兄弟，能不能振作点，你要再这副样子的话我就是那个死女人都会看不起你。你可不要让她白死了，就算下一个死的是你，也要死得明白啊！"老方恨铁不成钢地教训着。

"是啊，老弟，他说得对，你不能让晓雯姐白死啊。"洪评委激动地说。

大概是不能让晓雯白死的话起了作用，胖子的脑子灵光了一些，他收回一直凝视欧晓雯的目光，无奈地看了一眼大家，想了好一会儿才说："我开的士的时候也绕远路，客人手机掉了手机和钱包我都自己瞒下，没上交。开救护车时，原本车钱在医药费里一起结账，我每次都会跟人家家属先讨笔油钱塞自己口袋，这些坏事，够多了吧。"

"那你开救护车……"老方想起来什么，可话还没问完，歌声已经结束了。恐怖的时刻再次到来，大家又恨又怕的小丑再一次笑嘻嘻地大摇大摆走上舞台。

"怎么样，亲爱的客人找到真相了吗？"小丑的笑夸张得让人毛骨悚然。

"求求你，再多给点时间吧，我们真的已经很接近。只要再多点时间，一定真相大白水落石出，真的！"卓兰大姐哭着哀求道，她不想再看到任何人死。

"如果我求老天，让死人复活，让得了绝症的病人马上痊愈，你觉得他会答应我吗？"小丑反问到，这个问题的答案当然是否定的，所以，他也不会再多给半点时间，"老规矩，再给你们回答一次问题。听好了。"

问题跟上个问题有关系：场景换到医院，"我"是名器官移植的医生，在病房里有五个需要移植身体各个部分，心肝脾肺肾的病人，他们就快要死了，却没有合适的器官和捐献者。与此同时，在隔壁的房间里，有一个正常的健康人，正好他喝醉酒了在打瞌睡，他的器官还正好可以匹配那五个病人。如果杀了他，把他的器官移植给五个人，足够他们全都活下来，但是，真的能杀了那个人吗？同样是救五个人还是死一个人的选择。

"你根本就是个变态！"陈有才没有回答问题，反而朝着小丑啐了一口。

"我是不是变态不要紧，至少我以前没有杀过人，可是你们，你们在场的每一个人都跟某个人的生命息息相关，是你们让他一步步走向绝路！"小丑被激怒了，终于说出了这番与那个真相有关的话来。

"求你，再多给我们一点时间吧。"卓兰大姐还是不放弃祈求。

"快说，你们会不会杀了那个人，来救那五个病人？"小丑像是没听到祈求，转而审视其他人。

"当然不会，这么做显然是犯法的，而且任何精神正常的医生都不会这么做。"洪评委见大家没有人敢接话，主动回答了这个问题。

"好！你说得好，下面，你这个批评家来陪我这个精神随时可能不正常的人来跳这支探戈！要是跳得不够好，你就去死吧！"

徐小凤的声音再次响起，探戈有舞中之王的美誉，难度极高，不仅要求身法，还有两位舞者的配合和互动。洪评委跳男步，小丑以夸张的舞姿跳着女步。洪评委不愧老江湖，整只曲子下来每一步都踩在了点子上，虽然双手被缚，却不损半点风度。只是小丑乖张的表情和极度夸张的动作让洪评委有点跟不上节奏，两个人你追我赶地，好不容易把舞跳到结束。大家都为洪评委捏了把汗，如果他表现这么好也不能活下来，那自己就更不敢奢望了。

"是不是觉得自己很优秀？就算在专业组里，你也算跳得好的。"小丑关了音乐，笑眯眯地围着洪评委转了一圈。

"我相信你会做出公平的判断。"洪评委到底见过世面，这时还摆得出风度。

"可是我据我所知，你经常因为收黑钱而做出不公平的判断！所以，我想你尝尝不公平的滋味。"小丑收起笑脸，飞快地掏出了枪。

枪响过后，洪评委难以置信地看着大家，双手死死捂住胸口，强撑着站了一会儿，最后还是倒在了地上。跟旁边两具尸体的不同是，他倒地的姿势还算不难看。小丑的枪法很准，每一次都是正中前胸。

大家心里直发毛，连最有学问最冷静的人都死了。下一个会是谁呢？

第四支舞曲

曲风大变，一下子变成了性感暧昧的伦巴，一个西班牙女歌手委婉地吟唱着，剧场还是这个剧场，舞台还是这个舞台，却一下子有了转换了时空的错觉，就连地上的三具尸体也变得不那么恐怖。

当然，这一切只能是错觉，真正的恐怖已经渗入在场各位的骨髓里了。

"听见了吗？他刚才已经说了很关键的话。"老方额头上还有不少冷汗，却强迫自己镇静下来："我想，这个真相，跟某一次洪评委做出过不公平的判断有关系吧。很可能这个人，在比赛失利的情况下自杀了，或者出了什么大事。而这个人，正好跟我们每个人都有点关系。"

"我认识的人里没有自杀的，我想你的推断有问题。"钱妙惠第一个表态。

"自杀的话，在我跟老公闹得最难受的时候我倒是想过，我身边的人自杀，好像也还没有。"卓兰大姐也这么说，

"自杀的人拿不到保险金，这点保险公司肯定会查得很清楚，所以这个推论可能是错的，如果是自杀的话，跟那个姓钱的就没什么关系了。"目睹过三个死亡，陈家才倒是比刚才更冷静。

"我也没遇到过自杀的，夫妻打架拉着对方要杀人的倒是有过。"老太太也八卦了一句，可惜没什么作用。

"时间不多的，这首歌不到五分钟，大家得赶快想出答案来才行。"卓兰大姐听着那首歌慢悠悠地唱着，急得火烧火燎。

"那家伙是疯子，就算我们真的想出什么名堂来他也不会让我们活了。"

"等等，我总觉得有什么错过了。"老方皱着眉头思考片刻，把问题抛给了陈家才："你和欧小姐在一起的时候，做过什么不太对劲事吗？"

"什么叫不对劲？"陈家才疑惑地看着老方。

"可能是做错了什么，也可能是无意中做的，或者根本就是个意外。我的话可能表达得不够清楚，但我希望你能仔细想想。"老方解释道。

"被你这么一说，倒好像真的有那么回事，是个意外，但我心里一直挺内疚的。"陈有才叹了口气，接着往下说："大概是三年前，我还没跟晓雯分手，那时候我还在开救护车。有次出任务，对方是个十八九岁的姑娘，身上穿着体操服样的紧身衣，很苗条。那次的目的地是体育馆，好像是个很大的比赛，她从很高的地方摔下来了，不知道哪伤了，重度昏迷。一路上我开得挺快，救护车嘛，可以闯红灯不扣分。可那天我喝了点酒，注意力不太集中，一群小学生忽然出现在路口。差一点就撞上去了，踩刹车也可能来不及，我只好猛打方向盘。一个急转弯，车厢里晃荡一声响，晓雯赶紧跑下车去看有没撞到小学生。等到我下车去看时，陪送的医生已经被撞晕了，担架床上的病人摔到了地上生死不明。我一下懵了，怕医生醒来看到会怪我，赶紧把那姑娘搬到了担架床上。等到我回头发现晓雯站在身后时才想起，这么做是严重违规的。这种病人不能随便移动身体，万一影响了脊椎很可能会导致她瘫痪。晓雯本想骂我，可很快医生醒了过来，她也就

没有做声。这事她没有对任何人说过，后来那个姑娘真的瘫痪，我偷偷想过好几次，会不会是因为我的原因。"

"被你这么一说，我也想起一件事。"老太太回忆往事，过了一会儿才接着说："有一年我在家体育馆做临时工，有一次搞什么大赛，来了很多杂技团的人。一个姑娘也不知怎么地就从高空上摔了下来，保护垫又放歪了，她硬生生摔在地板上。为了公平比赛不准带手机，参赛选手和评委们的手机都放在寄存柜里，管柜子的人又不知道去哪儿了。那些人急着打 120 叫救护车，我就说，谁给我一百块我就借给谁手机。"

"您的胃口可真大，一百块打一个不要钱的急救电话！"老方鄙视着口沫横飞的老太太。

"我只是临时工，平时哪有这么好的赚钱机会，最后那些人还跟我讨价还价，五十块钱成交的。"老太太不以为然地继续说着。

"我也想起来了，那次比赛我好像也在，出事的这个女孩是我学生，她和搭档准备表演我编排的空中飞人节目，我还专门设计了两个新动作。对了，我想起来了……"卓兰大姐拼命回忆着。

来不及了，音乐又停了。

"这一次，我们距离真相还有多远？"小丑大摇大摆地走上舞台，手里拎着一根拐杖，他一边说着，一边拿拐杖支起陈家才和老方的脸。

"请你再多给我们一点时间，我们已经知道关于真相的人是谁了。"老方强忍住怒气，把大家刚才说过的话又说了一遍。

小丑听完，眉毛一挑手里的拐杖一扭，马上变成了一束五颜六色的花。他把花插在老方的衬衣口袋里，高兴地鼓起掌来，"很好很好，既然已经猜到这里来了，那距离真相真的不远了。这一次，我还是再问你们一个问题吧。"

这次的问题比上一次更加离谱也更加恐怖：场景换到海上一艘出事的船上，五个快要饿死的人，一个快病死的人，是否五个快饿死的人可以为了活命而把那个快病死的人分而食之？

"如果你们是那五个人中的一个，会把那个快要病死的人吃掉吗？说起来，这跟之前的题目都一样，都是一条人命和五条人命的选择。"小丑饶有兴趣地看仅剩的五个人。

"我宁可死都不会吃人肉的。"钱妙惠想了想，第一个表态。

"其实人不人肉都没关系，反正快死了，不过是早死一点晚死一点罢了。我要活下去，当然要吃人肉。"老太太越来越暴露出与她羸弱外表截然不同的一面。

"如果他们抽签决定谁死，然后抽到签的人自己动手自杀，可能会公平些。"卓兰大姐的办法是比较成熟的。

"死得早点又怎样，就算那五个人吃了人肉早晚也得死。我懒得吃，免得将来下地狱。"陈家才抬起头，看起来最贪吃的他反倒说不同的话。

"无论如何这样都是谋杀，为了自己而牺牲他人，和抢劫一样。"老方骨子里还是个警察。

"好，选择吃人肉的我放你们下来。你们够狠，我喜欢。"说完，小丑就动手把卓兰大姐和老太太给放下来了，从萝卜裤里拿出两副手铐，给两个人带上："好好跳舞吧，希望我们的专业老师会有不一样的表现。"

舞曲再响，气质高雅身材苗条的女老师和老态毕现略显猥琐的老太太，组成一对相当矛盾的搭档。伦巴本是拉丁之魂，舞者风情万种极尽缠绵，可老太太根本不会跳，缩头缩脑畏首畏尾，几乎是被卓兰大姐给拖着走，好在曲子不快，否则她好几次都要摔个大跟头。卓兰大姐的表情很难看，一方面这支舞跳得太没水平了，二来她在担心小丑究竟会拿自己怎么样。

歌还没唱完，就爆发出两声枪响，等到大家回头看时才发现小丑早就掏出了枪，依然是一手插在口袋里，单手持枪的潇洒姿态。还没停止舞步的两位一个跟跄，跌跌撞撞倒在地上，卓兰大姐先是怒目圆睁，半张的嘴里发出痛苦的呻吟，老太太也哎哟哎哟地叫个不停，可没过几秒钟，她们的眼睛都无奈地闭上。

"我最恨的就是畜生，不讲良心，不讲人性。"小丑收枪时，不耐烦地说道："我的耐心被你们用光了。下面我要改变规则，最后一支舞曲，要是还找不出真相的话，你们就一起去见阎王。"

最后一支舞曲

欢快的桑巴舞曲不合时宜地播放，五具尸体近在眼前，小丑没有再次离开，而是迈着八字步守在舞台上，死死盯着仅剩的三个人。强大的杀气从他身上释放出来，他不再笑，那张故意被画成笑脸的脸有种无法形容的恐怖。

在这种情况下，没有人能正常思考，一时间，剧院里只有音乐声在回荡。转眼舞曲的演奏进入了第二段，时间过半，小丑见无人出声，便掏出了枪来把玩着。他那种不以为然的姿态，随时可能会走火。

老方决定打破沉默："我想起卓老师说过，洪评委曾经担任过几次比赛评委，而她应该正好也有学生参加比赛。洪评委自己也说过，曾经收过黑钱！一定是他收了黑钱在比赛中做出了对那个姑娘不公平的评论。"

"没错，肯定是这样。姑娘，你们比赛的时候是不是要画浓妆？所以我才没认出你，其实那次我开车去接那个昏迷不醒的女孩时，应该见过你。如果我没猜错，刚才卓老师说到她时想起你来了，你就是那次表演赛中的另一个女孩。一个人是没法空中飞人的，你们是对姐妹花吧。"陈家才也忽然醒悟，盯着钱妙惠上上下下地打量着。

"看什么看，是我又怎么样，不是我又怎么样。只有你们这么傻，才肯承认。横竖是个死，不如死得个性一点，把秘密带进棺材，让疯子后悔去吧。"钱妙惠一改温柔，变得伶牙俐齿。

"你怎么能这样说，就算是我们做错了，临死前承认了，还会得到上帝宽恕的。"老方有些愤怒。

"没错，上帝的工作就是原谅所有人。"陈家才似乎皈依了基督，胸前有枚银色的十字架。

"我也错了，我差点忘了见过陈先生，我还跟他合作调查过一桩理赔案，当时那女孩就是在比赛时高空坠落导致高位截瘫的。可我正好跟一位已婚女同事打得火热，无心工作，陈先生后来在鉴定报告上写着女伤者嗑过药，比赛当天也有兴奋剂过量的血检报告，所以事故不是偶然的，保险公司不用赔付。我想起来了，我真的想起来了。那姑娘家里很困难，父母都下岗了，她怎么可能有钱嗑药。是我一时糊涂，陈先生请我喝了次酒就任由他在报告里乱写。如果那姑娘有钱做康复治疗的话，说不定可以恢复健康。我真是糊涂啊！"老方追悔莫及，真诚的愧疚写满了他的脸。

就在这时，音乐又停了。整个剧场一下子安静下来，气氛也变得万分紧迫，那个小丑，又要出手了。

"你真的不想坦白？"小丑半眯起眼睛看向钱妙惠，他手里的枪却对准了陈家才二话不说就开了一枪，"有罪的人都得死，你不说的话，下一个死的就是你。"

陈家才还没反应过来，胸前已经开出了一朵血花，他深情地看了地上的欧晓雯一眼，没有挣扎，欣慰地闭上了眼睛。

"你搞这么麻烦抓这么多人来，还不就是不知道真相究竟是怎样的吗？如果你真想听我说那个该死的真相，那就把我放下来，我不要这样说。"钱妙惠摆出难对付的样子。

"有个性，你还不是一般的拽，是不是你以前不论想要什么都可以得到？"小丑不怒反笑："好，反正你死到临头了，我就成全你。"

小丑帮钱妙惠解开绳子，正准备把手铐给她套上，却不想钱妙惠一记犀利的正蹬，揣中小丑的心窝。这突如其来的一脚虽然力度不够大，但已经足够让小丑失去平衡摔了个仰八叉。

钱妙惠扔掉绳子，朝着舞台旁边跑去。小丑受伤不重，很快就爬了起来，拿着手枪在后面追。两人在舞台上猫捉老鼠般跑来跑去，钱妙惠机灵地左躲右闪，始终没有被小丑抓到。追逐了几个回合，钱妙惠累了，见小丑久久不朝自己开枪，便跑到舞台边缘，打算跳下观众席逃跑。

"别跳，你会摔断腿的。"小丑大声喊道。

"少骗人了，根本就不高。"钱妙惠幽幽一笑，还觉得小丑太幼稚，二话不说就朝着舞台下面跳下去。

这一跳，她真的后悔了。她并没有在预计的时间内着地，而是撞破并穿透一张黑色的纸板，整个人出现在半空中，距离地面至少四五层楼。

随着那张黑色纸板的破掉，刺眼的光线从破损的口子钻进来，让还在绳子上吊着的老方目瞪口呆。这里根本就不是剧场，而是一栋快要拆迁的破厂房。所谓的舞台不过是小丑用纸板搭建出来的布景，空空的座位什么的全都是画出来的，灯光集中舞台上，舞台下的一切就虚虚实实看起来不那么起眼了，就连木地板也是临时铺的可拆卸复合板而已。

"没想到这么快就被戳破了，看来是时候结束这个游戏了。"小丑看着损毁的布景，自言自语道。说完，他就开始动手拆除那面已经破损的背景墙。

更让老方吃惊的是，随着光线越来越强，原本已经死去的人们，居然有人开始动弹。

真　相

"诸位，接下来，请你们听我讲完这个故事。"小丑一边把尚未完全恢复神志的人们用绳子固定在椅子上，一边慢悠悠地说。

一次全国性的马戏杂技大赛备受瞩目，一对貌合神离的空中飞人姐妹花成为搭档，经过一次次精心编排，很有信心夺冠。预赛上，全国各路高手云集。热身时，德高望重的评委居然对姐妹花中的姐姐说出了很不看好的话，这让她心乱如麻，急于表现给对方看自己的实力，而忘记了每一次的例行调校绳索。

就在她攀上缆绳不久，意外发生了，吊绳忽然脱落，地面上的保护垫又偏移了位置，导致姐姐直接坠地，当即昏迷。妹妹急匆匆地冲下去，抢着把自己动过的保护垫移回原位，还要移动搭档的身体。她当然知道，这样做是很危险的，但她还是做了，为的就是要让对方永远站不起来。

教练原本应该守在现场，阻止这一切的发生，可出事当天她跟丈夫吵架，跑出去抓奸。没人主持大局，现场乱作一团。比赛时大家的手机都被放在寄存柜，管柜子的人又正好找不到了，大家忙着找电话120，打扫卫生的清洁工明明有手机，却不肯拿出来用，出价要挟，要一百块。就在争吵的功夫，耽误更多的时间，妹妹却暗自高兴。

随后救护车赶到，刚才还在车上打情骂俏的司机和护士根本没把病人放在心上，两人只顾着暗送秋波，以至于多喝几杯的司机看到路边有一队小学生要过马路时猛打方向盘，试图避开。车厢里的医生被撞晕，受伤的姑娘从担架床上掉了下来。护士跑下去看有没有伤着小学生，司机担心收到责罚，赶紧把不宜搬动的女伤者拖到了担架床上。小学生没有受伤，护士匆忙赶回救护车时发现，原本在地上的女伤者已经被男友抬回了床上。正好这时医生睁开了眼睛，为了帮男友隐瞒，护士什么也没说，可怜的姑娘，脊椎三度重创。

入院后，医疗费实在高昂，姑娘的家人不得不与保险公司联系，由警方和保险公司的专员负责调查。那个警察因为忙着搞婚外情整天玩忽职守，根本就没有用心调查，保险公司的家伙为给公司省钱，伪造了女伤者曾经嗑药的调查报告，保险公司拒绝赔付。

可怜的姑娘高位截瘫，在耗完了家里的积蓄后不得不出院，没有接受过任何康复治疗，从此只能坐在轮椅上，什么也不能干。

听完这番话，在场的七个人已经全都恢复了清醒，他们惊讶地发现自己身上并没有伤口，甚至一点也不痛了。

"看我多么善良，我跟你们不一样，本质上就不一样。我只是吓唬吓唬你们，用的也是强效麻醉枪。在我的裤子口袋里，有个遥控器，在你们的衣服下面，都藏着一个微型自爆血浆包。为了这次的计划，我还特意去剧组干了两个月剧务，学会了怎么做中枪的特效。看来我学得还不错，至少你们全都被我唬住了，哈哈。"说到这里，小丑得意的哈哈大笑起来。

"你没杀我们？"卓兰大姐惊讶地摸了摸伤口，很快从衣服下面掏出一串带有电线的微型装置。

"当然没有，我只是吓唬吓唬你们。姓方的，你也看到了，我让那个臭女人别跳，是她自己一定要跳下去的，这可不能怪我。"小丑耸耸肩，指着刚才钱妙惠跳下去的方向，瘪瘪嘴道。

没人说的准他究竟是在开玩笑还是说真的，七个人，全都拧着眉头看着这个古怪的小丑。

尾　声

　　"如果你们中的任何一人不是那么冷漠无情，事情都不会变成现在这样没有挽回余地。一个善良的好姑娘，生无可恋，几度自杀。是我用了整整两年时间才查清真相，又用了一年来安排这次计划。这场戏是我导演给你看的，亲爱的，一来为了还你一个公道，二来为了给你打打气，你看，坏人是没有好结果的。你看到了吗？刚才，那个害你的主谋，那个没有良心也没有人性的家伙，从这里跳了下去，现在你看，她的腿已经断了，也许她受了跟你一样的伤。我会打120，不过不会这么快，我就是要让她尝尝你受过的苦。这不是我干的，是她不肯听我的劝，你听到了吗？为了你，我愿意做一切事情。现在，我已经是可以独立表演节目的小丑了，我可以变魔术，也可以逗每个小孩子笑，已经有人愿意付工资给我了，我可以养活你，咱们可以一起生活。今天，请给我一个答复吧。能不能给我一个机会，接受我的爱，让我永远照顾你。"小丑说得情真意切，只是这些话从那张夸张的大嘴里说出来十分怪诞。

　　说完这些话，小丑背对着大家蹲了下来，原来在地面上一处被伪装的凸起下，有一台十寸的笔记本电脑，电脑一直处于开启状态，一个相貌清秀的女孩一直在电脑的另一端观看实时视频。

　　"答应我好吗，我是认真的。"小丑忽然很严肃，变魔术般从怀里摸出一支玫瑰花，送到摄像头面前。

　　"首先，我想谢谢你，为我做了这一切。我很吃惊，这些事情都是我没有想到的。"女孩背靠在床上，背景是白色墙壁和白色的枕头，她的表情相当平淡，"但是，我还是不能接受你。"

　　"为什么！为什么不能接受我？难道我做得还不够吗？"小丑惊呆了，这不是他想要的答案。

　　"不，正好相反。你是那种追求快乐的人，天生不喜欢承受压力，有什么就要说出来，发泄出来，在你心里，总是觉得如果不能带来欢乐，就没有人会爱你。我说的对吗？"女孩的眼睛就像不会惊喜也不会悲哀的鱼一样，古井不波。

"没错，你很了解我。难道这样不好吗？我愿意一辈子给你带来欢乐。"小丑激动地捧起了笔记本。

"现在的我就连出去散个步也是件麻烦事，我已经习惯了现在这样躺在床上的生活，我不想再跟以前那样娱乐别人了。所以，如果你真的爱我，让我安静地生活，不成为任何人的累赘，好吗？"女孩最后淡然一笑，摇了摇头。

又被拒绝了！小丑木了一会儿，他真的没想到自己付出了那么多会是这样的结果。他只是想带给她快乐，让她跟自己一样，难道这也不行吗？

他想不通，换成任何人恐怕都想不通。他看着远处愣了会儿，然后深深地吸了口气，朝天台边缘刚才钱妙惠跳下去的方向，不顾一切地冲了过去。

在场的七个人全都惊呆了！这家伙疯了吗？

小丑的身影消失在天台的边缘，那个夸张的家伙会从这个世界消失吗？

没有人知道，就在他跳下去的一瞬间，洪评委忽然喊出了声："别丢下我们！"这里是市郊，没人来救他们的话，被绑在椅子上的所有人都会活活饿死。

小丑就这样消失了，那七个人不知道他是否在半空中施展魔术已经离开，还是在摔在了钱妙惠的身上安然无恙，抑或被半空中的什么东西挂住。

没有回音，没有呼喊，也没有半点可疑的风声。

那七个人心急如焚，却不能挪到天台边缘，去看上一看。

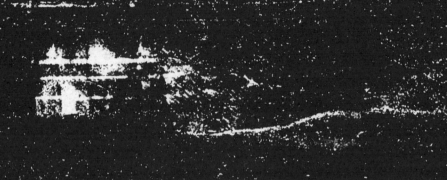

14 碎指甲

你有没有玩过捉迷藏？一个人当"鬼"，靠墙或者电线杆什么的，蒙上眼睛，其余人在后面一起数数。通常是从一数到十，数数时大家四处散开，躲起来，被"鬼"抓到的人，就要成为下一个"鬼"。

如果当鬼的人始终不出现，你猜，会不会变成鬼？

你玩过捉迷藏吗？如果当鬼的人始终不出现，你猜，会不会变成鬼？

A

你有没有玩过捉迷藏？一个人当"鬼"，靠墙或者电线杆什么的，蒙上眼睛，其余人在后面一起数数。通常是从一数到十，数数时大家四处散开，躲起来，被"鬼"抓到的人，就要成为下一个"鬼"。

我在老家上小学时，常跟同学玩。值得一提的是，我只跟学钢琴的那几个漂亮女生一起玩。那时候，学钢琴还不像现在这么普及，昂贵的学费只有优越的家庭才负担得起。学校"六一节"演出，每年都有我们几个，我们组成小团体，就叫公主党。

五年级时，班上转来个叫顾小西的女生，名字好听人却土气，不仅皮肤黑，笑起来还特别憨，傻乎乎的。听说她是从乡下来的，公主党的人都不待见她，不过这土妞居然是音乐特长生，她有副天生的好嗓子。班主任带她去了一次我们的琴房，音乐老师对她的歌喉格外欣赏，当即表示愿意免费教她唱歌，还说她一定会唱出大名堂。

形势从此改变，原本公主党演出不是合奏就是独奏，再不就是四手联弹，顾小西来后，老师居然让我们给她当伴奏。真气人，当着老师的面，我们提出抗议，不乐意给她伴奏，老师不容置疑的态度让我们更生气了。

平时我们就不喜欢顾小西，从那之后，对她更是不理不睬。可她倒好像感觉不到被讨厌，每次上完音乐课都屁颠屁颠地跟在我们后头，嬉皮笑脸。

那天练完琴后天色不太好，阴沉沉地快要下雨了，我们和平时一样结伴回家，经过学校时，有人绘声绘色地说起看过的恐怖片。据说几个顽皮的学生，这种天在学校捉迷藏，结果遇到鬼了。那天是周末，教室全都空着，空旷的校园里没有一个人，连看门的大爷都回家吃饭去了，我们听得聚精会神头皮发麻。顾小西从后头追过来，期待地问道："是要玩游戏吗，我也能参加吗？"

我们面面相觑，眼神中交流了不欢迎的立场。说不出为什么，我忽然来了灵感，想捉弄她一下，于是冲朋友们挤挤眼睛，大家心领神会，立刻附和着点头。

顾小西高兴坏了，转学半个学期，她一个朋友也没有，终于有人肯跟她玩了。

我指着身后的教学大楼说："我们捉迷藏，按规矩新人当鬼，你要玩的话就当鬼。"

"我愿意。"顾小西看了眼那空洞洞的教学楼，眼神中闪出一丝恐惧，最后还是答应。

"地方大，光数十下可不行，你就数五十下吧，数完就来找我们。"我一边说，一边冲朋友们使了个眼色，大家立刻心领神会，没人反对。

顾小西马上乖乖当鬼，趴在一棵树下老老实实地开始数：一，二，三，四，五……

我们谁都没躲，而是手拉着手径直走出了学校大门，要下雨了，当然得先回家，让那个笨妞自己做游戏吧。

B

那是公主党人最后一次见到顾小西，我当时回头看了一眼，她干瘦的背影，在傍晚昏暗的校园里显得格外弱小，一阵风吹来，她的声音在打颤。

离开学校不久后，我们几个又走了一段就各回各家，我还没到家就开始下起大雨，电闪雷鸣，天也黑了，我躲在屋檐下，等了好半天，雨小些才跑回家。

第二天上学，顾小西的座位空着，班主任问起，有没有同学知道她的事，没人回答。平时她就被孤立，没朋友，这种情况很正常。班主任没再多想，开始上课。课间休息时，公主党的聚在一起，讨论顾小西为什么没来上学。

有人说她可能病了，昨天我们都走了，她找不到人，肯定淋雨回的家。还有人说，她可能遇到车祸，尸体被坏司机给藏了起来。昨天讲鬼电影的同学压低声音说，会不会是真遇到鬼了，学校后面有家医院，停尸房跟学校只有一墙之隔。最后我怯怯地提出，会不会顾小西还在找我们。

气氛顿时凝重，我们几个大眼瞪小眼，好半天都说不出话来。她是个死心眼的孩子，如果老师罚抄一百遍生词，她绝不会只写九十九遍。那天放学后，我叮嘱大家，别让人知道我们昨天捉弄过顾小西，这是我们的秘密。

谁都不会没事找事，给自己添麻烦。从那天起，每当面对顾小西的空座位，我们都默契地缄口不提。顾小西失踪一周后，班主任面色凝重地叮嘱我们，放学回家千万小心，最好结伴走，别跟陌生人说话。

班主任为什么说这番话，现在回想起来已经记不太清了。那时的治安很好，很少出现拐卖和失踪之类的事，顾小西的失踪成了当年轰动一时的新闻，掀起一阵家长接送孩子上学的风潮。钢琴老师对失去顾小西这个有前途的学生叹息不已，没人嫉妒消失的同学，只是从此，我们再没玩过捉迷藏。

没多久，我们就小学毕业了，公主党成员进入不同的学校，起先每周上钢琴课，我们还能见见面，可好景不长。我爸为生意上的朋友担保贷款，结果对方欠下巨款跑路，银行让我爸还。我们搬出大房子，住进月租两百的公寓房，我爸把公司也关闭了，尽管如此，还是欠银行钱。我再也上不起钢琴课，也买不起新衣服，公主党的活动我不能参加，跟普通同学又没共同语言，渐渐沦为孤家寡人，形单影只。

我不知道你有没有体会过那种痛苦，仿佛从天堂堕入地狱，我无法接受，也不想接受。可接不接受都一样，我只是个孩子，还不能赚钱，也不能给这个家带来任何改变。唯一能做的，就是努力学习。我每天想尽快摆脱困境，命运女神却始终苛刻，好不容易熬到高中，我爸终于只欠银行两万块了，我妈又得了癌，确诊时已是晚期……苦得一言难尽。

就是那段日子，我染上了啃指甲的恶习。每当夜里温书，饿得难受却找不到东西填肚子时，这种模拟咀嚼无疑是不错的精神安慰。碎指甲当然不能填肚子，每当我看到自己残缺不全的指甲边缘，就仿佛看到命运本身。指甲的神奇在于，无论末端被折腾成什么样，只要人还活着，就不会停止生长。

啃着指甲，我熬过最苦的日子，前年高考成功，顺利进入这所全国著名的大学，我的人生信条就是：什么也不能阻挡我追求幸福。

C

现在的我，可以靠奖学金和打工养活自己，虽然不宽裕，却也不用担心挨饿受冷，美好的未来近在眼前，唯一欠缺的，就是人生中的另一半。

我有个理想的目标，高一届的学长李楠。他各方面都很优秀，个子也高，虽然相貌不算王子，但我能看出，他是感情专一的人。经过多方打听他的人品，足足等了一个多学期，我正准备采取行动时，半路上却杀出个程冬来。

一想到这人，我就生气。

程冬是我们班的，胖子一枚，超级厚脸皮，给我写情书，送玫瑰，送巧克力，尽管被我一而再再而三地拒绝，他还是锲而不舍。

"程冬，你到底喜欢我什么，我改还不行吗？"我连这种话都说过。

可你猜他怎么说：不管你改成什么样，这辈子我要定你了。

这话要是换个人说，我可能会被打动，但他是程冬，我非但不感动还会反感。其实以前大家只是同学时，我还觉得他不错，大方幽默，不拘小节。可普通朋友跟男朋友是两回事，一想到要跟这个腰围三尺二裤长三尺二的家伙牵手压马路看电影，我眼前就浮现出台湾励志哥和女友秀恩爱的画面。

没错，就是那个长了张猪脸的励志哥，好多人的观后感都是两个字，不是拉风就是牛逼。我的观后感也只有两个字：作呕。所以，要我跟程冬在一起，我宁可去当尼姑。可能是各花入各眼，偏生我不喜欢的人，还就有人看上了。

住在我下铺的彭芸，目睹我又一次把程冬送来的玫瑰扔进垃圾桶后，哀怨地

266

说："真浪费，能不能送给我？"

我欣赏着手机里李楠的照片，大手一挥：拿去拿去。我看彭芸眼神不太对头，就问她，是不是喜欢程冬。她不看我，把花捡起来，左看右看，半天才挤出一句：喜欢又怎么样，人家喜欢的人是你。

"真看不出，你口味这么重。"我说的是心里话，彭芸一米六四的个子只有九十斤，瘦成一把骨头，居然会喜欢那坨直立行走的扣肉。我心里活动了一下，故作正经地扳过她的头，问道："要不要我撮合撮合你们两个？"

"真的？"彭芸的脸一下就红了，我这才看出，她暗恋程冬很久了。

"当然是真的，虽然我不喜欢他，不过他的确是个不错的人，你们在一起会很幸福。"我其实想的是，只有程冬放弃我，我才有时间和精力对李楠采取行动，不过如果这计划真的实施成功，也算双赢，对彭芸没什么不好。

"这叫我怎么谢你才好。"彭芸高兴坏了。

"谢什么，将来请我吃顿好的就行。"我不以为然地笑笑。

"亲爱的，你真是太好了。"彭芸看着那捧玫瑰，激动得脸更红了。

"马上就是国庆小长假，咱们正好出去玩玩，就咱们三个人，到时候我会制造机会给你俩独处，不过，可能要让你破费了。"我趁热打铁地把话给引到这里，为自己打了个小九九，不过话说回来，我的经济状况全寝室人都知道，仅够温饱，想要奢侈一丁点都不行。彭芸家境很好，她不会在乎这点小钱。

"小事，你尽管说。"彭芸释然一笑。

D

我提议小长假去广西北海银滩。那里有海又有大小蓬莱，是个浪漫所在，相比人山人海的海南和天气转冷的北戴河，广西消费还便宜，无疑是理想的度假地。彭芸答应支付我所有的旅行开销。

我的主动邀约让程冬欣喜若狂，满以为我对他的态度终于转变。直到在机场，他见到完全不在计划中的彭芸后，脸色大变，"不是只有我们两个吗？"

"你想得倒美，不过是叫你来帮忙拎包跑腿的，不乐意的话，没人留你。"我习惯了给程冬坏脸色，不耐烦地说。

"乐意，乐意，叫我干什么都行。"程冬赶紧把我和彭芸的包都抢了过去。

我跟彭芸相视一笑，程冬不知内情，也跟着傻笑。

旅程还算愉快，一路上程冬不停地讲笑话，彭芸笑得很投入，我想着很快就能把程冬这个大包袱给甩掉了，心情也还不错。飞机到了柳州后，又转火车去北海，一路上的好气氛让我盲目乐观，错认为好的开始就是成功的一半。

北海风光果然不错，椰林绿影水清沙幼，我们打着赤脚，在银白的沙滩上追打嬉闹。

才待了两天，程冬就看出苗头不对，我总找机会让他跟彭芸单独相处，自己却躲得远远的。彭芸对他也格外热情，吃饭都让他捡自己喜欢吃的点，也不笑他吃得多，最重要的还是那赤裸裸的眼神中毫不遮掩的好感。程冬虽然胖又不帅，却不傻，很快看出了问题。第三天，我们一起去了著名的涠洲岛。

彭芸真不争气，吃了海鲜后肚子不舒服，在客栈里休息。程冬约我单独聊聊，正好彭芸需要吃药，得出去买，我没有拒绝的理由。

程冬一反常态，表情严肃什么也没说。买完药后，他拉着我去了附近的山崖。我挺紧张的，一路上都在不停地啃指甲，这个习惯性的动作多少能帮我缓解一点压力。

山崖不算太高，视野倒挺开阔，站在悬崖那边，脚下就是温柔的海浪，整个大海都在眼前，一直能看到遥远的地平线。我忍不住在心中惊叹，真美啊，这样的风景，如果身边人是李楠就完美了。

"我看出来了，你想把我推给彭芸。"程冬终于开腔了，他看我的眼神有些可怜，却不乏倔强，"除了你，我不会喜欢任何人。我不怪你，也许你现在还烦我，但总有一天你会接纳我，我相信，我会用真心打动你，我们需要的只是时间。"

又来了，我一听这些话就头疼，一个劲地摇头，"求你放过我吧，你根本就不是我喜欢的类型，实不相瞒，我已经有意中人了。"

我希望说出真相能改变点什么，我错了，这句话把我拖进了危险的泥沼。

"我不许你喜欢别人！你是我的，是我的！"程冬恼羞成怒，扑过来抱我，吓得我赶紧逃。我这才意识到，貌似温和的他其实也有粗暴的一面，以他的体重，我哪是他的对手，我唯一能做的，就是伸出手指使劲抓挠，指甲刮到他的脸，被我咬得凹凸不平的指甲边缘很锋利，所过之处留下几道血痕。仗着指甲武器，我占了一会儿上风，可这个臭不要脸的腾不出手来，忽然张大嘴把我的手指含在嘴里。

那热乎乎的潮湿让人恶心至极，精神也濒临崩溃，他该不会想……强暴我吧。这小山崖远离游客区，现在又是吃晚饭的点，万一他真要做出禽兽的事，不会有人来救我。怎么办？怎么办？我气急攻心，指甲在他嘴里没命地抠，粗糙的边缘一定抠破了口腔黏膜，我还要抠他的喉咙让他吐，然后趁机逃跑。

我这么想了，也这么干了。这办法的确有效，他张大嘴吐出我的手，对着大海干呕起来。我也赶紧爬起来缓了缓劲儿，当时我想逃来着，只要逃走，马上回学校就好了。可我一想到他说的那些话，那些一辈子都不放过我之类的词，就打心眼里害怕。当时脑子里就只有一个念头，让这头猪从我的世界中消失。

我不记得自己做了些什么，等到清醒过来，程冬已经躺在山崖下面的礁石上。我连滚带爬地冲下去。他的头摔坏了，脑袋下面出了很多血，睁着眼，眼珠子死盯着我。

他还没死。那时候如果我马上打电话叫人来救他，兴许还有得救。我拿手机的手在发抖，他没死我又该怎么办？我会因为愧疚而接受他的追求，跟这个恶心的家伙在一起，可能要赔上自己的一生。万一他要死了，警察追求起责任来又怎么办，谁会相信他试图强暴，我这算是正当防卫。

时间一分一秒地过去，我脑海中闪现出无限种关于未来的可能。最后我决定坚持自己的人生信条，什么也不能阻挡我追求幸福。

E

我扔下奄奄一息的程冬，头也不回地走了。回到客栈后，我把药给彭芸吃，对她说，程冬要去为明天的游玩探路，再带点好吃的回来。

程冬当然没有再回来过，足足等了几个小时，我估计程冬死透了，这才请客栈老板帮我们去找他。十一点左右，客栈老板找到了程冬，他的身子已经被涨潮的海水浸泡，差点就要冲走了。

程冬家人来领尸体，彭芸可能怀疑过我，好在程冬没有中毒和也没有人为伤痕，他脸上的血痕，看起来很像是被锐利的礁石刮破的。没有任何直接证据能够证明这是一场谋杀，我告诉自己，是程冬不对在先，我那么做纯属自卫，不用良心不安。录完我和彭芸的口供，警方最终定性为意外。

回到学校后，我彻底解脱，终于可以对心仪已久的李楠展开追求。

俗话说得好，男追女隔座山，女追男隔层纱。我制造机会，频繁出现在李楠面前，藉着之前搜集的资料，我打扮成他喜欢的女生，很快跟他交上朋友。自从他知道我们是老乡后，对我就更热情了。这让我很有成就感，唯一感觉奇怪的是，独处时他看我的眼神会有点奇怪，另外我们之间也很少有亲密的肢体接触。

我把这理解为李楠的郑重，至少他跟校园里其他轻浮的男生不一样，他对我是认真的。哪怕只是跟他去图书馆看书，去操场看他打球，去食堂吃个饭，我也会很开心，以至于冷落了彭芸。

寒假前，大家都要回家过年。我跟李楠是老乡，当然可以结伴回家，还在火车上他就提出，要带我回家见见家长。我兴奋坏了，这表示我们的关系可以更进一步了吧。

回家小住一天，我就接到了李楠的电话，他会来接我去他家吃晚饭。我妈已经去世了，我爸也去了在外地的朋友公司帮忙，过年才会回来，家里就只有我。我对着镜子试穿新衣服，排练了一整天，斟酌见到家长后该说些什么。

傍晚，李楠如约前来，可惜他对我精心搭配的新衣服没怎么在意，我有点失望。我们离开家，走在去他家的路上。

天色幽暗，似乎快要下雪了，我很冷，挽着他的胳膊，有种抓住幸福的感觉。他微微沉吟了片刻，没有拒绝，这是我们之间第一次肢体接触。故城还是老样子，沉沉暮色中有种不真实的陈旧感，仿佛一出老电影。久违的亲切，我紧张地走着，心里有一丝愉快在生根发芽，真希望永远不要停，就这样一直走下去。

"你听说过吗？曾经这里闹过鬼。"李楠的话打断了我的甜蜜幻想。

"真的？"我这才发现，已经走到了曾经就读过的小学，校舍看起来还和多年前一样，只是有了颓相，经不得细看了。昔日的操场，长满蓬蓬杂草，在这季节依然枯黄，更显破败。我想起了当年的顾小西，那个捉迷藏后再也没有出现过的姑娘。

"听说是个小女鬼，好多年过去了，还长不大，经常有人在这种阴天的傍晚听到她哭。"李楠停下了脚步，我们正好站在校门正中，锈迹斑斑的铁门内，空无一人。

"真有鬼的话，世上哪还会有冤假错案。"我冷冷地看着母校，面无表情地催他快走。走出很远之后，我才忍不住回头看了一眼。破铁门外，似乎有个瘦弱的身影一闪而过。往事历历在目，我永远也不会忘记那个风雨交加的傍晚，跟公主党成员们分手后，我没有径直回家。

F

我讨厌顾小西，我讨厌每个可能阻挡我成功的人。

那天我并没有想到具体做些什么，折回学校后，我看到那个小小的身影在教学楼里飞奔，雷声越来越大，她一定很急，我们都藏在哪里，怎么一个也找不到呢。

我的心，恶意满盈，有个看不见的小魔鬼，在怂恿并催促干点什么。

我鬼使神差等在一楼，顾小西失望地下楼后，我蹑手蹑脚地跟在后头。直到她回头发现我的前一秒，我都不确定自己要做什么。我发誓，起初只想吓唬她，结果她看到了我的脸，惊愕莫名。我害怕又厌恶那眼神，气恼之下举起书包用力朝她脸上一砸。不怪我，是她身体太弱，随便一下就晕了。出手后我才害怕起来，怕她醒来后找老师告状，急得我团团转。

那是雨势最大的时候，小街上没有一个人，连校门口的大爷也回家了，路边

碎指甲

有辆小货车，后门没锁。我大着胆子，连拖带扛地把顾小西弄上了货仓，里头还有两个空纸箱，我把箱子挡住她，然后迅速逃离作案现场。

冒着雨回家后，我惊魂未定，直到想起没有把顾小西捆起来，也没有给她嘴上贴胶布，后悔莫及。顾小西有一把好嗓子，万一她醒过来，呼叫起救命……我的脑海中出现了漫画般的场景，她那云雀般悠扬的好嗓子里冒出一串大大的，凝固的音符。音符落在地上，就有人追着去……

那一夜，我在忐忑中度过，害怕门被顾小西的家长敲开，祈祷那辆小货车在顾小西醒来前开走。第二天，我惴惴不安地去上课，看到顾小西没出现，我暗中窃喜，一定是天意，让顾小西在我的生活中消失。

如今回想起来，那天发生的一切都恍如梦境，那实在太不像我的作风了。在家长和老师的眼里，我一直很听话，每年都是三好学生，别说打架吵架，连脏话都没说过。我仔细想过，万一顾小西醒过来了，自己爬下了车，并把这事告诉了老师和家长，只要否认到底，反正她也没有证据，谁都不会相信我会干出那种事。

可是，顾小西真的消失了，而且不知是谁走漏了风声，全校的学生都开始传那个恐怖的故事：某个大雨的傍晚，顾小西跟几个扮作小学生的"鬼"玩捉迷藏，她当然找不到"鬼"，所以她就变成了"鬼"。

我爱啃指甲的坏毛病，其实就是从那时开始的，每每听到那个传说，再看到公主党人互相怀疑的目光，我就做不到淡定。归根结底，犯下弥天大错的我，也只有十一岁而已。我怕，她真如传说那样，变成了"鬼"。人一紧张，就得干点什么。啃指甲，无疑是最方便的。看过心理学专著后我才知道，这种重复性的无意识动作，是缺乏安全感的体现，是自己给自己施加的心理安慰。

"到了，我家就在这里。"李楠的声音把我从回忆拉回现实，我赶紧提起精神，冲他笑笑，紧张中我又啃起了指甲。无意中，这个动作被李楠看到，他朝我笑了笑。

这个笑，很微妙。我立刻绷紧神经，就要见到他家人了，可不能再孩子气，我赶紧把手指从嘴里拔出来，冲李楠做了个鬼脸。这种情况下，我应该显得更加大方端庄才是。

G

那是栋小户型的老房子，带个小小的院子，我深吸一口气把手藏到背后，调整情绪，努力回忆起准备好的词。李楠按下门铃，门铃响起的同时我的手机也响起，居然是彭芸，她找我做什么？

我对李楠抱歉地笑笑，转过身去接电话。

"我把你的碎指甲寄给程冬家人了，警方已经验出你的 DNA 跟程冬嘴里一块碎指甲的 DNA 完全吻合。我不知道程冬是不是你杀的，现在警察已经要来找你协助调查了。同学一场，你好自为之。"

彭芸的声音好冷，没等我出声就挂断了电话，我的大脑瞬间变空，木在原地。

李楠家的门开了，一个娇小的女孩开的门，她的脸……

"这是我妹妹，小学时有个同学捉弄她，在一个雨天把她藏在一辆货车上，货车开到外地，辗转了半年我们才找到她。"李楠说话时直视我的眼，他早就知道我是谁。

"好久不见，进来吧。"那是顾小西，这么多年，她居然没怎么变，笑起来也和当年一样，憨厚得让人讨厌。

我不敢看李楠的眼，可又不能不看，难道要我去面对顾小西？我很清楚自己面临的危险，如果进屋去，他们一家人会怎样对付我，不得而知，可要是现在跑掉的话，警察也会抓到我，我该怎么解释那枚留在程冬嘴里的碎指甲？

曾经以冷静机智自诩的我，呆若木鸡，脑子就像台濒临死机的电脑，完全不能处理问题。怎么办？怎么办？怎么办？

我不知道，我只是本能地，啃起了指甲。那硬硬的角质层，本应寡淡无味，却在嘴里冒出一丝甜腥。

15　心跳，又回来了

　　掌声响起来，心跳回来了，那么铿锵有力，就像一个真正血气方刚的年轻人，董小芸什么都听不见了，满耳都是那怦怦跳动的声音，她从没这么开心过，就算全世界都毁灭在那一瞬间也会觉得死而无憾。

楔 子

全世界每年有数千万人接受麻醉手术，千分之九百九十九的人会安然睡去，做个好梦，顺利的话大梦苏醒手术结束，身体像一株祛除病灶的植物重新焕发出生机，不顺利的话，或者需要再进行一场手术，还有可能长梦不醒，死在梦中。可这都不是最糟糕的，千分之一的人可能遭遇麻醉觉醒，在全麻手术中他们的身体可能因药物的作用不能动弹，而大脑却完全清醒，对疼痛的感受也和清醒时完全一样。这并非偶然的罕见的医疗意外，按照概率，每年遭遇麻醉觉醒的人至少达五位数。

A

"感觉怎么样？"这是万新的声音，从沈萤的头顶传来，恍如来自天际。

"挺好的，这一个月来我都是按你的医嘱饮食起居，从没感觉那么好过。"沈萤躺在手术台上，身上盖着白色的棉布，正抬起手臂，接受麻醉师的麻醉剂注射。手术室里，四边用白色的屏风遮挡着，无影灯从头顶投下明亮的光，她的鼻子里已经插上了氧气导管。

"我也做好准备了，刚才还喝了罐红牛，精神好得很。"万新故作轻松地笑笑，其实有些紧张。

"要是你让我死在这里，我做鬼都不会放过你。"沈萤也说了句玩笑话，万新是她的前男友，一年前分的手，不过大家还在同一家医院工作，早就不觉得尴尬了。

"放心吧，我不会给你机会来找我的。"万新戴着口罩，单单从他的单眼皮小眼睛里看不出悲喜，但他的话还是逗得大家全都笑了，手术室里的都是同事。

愉快的气氛取代了消毒水的刺鼻，让大家暂时放松了神经。这种状态很快结束，沈萤的呼吸开始变缓，监控仪上血压和心跳均已趋向适合手术的状态。沈萤在医院一直做内勤，虽然也在医院工作，但手术室里的内容知道的并不多，只觉得身体轻飘飘的，眼皮却越来越重，几分钟后，就像被胶水黏住一样，再也睁不开了。

"沈萤，能听见我说话吗？"万新的声音有些恍惚，像隔得很远很远，有些变形，可她还是能听到。

"时间差不多了，麻醉应该起效了，开始吧。"麻醉师最后检查了监视器上的脉搏后，做出了结论。

"好，消毒。"万新下了命令。

一股冰凉刺骨的液体淋在沈萤单薄的胸膛，那种刺激就像一只看不见的手把正飘在半空的沈萤给拽了下来，她一下子就清醒了，那私密部位暴露在空气中已经让人很尴尬了，现在这里还被好多人的眼睛盯着，真让人难为情。哎，不对劲，不是应该完全睡着，什么也听不见，什么也感觉不到吗？为什么自己还能思考，还能听见身边监控器的滴滴声？不祥的预感涌上心头，可惜她不能动弹半分。

冷风袭过，又有一块什么东西盖在了她的腹部，她清楚地听到万新在吩咐护士再检查一次止血钳，刚才变形扭曲的声音完全恢复了正常，她比任何时候都清醒。冰凉的手指落在沈萤的胸膛正中，那是万新戴着手套的手指在试探着，摸索着最适合下刀的位置。他的手指每移动一下都让沈萤有种绝望的恐惧，她多想告诉他她还醒着，可惜在肌松剂的作用下她全身的肌肉都变得跟真正的死人一样，不能动弹。尽管用上了全身的力气，也不能把眼皮睁开哪怕一小条缝隙，更别想发出半点声音。

手术前麻醉师跟她说过，即便使用了正确的药物也有可能会出现麻醉觉醒的意外，人完全醒着任人宰割，而身体不能动弹。不过麻醉师也说了，这种可能性微乎其微，如果真能碰上跟中个头奖五百万的概率没什么区别。

沈莹真没想到这种事居然发生在自己身上，眼下最好的办法就是自己催眠自己，尽量分散注意力缓解这致命的痛。她命令自己联想起生命中最美好的一切，所有的幸福，也许这样能对减缓痛苦有所帮助。

对，回想段然吧，她生命中所有关于幸福的词汇都跟他有关，就算要痛死在这手术台上，也可以死在美好的回忆中，能跟他好好爱一次，死也无憾了。

B

沈莹是个不幸的女人，同时她又是最幸运的。

不幸是因为年纪轻轻就患上了严重的心脏病，而且家境贫寒，根本不可能支付昂贵的换心手术费用。说她幸运，是因为她遇到了真爱自己的男人。

沈莹的这场爱情完美得不真实。段然是高干子弟，硕士，在本地知名的律师事务所里有独立办公室，身高一七八体重一三零，不论用什么审美观来看，他都是绝对好男人。这么好的男人，居然当她如珠如宝，恨不能捧在手心，连每天三次的服药都必打电话问询，那种关心是假不来的，只有亲生父母才会这样对待自己的孩子。

说起来，沈莹除了一个清白的身世和孱弱的身体什么也没有，外貌中等不算漂亮，也不算最聪明，从小到大，一直都是被人忽略的灰姑娘，父母下岗多年，家里一直很拮据，即便她工作后也不能像其他同事那样打扮自己，青春逼人的年纪，唯一的骄傲就是爱情。认识的人都说，沈莹如果能跟段然走到最后一步，那绝对比中五百万还有难度，某些嫉妒她的女人还主动去勾引段然，结果除了颜面尽失什么也没得到。

这些事沈莹都是最后才知道，好在事实证明，段然对她的爱是经得起考验的。她以为像自己这样什么也没有的女人，还有男人爱着的话，应该就是真正的爱吧，爱她善良淳朴，爱她真诚阳光，这份爱里绝对没有世俗和不良。

尽管段然对她很执著，但他们之间还是有阻力。阻力来自段然的家人。原因有很多，段家人一致认为段然前途不可限量，应该找个可以在事业上给予他帮助的女人，沈萤的出身则门不当户不对，更重要的还有沈萤的心脏病。这意味着即便他们结婚，也不能要孩子，沈萤的身体承担不起孕育一个孩子的重任。

这不算挑剔，别说是段然这样优秀的男人，就算是大马路上随便拉一个男人，哪怕是农民工也不会接受一个不能生育的妻子。沈萤很理解段家人的心情，遭到拒绝后，她一句话也没解释，对着段然的父母鞠了个躬就告辞了。她自己也觉得配不上段然，能跟他谈恋爱就满足了，走进段家大门已远超预期。

段然居然追了出来，那晚雨很大，他匆忙中没带雨伞，只是紧紧地抱着她站在雨中，在她耳边说这辈子只要她。沈萤这辈子也忘不了那一刻，泪水和雨水混为一体，分不清是感动还是快乐，那一夜段然没有回家，一直陪着她，她成了全世界最幸福的女人。

第二天，段然红着满是血丝的眼，经过一番深思熟虑后告诉她，他会想办法凑钱给她做手术，也会不惜一切代价找到合适的心源，等到她恢复彻底的健康后，再带她回家，他们一定会得到家人的祝福，正式结婚。

有夫如此，妇复何求。沈萤哭了笑，又笑着哭，最后傻傻地点头，像个孩子。

段然果真言出必行，他在网上人气最高的论坛发出了寻求心源的帖子，还留下了自己的真实身份和照片，帖子在网上动静挺大的，很多人顶，可声势虽然浩大，效果却并不理想。如果需要的是角膜，肾脏，或者造血干细胞的话希望还大点，可沈萤需要的是一颗心脏，不同于其他的器官移植，每个人只有一颗心，离了心绝对要命。除了死刑犯，通常没人能完成心脏的捐赠，而沈萤的血型是稀少的 RH 阴性，这种血型被称为熊猫血。人类红细胞血型由多达二十多种的血型系统组成，ABO 和 Rh 血型是与人类输血关系最为密切的两个血型系统，当红细胞上存在一种 D 血型抗原时，则为 RH 阴性。如果同时考虑 ABO 和 Rh 血型系统，在汉族人群中寻找 AB 型 Rh（-）同型人的机会不到万分之三。如果正好死刑犯是 RH 阴性，又正好能看到段然的帖子，并且愿意捐赠，这个可能性从概率学上来说更是微乎其微。

也许是老天也想成全他们，一个月后，段然居然真的联系到了心源，还真有死刑犯决定捐赠自己的心脏，还真那么凑巧也是 RH 阴性。心源是解决了，可几十万的手术费还是问题，段然咬咬牙，把房子和车子都给卖了。

"我值得你这么做吗？"沈萤看着为自己忙碌奔波瘦了一圈的段然，又心疼又感动。

"别问这种问题，我们之间没有值不值得，只有可不可以。"段然紧紧地握着她的手，给她力量。

沈萤的主刀医生就是万新，这位昔日情人也为沈萤做出了不小的努力，他说服院方领导减掉了部分手术费。尽管段然极力反对，沈萤还是决定用剩下的那笔钱为自己买了份保险，万一出现意外，段然还可以得到一百万的赔偿金，至少可以买回车子和房子，继续生活。

现在，那冰冷的手术刀就悬在沈萤胸口上不到一厘米的地方，那阴森的冰冷和本能的抗拒已经令她不得不中断回忆，下一秒就要切开皮肤了吗？她强迫自己再回想那个雨夜，最冷也最幸福的夜，段然紧紧地拥抱着她，在她耳边说他只要她……

C

轻快的手术刀缓缓滑过皮肤，冰凉很快被汹涌而出的热血打破，空气中弥漫开浓重的血腥味，带着类似锈蚀金属的气息，混在消毒水的气味中显得很是诡异。一想到这些血腥味是出于自己的身体，沈萤就有种难以抗拒的恐惧，可一切才刚刚开始，更恐怖的还在后头。

她知道段然现在就在手术室外的走廊里焦急地等待着自己，他不会知道自己正在经历怎样的痛苦，为了再次分散注意力，她不得不拼命默念着段然的名字。可这样也不行，一阵刺耳的金属声很快打破了整个手术室的宁静，医用电锯被开启，他们要用这尖叫的机器切断她的肋骨。

沈萤从小就害怕打针，她很怕疼，一想到骨头也会被他们活生生地锯开，就恨不能马上从病床上跳下去。就在这时，护士发现了监控器上的变化，她的心跳异常。听到护士的报告后她很开心，甚至希望万新因此而暂停手术。可他只吩咐护士打一针肾上腺素，并没停下手里的机器。骨头被一根根切断，可这还不算完，他接着吩咐护士把扩胸器准备好，几分钟后，随着一阵骨头轧响的声音，沈萤就像一只被人活生生掰开的蚌，露出了柔软的内脏。

　　如果真有灵魂，如果灵魂是人形的，此刻沈萤的灵魂一定因痛苦而紧缩成一团，那种撕心裂肺的感受是无法用语言形容的，她痛得几乎昏死过去，要不是想想着段然还在手术室外等着她，她肯定放弃忍受了。就在这时，一阵闷雷划破了宁静的世界。

　　"这是我见过最完美最健康的心脏！"

　　时间仿佛凝固。

　　沈萤忘了痛，完美，健康，这是在说自己吗？用力想一想，说这话的人是万新。沈萤糊涂了，如果自己的心脏完美健康的话，那为什么要吃一年多的药？现在躺在手术台上又是为什么？胸腔还暴露在空气中，可她完全顾不上疼了，恨不能马上睁开眼来质问万新，究竟怎么回事。

　　"请问马小姐准备好了吗？"还是万新的声音，显然这是个疑问句，可他在问谁呢？

　　白色的屏风被移开，虽然沈萤看不见，却能感觉到屋子里还有其他人，在她旁边还躺着一个人，还有一台监控仪在监控着某人的心跳和脉搏。耳边有脚步声，第六感告诉沈萤，有人在看她，而且焦点是她的心脏。

　　砰，砰，砰，心在兀自跳动，没人说话，大家都在观察，那极富节奏的韵律铿锵有力，沈萤第一次发现自己的心跳居然可以这么响，她甚至能幻想出它的颜色，那种很有血色很有温度的红，曾经她也认为它很健康。

　　"嗯，果然不错，没白等这么久，开始吧。"那是个男人的声音，年纪不轻了，透着无形的威严。

　　"那您那边也请开始吧，咱们尽量快点。"万新很尊敬对方。

那人没说话，只是走开去，很快发生在沈萤身上的一切也发生在另一个人身上，他们给那人的身体消毒，然后是手术刀，接着同样使用医用电锯和开胸器，那胸骨被撑开时发出的声音让沈萤头皮发麻。如果没记错，那人被万新称作马小姐，马小姐是谁？段然不是为自己联系了供体吗？据说是个男性死刑犯，今早被枪毙，他应该躺在旁边的手术台上才对。难道马小姐是犯人？为什么他们会说自己的心脏很不错？虽然没有人回答，但沈萤隐约猜到了一些什么，只是这内容太可怕，她不敢确定，如果确定那肯定会要了她的命。

她的心就这样裸露地跳动着，她必须在一切结束前想清楚前因后果。回忆吧，努力地回忆，她必须在大脑皮层有限的记忆力找出被时光隐藏的端倪。那些被忽略的小细节，哪怕微小如芥，也关系生命。

D

认识万新的时候，沈萤才刚刚毕业，应聘这所医院时，她的条件并不优秀。成绩不算最好，没入党，没当过学校干部，也不擅长歌舞，还不会喝酒，整个条件中唯一的亮点就是身体检查优秀，除此之外并无优势。没错，现在回想起来她也记得很清楚，万新就是面试她的医生。当日人力资源部的经理有急事，请万新帮忙替了一下午，万新捧着她的简历随便瞟了两眼，却盯着她的体检记录看了许久。

"你是 RH 阴性的血？真罕见。"这句话是他们之间的第一句对话。

"是啊，所以我妈说最好找家医院工作，万一生病也好有个照应。"沈萤笑得像朵貌不惊人的雏菊。她对自己的身体是了解的，第一次得知自己是这种血型后就去查询了资料，百分之九十九以上的 RH 血型者属于阳性，如果需要输血的话，RH 阴性和 RH 阳性是不兼容的，很容易发生溶血反应，所以她不能生重病，一旦生病就麻烦大了。

第一次见面，万新格外热情，当时沈萤就有种预感，这个男人会帮自己。后来果真如此，万新帮沈萤通过了面试，不过因为她没有资历，只能安排在档案部工作。对某些人来说，这份工作实在很没前途，每天跟些无聊的文件和资料打交道，没有外快也没有升值的机会。但对沈萤来说，这份工作却深得她心，躲进小楼自成一天地，还能维持自己的生活，简直就是梦想成真。

正式进入工作后，沈萤也一直惦记着万新。他是第一个对自己和善又热情的男人，凭着直觉，万新对她是有些好感的，得知万新是内科副主任后，她对他的好感中又添了几分敬佩。都在一家医院，抬头不见低头见，加上万新是她的面试官，日子长了就慢慢熟识了。万新的确对她很有好感，约她看电影，请她吃饭；钻石王老五对新来的小职员这么用心，还真让人大吃一惊。是谁说过，有爱的女人最美丽，沈萤在他的呵护中一点点绽放开来，可就在两人如胶似漆的时候，万新忽然发现她的心脏有问题。

在万新发现之前，沈萤从没意识到自己不健康，一系列检查做下来，结果不容置疑。她的心脏的确有问题，而且是很严重的大问题。拿到报告时，做检查的医生还叮嘱她，以后不能再做剧烈运动，怀孕也不行，她的心脏背负不起。

跟万新的分手就是因为心脏病，万家三代单传，他又比沈萤大十岁，早就到了结婚生子的年纪，他父母对抱孙子的期望是任何事物也不能替代的。纠结了半个月后，万新决定还是分手，他们的交往是以结婚为目的的，如果不能再朝这个方向走下去，也就不必再耽误各自的时间。

分手后，沈萤一度消沉，好在万新真的履行了分手时的承诺，即便不能成为夫妻也会把她当亲妹妹照顾。他总是叮嘱她按时吃药，还安排每月一次的抽血，把血浆处理后可以长期保存，为的就是将来她如果出现什么意外也能靠自己的血自救。不论从什么方面来说，万新都算个不错的男人，虽然没有段然那么帅，可他的涵养和风度在沈萤心中无人能比，这也是她为什么如此放心地把这么重要的手术交给他的原因。

可直到现在，她才发现万新隐瞒了什么。如果自己的心脏是健康的，为什么还会有那种错误的诊断，为什么身为内科主任的万新不会发现，为什么他还会督促自己吃那些可能根本不需要的药片？

把这些问号串连起来，一个巨大的阴谋便浮出了水面。那些头晕目眩的感觉从何而来，突然而至的昏迷和日渐苍白的脸颊，难道全是阴谋的一部分？真让人纠结，万新真的爱过我吗？如果是真的，他爱我哪一点？

还跟万新在一起时，她就问过这问题，医院里美貌护士那么多，她不是没见过暗恋万新的护士向他献媚。他打交道的人中还有各种各样漂亮的女病人，有身份的年长病人也会为孩子和亲戚给他做介绍，医生是个不错的职业，年纪轻轻就能做到主任也算事业有成，不用相亲也不用去夜店，他的选择面也比一般的男人多得多，可他偏偏谁都没有选，选了自己。

万新总是含糊地回答，爱她的善良和单纯，可这些字眼放在当下的社会已经算不上褒义词了，显然没有说服力。追问过几次后，她也懒得刨根问底，只要他对自己好不就行了，何必自寻烦恼呢。现在回想起来，如果当初自寻烦恼的话，也许不会走到现在这一步。

如果万新从第一次接触她就是因为她稀有的血型和健康的身体的话，那可真是……她不敢再想下去，头越来越疼。对了，段然呢？

他现在一定还在走廊里抽着烟，都这么久了，他一定抽了不少烟了。最近他咳得厉害，为了多赚钱不得不经常加班，要加班就需要提神，自己又帮不上什么忙，真是没用。对了，他知道病房里发生的事吗？他知道病房里还有那个马小姐吗？万一自己真的就这么死去，谁告诉他真相？

如果可以魂魄离体，沈萤一定这么做了，从这具敞开心胸的身体离开，飘出去，哪怕失去生命，她也想把真相告诉段然。

E

悠扬的舒曼小夜曲响起，是万新的手机，他还跟沈萤在一起的时候就用这个铃音。万新正闲着，在等那位年长些的医生为马小姐开胸，就让护士从他口袋里掏出手机，按下接听。

"我可以进来吗？现在外面没人。"手术室里很安静，沈萤可以听出这个声音很熟悉。

"最好不要，手术室可是有规定的。"万新简单地拒绝了。

"别跟我说什么规定，我可是律师，我也是这个计划的合伙人，还是里面那个女人的未婚夫，我有权力参加计划的执行。"话说到这份上已经很容易猜出了，电话那端就是段然。

"好吧，不过你得去换衣服。"万新无奈地答应着，让护士把手机给关了，放回口袋。

段然和万新的相识，只是因为手术前沈萤给万新做了个简单的介绍，可刚才这番话里他们的关系显然不止初识。难道段然也是这计划的一员？沈萤的震惊比刚才更大。他可是保单上的受益人，她死，就能得到一百万，是为了钱？

不，不会的。这个理由不能说服沈萤，段然的收入不低，一百万对他来说只需按部就班地工作两三年就可以赚到，而且他是搞法律的，不至于为了这么点钱冒牵涉人命的风险。可如果他不是为了钱又是为了什么？比起暴露在空气中的心脏，沈萤的头疼比刚才的撕心裂肺还要严重。撑下去，一定要撑下去，他们一定还会说话，她也一定要弄清楚事情的真相，就算死，也要死得明明白白。

门口有动静，一股清新的空气从门缝中悄然进入，同时进来的还有段然，他的脚步声沈萤实在是太熟悉了，许多个傍晚，这声音的主人接她下班，陪她晚餐，送她回家。

"一切都还好吗？"段然的声音一如往昔般温柔，可这声音只在沈萤的头顶飘过，很快就飘向她身边同样躺在手术台上的女人："亲爱的，我来了，不知道你听不听得见，但我答应过会陪在你身边就一定会做到。"

天哪，段然居然在对那个马小姐轻声呢喃，究竟是怎么回事？他说亲爱的，绝对没听错，沈萤简直要疯了！

"赵医生，辛苦你了。"段然似乎在对那位威严的医生说。

"应该的，这是我的工作，当了马家的私人医生这么多年，终于有机会立功了。"原来那位医生姓赵，他还是马家的私人医生。

"这个心源怎么样，您有几成把握。"段然的问题让沈萤再次集中精神，心源，指的是自己吧，原来在他眼中自己只是个活的供体而已。

"坦白说，就算手术成功，十年内也有百分之五十的几率无法存活，还要服用大量的药物抗排异，真正完全恢复健康的可能性并不占绝对优势。"说到这里，赵医生顿了顿，似乎在考虑措辞，"不过这个心源真的不错，我看过她的全部报告，再说她也按照规定的饮食度过了准备期，现在的应该处在最好的状态，这很难得。很多供体都是在死亡后才被捐献，而她现在还活着，我很有信心。"

"不用撑到十年，就算只有五年，我们也够时间再寻找一颗心源。我会把这里的一切告诉马先生，您请继续。"还是段然的声音，他的语调在年长的赵医生面前居然有几分优越感，这更让人怀疑。

"多谢段先生美言。"赵医生的态度显然是把段然当成了主人。这种微妙的对话口吻不能不让沈萤得出一个结论，段然跟那位马小姐才是真正的一对，或许他们已经订婚了，马家的人认可他，还支持他跟马小姐在一起。

沈萤的脑海中不由得浮现出港剧里常有的画面，豪华别墅，香车美人，段然穿着笔挺的西装，身边陪伴他的是位弱风扶柳却气质出众的千金大小姐，他们携手同步恍如璧人，接受众人的赞美和艳羡的目光。这种幻想在跟段然交往之初就经常出现，他那么优秀的男人就该跟那样的女人在一起，却偏偏选中了自己。连档案室里即将退休的老前辈也说，沈萤的命实在是太好了，遇到的男人都是极品。

真是自己命好，男人极品吗？当初问过万新的那个问题她同样问过段然，两个答案如出一辙，单纯如她居然真的信了。不过在那种情况下，换做最聪明的女人，也愿意接受这善意的谎言。

她永远也不会忘记，跟段然第一次见面是在图书馆。那周末的午后刚下过一场大雨，空气清新，她照例去图书馆借书，在古典名著区见到一本找了很久的原版小说，可另外有只手跟她同时落在那本书上。那画面她至今记忆犹新，白皙修长的手，简直就是优雅的代名词。等她回过头，手的主人更让她呼吸暂停，不是没见过好男人，万新虽然优秀，但比起段然王子般的风范还是有些差距。

"不好意思，还是你先看吧。"那只手的主人礼貌地说。

"没关系，你先看吧，你一定也很喜欢这部小说。"沈萤在王子面前有些自卑，可对方的眼睛带着电，让她没法挪动视线。

王子谦让再三，最后，那本小说还是沈萤先看了，这是他们的第一次见面，并不像电影里那样，互留电话有下文。几天后，沈萤居然在常去的快餐店里再次邂逅王子，这一次，王子很快认出了她，还主动跟她打招呼，问她看完那本书没。

他们的交往是从快餐店开始的，后来沈萤问过段然，为什么身为大律师的他会去那么普通的小店吃东西。段然的回答是心血来潮，那家小店的牛肉面远近闻名，虽然廉价但味道还是很有口碑的，那天他刚好去附近处理事情，办完事后正好看到招牌，就走了进去。他还说，有第一次是偶然，有第二次就是缘分，命中注定他们会相遇。

现在回想起来，这一切都经不起推敲。

段然跟沈萤在一起后，再也没主动去过那家快餐店，他更青睐那些环境优雅菜金昂贵的西餐厅，就算偶尔沈萤想换换口味吃回小馆子，他也总找各种理由拒绝。试问一个习惯吃大餐的人，怎可能真的对路边小店动心。

可那两次邂逅又怎么解释，难道真的是缘分？或许段然跟万新早就相识，她喜欢什么，她爱去哪里全都是万新告诉他的也说不定。她还来不及想出答案，万新已经指挥护士准备好止血钳，要开始摘取她的心了。

"准备好血浆，随时给马小姐输血。"万新指挥着护士。

"小万，多亏你早有预备，否则这场手术没有这稀有血浆的支持也没法进行。"赵医生的声音里透着满意。

听到这些，沈萤心里又是一惊，原来万新早有准备，自己每月抽取的那些血都是要用在别人身上。

F

封神榜里有个故事，比干被妲己挖去七窍玲珑心后还活着，苏妲己化身卖菜的老太婆到路边等着回家的他，吆喝着卖空心菜。比干问老太婆，没心的菜怎么能活。老太婆答道，没心的人都能活，菜当然也能活。听到这句话后，比干倒地而亡。

是啊，人没心不能活。但现代医学发达，可以把血管接驳在机器上，暂时保证不死。沈莹感觉胸口一凉，心里就空了，那种感觉就像珍珠从蚌肉中分离开来，肉体失去了存在的意义。

没人说话，空气中最微弱的波动也能被感觉到，沈莹只觉胸前有许多只手在七上八下地摸索着，万新不时吩咐护士们递上止血钳和接驳口，他们仿佛在修理的不是一个活生生的人，而是没有生命的机器。有那么一刻，她觉得自己死定了。护士们处理好她的心脏后，她听到体外循环机里传出轻微的声音，就算她现在完全苏醒，也不能离开这台机器，她就像个真正的机器人一样，躺在手术台上。

与此同时，马小姐那颗有问题的心脏也被摘了出来。

如果真是机器人该有多好，她忽然冒出个无关紧要的念头，可以不用爱不用恨。这当然是不可能的，是人就有七情六欲，如果失去爱恨，那就不再是人。爱情会让人上瘾，不论是真情还是假爱，至少跟他在一起的日子里她是真的开心。她爱段然，就像爱自己的生命，如果失去他，她的生活将回归原来的黑白世界。

怎么办，怎么办，怎么办？

"准备缝合。"赵医生下着命令，没过多久，沈莹那颗健康的心脏就被缝进了马小姐的心房，那个陌生的身体，跟沈莹一般的年纪，却因多年的疾病呈现出病态的瘦弱。

"那马小姐的心脏怎么办？"万新捧着马小姐的心，认真端详了一番，那是颗病态的心脏，天生有两个漏洞。

"按计划进行，你修补一下，缝上去吧。"段然的声音不带一丝感情色彩，跟他在法庭上一样，冷静、果决："她醒来之后就会是真正的心脏病人了，你们搞专业的，找个理由很容易。"

万新没说话，沈莹感觉到他似乎看了段然一眼，周围又安静了下来。

哀莫大于心死，此时此刻，她竟然有种死在手术台上的冲动。无论如何，这次手术后段然都会离开她的，他的使命完成了，他得到了她的心，并用她的心去拯救自己爱人的生命。死在手术台上，至少不用面对苏醒后更加漫长的痛苦，不用忍受失去他的孤独，就这样结束吧，死，并不是件不能面对的事。我们每个人从生下来的那一刻起，就朝着死亡的方向奔赴，唯一的区别是有些人走得长些，有些人走得短些。对，现在就死，至少还算幸福，至少他还没正式提出分手，至少还有一个他未婚妻的名分。如果不死，从今往后她也只是他的未亡人，守着一份死亡的爱情，无望地继续人生。再退一步，也许万新和段然根本就没想过要让她活下去，这次手术被他们设计成失败，从技术上来说完全可能。反正都是要死，不如自己来做决定。

沈萤心意已决，意识一旦松弛，就能感觉到身体仿佛陷入无边无际的黑暗与冰冷，只要永远睡去就好了吧，至少还能保有美好的回忆。

世界上有些事是没法解释的，那颗已经离开身体的心居然感应到了她的想法。奇迹就在这一刻发生了，沈萤那颗活蹦乱跳的心，在缝合和按摩后居然纹丝不动。

"准备除颤仪，我们来唤醒这颗心脏。"赵先生有条不紊地吩咐着，但他的声音里带着一丝颤抖。是紧张吗？马家的人不好得罪吧，可不能砸了自己的招牌。

"赵医生，你可不能搞砸了。"段然抄起双手，紧张地踱来踱去，紧蹙的眉头泄露了他的情绪。

赵医生来不及回答，已经抄起了除颤仪，对准马小姐的胸口压了下去。

轰的一声，电流通过身体，监控仪里波澜不惊。赵医生让护士擦了擦汗，吩咐护士把频率调大一点，再次电击，第二声轰鸣，监控仪里依然死气沉沉。没有选择，只能进行第三次，按照常规，电击不能超过五次。那颗就被万新评论健康又完美的心脏像是自杀了，不论怎么刺激就是不跳。

滴，滴，滴，滴……微弱的电流声传了出来，让大家一阵惊喜，可监控仪上还是没有动静，难道机器出问题了？这不可能。

"你们快看。"一名护士忍不住惊道，她的声音吸引了所有人的注意。监控仪没出问题，是沈萤那边的监控仪发出了声音，马小姐那颗有漏洞又被随便缝补的心脏安置在沈萤体内后，只经过了简单的心脏按压就恢复了跳动，而且越来越趋向正常频率。

这就叫事与愿违吗？没有人说话。

G

这是怎么回事，老天也不让我死吗？沈萤也不明白。她明明决定放弃生命了，偏偏人家有毛病的器官放在自己的身体里就活蹦乱跳了。死就是刚才那种感觉吗？痛到不能再痛，痛到连恨都可以忽略，究竟男人是不是生命唯一的主题？问一百个人，除了疯子，估计正常女人都会给出否定的答案吧。

她忽然想笑，可以算死过一遍了吧，世界上有多少人能在这种情况下得知真相，这肯定是命运的安排，还有种说不出来的轻松，要弄这么大一出骗局需要多少局内人呢？万新，段然，还有当初帮万新骗自己的医生和现在手术室里的护士们，全都是吧，收买这么多人，马小姐一定很有钱吧，可她知道段然的所作所为吗？如果知道段然是这样的人，她还会爱他吗？

"段先生，我能不能问你一个问题。"在这关键时刻，万新忽然冒出一句。

"马小姐就快死了，你难道看不见，还要啰嗦什么？"段然急得像热锅上的蚂蚁，可这不是他的专业，他并不能为手术做些什么。

"段先生，如果马小姐不死，你能得到多少钱？"万新旁若无人地问道。

"这不关手术的事！"这问题太敏感，段然当然拒绝回答。

"我想我有办法让马小姐活下来，但是我想先听听你的答案。"万新转过头，直视段然的眼睛："马小姐是马家唯一的继承人，马氏企业在股市上流通的资金就有数十亿，另外还有大量不动产，如果我没猜错的话，你们结婚后，如果马小姐心脏病发作死亡的话，你将继承马家所有财产。"

原来是这样，这就是段然的真正目的，他当然看不起自己用命换来的一百万，但如果是一百个一百万，他肯定会看得起，他也愿意为这笔钱做任何事。就在听到这句话后的一秒钟，沈萤忽然有种莫名的欣慰，能在死之前看透这个虚伪的男人也好，如果至死都被欺骗，做鬼也不甘心。

"你到底想说什么？"段然怒目相视。

"我只是觉得，您赚得多，而我们赚得太少了点。"万新的嘴里轻轻滑出这么一句。

"你想怎么样？"段然已经攥紧了拳头，临时倒戈可不是他喜欢的风格。

"不怎么样，我想赌一把，我有个办法可以继续帮你玩下去，条件是你正式进入马氏企业后，将手里的百分之二十的股份分给我们，今天在场的所有人。"这个条件显然是经过深思熟虑的，沈萤敏感地感觉到，万新留了一手。

"你……"段然把牙齿咬得咯咯响，却说不出话来。

"你可以不答应，我们就让手术失败好了，反正你也没有责任，只是不能跟马小姐结婚而已。相比起来，你损失的可比我们损失的要多得多。"万新显然有备而来。

"你说你有办法让她活过来？"段然狐疑地问。

"是的，如果我没准备，不可能跟你提这样的要求。我也是个善于把握机会的人呢，只是比起您来，还差了那么一截。"万新的口吻让沈萤再次感觉陌生，他们果然都是一丘之貉。

"咱们能不能先不谈价钱，救人要紧，不能再等下去了，马小姐的身体受不了的。"赵医生焦急地看着监控仪。

"我答应你。但如果她死在这里，我会要你的命！"段然放出了狠话，如果不是万新穿着手术服，他肯定要冲上去揪着他的领子。

万新说不能排除马小姐的身体对那颗心脏有严重的排异反应，他的办法很简单，只是把马小姐的心脏暂时换回去，找个机会下次再进行手术，术后只要留下马小姐在医院随时观察，也许不会有性命之虞。

"就这么简单？是不是你在沈萤身上做了手脚？"听完万新这算不上办法的办法，段然的眼里几乎要喷出火来。

"段先生你别激动，我看小万说的也可行，也许我们对马小姐和沈小姐的检查还不够到位，现在也不能确定到底谁的身体有问题，眼下也没有其他办法，这法子说不定能行。而且沈小姐这边，也不能让她的胸腔空着，出了人命总会有人尸检，这件事不能再让更多人知道了。"赵医生也站在万新这边，不知是不是因为听了他刚才的一番话。

"你已经答应我的提议了，咱们现在是利益共同体，你赚不到钱我们也没好处，放心。"万新的城府到现在才彻底显现出来，天塌下来他也不会像段然那样动怒。

在手术室里，段然当然没有发言权，最终万新做了他要做的事，把两颗已经交换了的心脏重新换了回去。

H

手术又进行了一次，沈茧也不清楚，这意外究竟是命运的安排还是这帮医生的设计。命运其实来自人心，不是自己的心，就是别人的心。如果有人真要设计你，没法躲避。要想活下去，要想玩到最后，唯一的办法就是坚强！坚强意味着忍受并承受一切，痛苦，背叛，当她尝过死亡的滋味，还有什么不能承受。

那颗属于她的心脏重新回到了胸腔，这感觉真是太好了。更好的是，她的心在回归后只经历了短暂的暂停，就重新开始了工作，没错，只是被万新那双大手轻柔地按摩了几下，之前收到超强电击也没反应的它居然乖乖地重新搏动了。

早就听万新说过，心脏每次跳动所压缩出的血液量为 80 毫升，相当于半杯咖啡，一天输送的血液大约有 8000 升，相当于汽油桶 40 桶，重量为 8 吨。由此推算，一年输送 3000 吨血液，如果活到 80 岁，则会高达 24 万吨，足以匹敌大型油轮的装载量。更神奇的是，人类的心脏细胞形成不久就停止分裂。也就是说，心脏是以同一批细胞为班底，没有换手、没有休息，持续不停地工作，它绝对是人体最强悍的器官。既然自己的心那么顽强，更应该好好地活下去，不辜负它，不辜负自己。也许是心脏跳动带来的活力，想到这儿，沈茧觉得充满了力气。

马小姐那边的情况也很乐观，那颗不甚健康的心脏孱弱地跳动着，勉强支持着血液循环。

成功了！万新跟赵医生相视一笑，虽然口罩遮挡了大部分脸孔，那笑意却还是能从眼里露出来。段然也长长地舒了口气，看着两位医生进行最后的缝合，他忍不住提出了问题："你们该不会是合伙玩我吧。"

"段先生，请您先离开吧，待会儿其他的工作人员要来检查，你在这里已经违规了，要是被发现我们不好交差。"万新像没听到他的话，用的是公事公办的态度。

"剩下的就是收尾工作了，待会儿马小姐会送到重症监护室，您可以去那儿等她。"赵医生也支持万新的说法。

段然盯着他俩看了半响，阴沉着脸带着满肚子狐疑出去了，走廊里响起拳头落在墙壁上那种闷沉的声音，再然后，就是一串渐行渐远的脚步声。

"大表哥，你说他是不是看出来了。"依然是万新的声音，散发着发自内心的欣喜。

"你太高看他了，那种药是我从瑞士买回来的，就连普通的国内医生都不可能知道，而且你也提前一个星期给沈小姐吃的，除了你我，谁也不会知道。"赵医生再度成为整个手术室里最具威严的人，他的话不容置疑。

"就算他知道了我也不怕，秘密在我们手里，只要马小姐一天没成功换心，他就还会来求我们。"万新话锋一转，手里的针也到了最后一步，他让护士剪断羊肠线，剩下来的就交给护士去做。

原来真相是这样，段然设计了自己，而万新联合赵医生又设计了他，呵，大家都一样。难怪那一个月里万新每天打电话给她，督促她的饮食，尤其是督促她服用某种维生素，现在想起来才觉得，从没见过维生素是胶囊装的，那些彩色胶囊里的粉末一定是为了制造今天意外的伏笔，被段然设计了一次，却被万新设计了两次，还是他比较聪明。

距离麻醉解除的时间越来越接近，四肢百骸就像有蚂蚁在爬行，知觉在恢复，这是好现象。可随之而来的，还有排山倒海的疼痛，护士发现沈萤的额头满是细密的冷汗，报告给万新，他也只是随口吩咐再打一针肾上腺素，最多等她醒了再给一针吗啡而已。

"可是，这么大剂量的肾上腺素，会对身体有影响的。"小护士有些心疼沈萤。

"怕什么，她又不是什么千金大小姐，保住命就不错了。"话还没说完，万新已经迫不及待地走出手术室，奔向新鲜空气。

痛就痛吧，痛的越厉害，距离苏醒的时间也就越短了，咬咬牙，忍住！

尾　声

二十天后，天气晴好的中午，沈萤穿着病号服坐在医院的花园里的长椅上晒太阳，这些天来，段然依然每天来看她，就跟从前一样，万新也保有同样热情，如果不是那场比噩梦更可怕的深度苏醒，她肯定还像从前一样爱着他们。现在，她更多的是沉默，且看他们怎样把戏演下去，静观其变吧，反正现在的她什么也不怕。

"沈小姐？"身后传来一个温柔的声音，沈萤一回头，看到一张苍白的脸，也许是太过瘦削，对方的眼睛看起来特别大，"对不起，我就是跟你交换心脏的人。"

"是你！"沈萤马上打起了精神，在病房里躺了这么多天，今天是第一次单独下床活动，对这位千金小姐早就好奇，只是每天都有护士守在身边，根本没机会出门。马小姐的表情很亲切，完全没有大小姐的架子。

"你可能不知道我，手术室里，我没有睡着，听到了一些对话。"马小姐和善地笑笑，眼中是期待的试探，相由心生，看得出她是个善良的人。

"你——没睡着？"马小姐的话让沈萤更意外了，原来发现秘密的不止她一人。

"是的，这算是麻醉觉醒吧，我是过敏体质。对了，有些事想跟你谈谈，现在方便吗？"马小姐点点头，问道。

"当然，马小姐。"沈萤有种直觉，今天的谈话很可能会改变一切。

"你怎么知道我姓马，难道……"马小姐敏感地注视着沈萤的眼睛，试图从里面读出些内容。

"没错，我也没睡着。听说我的心脏在你的心房里完全没有反应，我想，它可能认生。"也许是素不相识却同生共死过的经历，沈萤对马小姐有种说不出的好感，大方地承认了。

"呵呵，你真幽默。"马小姐笑了起来，气氛变得更和谐，两人对望了一会儿，似乎都在想着同样的事，良久，她才说："咱们都被人骗了，我真恨，我想……"

两个女病人头靠着头，按捺着各自因激动而有些失速的心，开始讨论起来。花园里晒太阳的病人很多，人来人往的没有谁注意她们。在她们不远处，有一株刚刚吐出新芽的松树，迎着温暖的阳光和煦的春风，轻轻晃动着树枝。

心跳已经回来了，希望还会远吗？

图书在版编目(CIP)数据

我知道那晚你干了什么/何许人著.—上海：
上海人民出版社,2015
ISBN 978 - 7 - 208 - 12569 - 8

Ⅰ.①我… Ⅱ.①何… Ⅲ.①推理小说-小说集-中
国-当代 Ⅳ.①I247.7

中国版本图书馆 CIP 数据核字(2015)第 089079 号

出 品 人 邵　敏
责任编辑 邵　敏　方蔚楠
封面装帧 叶　珺

我知道那晚你干了什么
何许人 著

出　　版　世纪出版集团 上海人民出版社
　　　　　(200001　上海福建中路 193 号　www.shsjwr.com)
出　　品　世纪出版股份有限公司上海世纪文睿文化传播分公司
发　　行　世纪出版股份有限公司发行中心
印　　刷　上海商务联西印刷有限公司
开　　本　720×1000　1/16
印　　张　18.5
字　　数　270,000
版　　次　2015 年 6 月第 1 版
印　　次　2015 年 6 月第 1 次印刷
ISBN　978 - 7 - 208 - 12569 - 8/I·1309
定　　价　35.00 元